계간 미스터리

2023 봄호 | 통권 제77호

계간 미스터리

2023 봄호

2023년 3월 15일 발행 통권 제77호

발행인	이영은
편집장	한이
편집위원	윤자영 조동신 홍성호 한새마 박상민 김재희 한수옥
교정	오효순
홍보마케팅	김소망
디자인	여상우
제작	제이오
인쇄	민언프린텍

발행처	나비클럽
등록번호	마포, 바00185
등록일자	2015년 10월 7일
출판등록	2017. 7. 4. 제25100-2017-0000054호
주소	(04031) 서울 마포구 동교로22길 49, 2층
전화	070-7722-3751 팩스 02-6008-3745
이메일	nabiclub17@gmail.com

ISSN 1599-5216

ISBN 979-11-91029-67-3 03810

값 15,000원

※본지는 한국문화예술위원회의 문예진흥기금에서 원고료(일부)를 지원받아 발행합니다.

미스터리 장르의 진정한 매력은 무엇인가

한이·계간 미스터리 편집장

미스터리 장르의 매력은 무엇일까요? 오랜 시간 독자였다가 작가이자 편집자가 된 지금도 가끔 곰곰이 생각해보는 화두입니다. 이에 대해 이번에 실린 백휴의 〈추리소설은 은유를 의심하는 정신이다〉에서 멋진 표현을 발견했습니다.

"아직 정체가 밝혀지지 않은 범인을 A라고 하고, 피의자 B와 피의자 C가 있다고 합시다. 지능이 평범한 형사가 피살자를 살해한 방법과 주변 행적을 샅샅이 탐문한 결과, 수사 활동으로 모은 자료의 모든 내용이 피의자 B를 가리킬 때 우리는 'A는 B다'라고 말합니다. 천재 탐정의 실력이 드러나는 순간은 전혀 내용(내포)의 수정 없이 같은 자료가 B가 아니라 C를 가리킴을 보여줄 때입니다. 이제 'A는 C다'인 것이죠."

중요한 것은 "전혀 내용(내포)의 수정 없이" 반전이 일어나야 한다는 것입니다. 처음에는 야구 방망이라고 묘사했다가 나중에 알고 보니 스티로폼이었다는 식으로는 안 됩니다. 그것은 사기꾼에 불과할 뿐입니다.

우치다 야스오의 《북국가도살인사건北國街道殺人事件》의 플롯은 이렇습니다. 남편을 살해한 독부毒婦로 의심받는 여자가 있습니다. 여자는 남편보다 한참 연하였고, 주택 대출금도 갚지 못해 집을 내놓았습니다. 수사를 진행하다 보니 남편에게 거액의 사망 보험금이 들어 있고, 보험금을 노리고 남편을 죽인 다른 여자와 공모한 정황도 드러납니다. 누가 보더라도 여자가 남편을 죽인 것이 분명합니다. 이때 형사가 전혀 다른 추리를 내놓으며 극적 반전이 일어납니다. 우리가 진실이라고 알고 있던 것에 대한 인식이 완전히 뒤집히는 순간의 쾌감. 그것이 미스터리 장르의 진정한 매력이라고 생각합니다.

이번 호 신인상으로 선정된 고태라의 〈설곡야담雪哭野談〉은 본격 미스터리의 본령에 충실한 작품입니다. 지방의 무속신앙, 폭설로 고립된 산장, 한정된 용의자, 기상천외한 트릭, 괴짜 탐정 등 본격 미스터리의 기본 클리셰를 배경으로 활용하면서, 지극히 효과적인 방법으로 풀어내고 있습니다. 그동안 많은 응모자가 본격 미스터리를 시도했지만, 수상작으로 선정할 정도의 완성도를 보인 작품은 오랜만이었습니다. 한국의 교고쿠 나츠히코나 미쓰다 신조로 성장하길 기대합니다.

네 편의 단편도 각각의 특색을 갖고 있습니다. 홍선주의 〈마트료시카〉는 경쾌한 문체로 우리 가운데 선량한 얼굴로 숨어 있는 악을 그리고 있고, 여실지의 〈로드킬〉은 스토킹과 가스라이팅, 관계망상형 범죄의 일면을 선명하게 보여주고 있습니다(공교롭게도 이번 호 특집인 염건령·민수진 교수의 〈인구 구조는 어떻게 한 사회의 범죄를 바꾸는가〉에서 세 가지 유형의 범죄에 대해 심층적으로 분석하고 있습니다). 홍정기의 〈타임캡슐〉은 2021년에 발표한 〈코난을 찾아라〉의 후속작으로 은기와 충호의 사춘기 사랑에 얽힌 서글픈 사연을 반전으로 잘 버무려 독자에게 제시합니다. 김형규의 〈코로나 시대의 사랑〉은 변호사와 기자의 비대면 러브스토리라는 외피를 두르고 비정규 노동자의 현실이라는 속살을 낱낱이, 그리고 묵직하게 고발하고 있습니다.

앞서 언급한 추리문학 평론가 백휴의 글 외에도 심도 있는 다양한 글을 실었습니다. 박인성 교수는 〈SF와 미스터리는 좋은 동거인이 될 수 있는가〉에서 영화 〈블레이드 러너〉와 후속작인 〈블레이드 러너 2049〉가 어떻게 미스터리 장르의 각기 다른 하위 장르와의 결합을 시도했는지 분석하고 있습니다. 신화인류학자 공원국은 메리 셸리의 《프랑켄슈타인》을 통해 추리소설이 어떻게 '인간 존재에 대한 근본적인 질문과 싸워야 하는 공간'으로 독자를 내몰 수 있는지 보여줍니다.

그 밖에도 김소망 출판 마케터는 부산국제영화제에 원천 IP 세일즈마켓인 '부산 스토리마켓'을 제안한 추계예술대학교 영상비즈니스과 김은영 교수를 인터뷰하면서, 콘텐츠와 IP의 확장을 꿈꾸는 출판사가 취해야 할 전략에 대해 이야기를 나눴습니다. 새롭게 연재를 시작한 쥬한량은 〈나이브스 아웃〉과 〈나이브스 아웃: 글래스 어니언〉이 같은 미스터리 영화로 분류되지만, 어떻게 다른 전략과 완성도를 보여주는지 흥미로운 분석을 내놓았습니다.

미스터리 장르의 매력이 어디 하나뿐이겠습니까. 본령은 본령대로, 하위 장르는 하위 장르대로, 혼종은 혼종 나름의 매력이 있습니다. 뽑기 기계에서 굴러 나온 캡슐을 두근거리며 열 때처럼 미스터리의 다양한 매력에 빠져보시길 바랍니다.

차례

인구 구조는 어떻게 한 사회의 범죄를 바꾸는가

염건령(한국범죄학연구소 소장/가톨릭대 행정대학원 탐정학 교수)
민수진(한국범죄학연구소 선임연구위원/법무연수원 외래교수)

1

최근 들어 범죄심리학 및 범죄사회학, 범죄학, 범죄수사학 등에서 관심을 갖는 연구 주제가 있는데, 다름 아닌 '인구 구조의 변화와 범죄 발생의 상관관계'다. 인구 구조는 남성과 여성의 비율, 연령대별 비율을 기반으로 해당 사회의 미래 상황을 예측하고, 이를 바탕으로 장기적인 대안 등을 모색하는 연구 분야다. 최근 급격하게 바뀐 인구 구조가 어떻게 우리 사회의 범죄를 바꾸고 있는지 살펴보고자 한다.

우리나라는 한국전쟁이 끝난 이후 매년 많은 신생아가 태어나는 상황이 장기간 지속되다가, 1960년대부터 강력한 산아제한 정책을 펼쳤다. 1997년 외환위기를 거치며 가속화된 출생아 수 감소에 대해 경각심을 갖지 못하고, 원인 파악과 대비가 전혀 안 된 상태로 21세기를 맞았다. 결국 2000년대 들어서서 출생아 수가 급감하자 서둘러 조직과 정책을 쏟아냈으나 저출산 현상을 개선하지 못하고 있고, 최근 몇 년간 인구 구조의 불균형으로 인해 다양한 사회적 문제점들이 두드러지게 나타나고 있다.

우리나라는 1960년대까지는 농업 중심 국가였다. 분단 이전에 대부분의 중화학공업이 북한 지역을 중심으로 발전했으며, 남한은 경기도와 충청도, 경상도, 전라도를 중심으로 한 농업이 중심 산업이었다. 쌀농사와 잡곡 중심의 농업은 인적 자원을 중심으로 이루어져 생산성 또한 극히 낮았으며, 농업을 위한 인적 자원 확보를 위해 다산多産을 선택하는 가정이 많았다. 1960년대 중반까지 한 집에 6~7명 정도의 아이들이 태어났는데, 농사를 지을 수 있는 노동력이 될 것을 기대했기 때문이다.

한국전쟁 후 우리 사회는 기아가 너무 심해 '보릿고개'로 불리는 춘궁기가 1960년대까지 자연스러운 사회현상일 만큼 먹고사는 문제는 해결되지 않았다. 1970년대 베트남전쟁 특수와 국가의 경공업 및 중화학공업에 대한 대대적인 부흥정책이 시행되면서 점차 도시를 기반으로 한 공업 발전이 진행되었으며, 정부에서도 많은 젊은 인구들을 농업이 아닌 2차 산업(제조업)에 투입하기 위해 노력했다. 여기에 한 가지 걸림돌이 너무 많은 신생아였다.

당시 정부는 기본적인 국가 인프라도 구축하지 못한 상태에서, 계속해서 많은 아이가 태어나면 이들의 생계와 교육을 국가가 책임지기 힘들 것으로 예측했고, 도시화·산업화가 진행되면서 농촌에서 도시로 몰려드는 사람들의 규모가 감당할 수 있는 수준이 아니라고 판단했다. 이러한 비관적 예측을 기반으로 1960년대부터 시작된 산아제한 정책이, 더 발전된 계몽과 홍보를 통해 1970년대에는 가족계획을 세워 두 명의 자녀만을 출산하도록 유도했고, 1980년대에는 자녀를 한 명만 낳도록 권고했다. 이를 위해 가장이 불임수술(정관수술)을 한 가정에 아파트 우선 분양권을 주는 등 다양한 피임 정책에 부동산 및 세제 정책을 접목하여 피임을 실천한 가정에 파격적인 혜택을 제공하기도 했다. 그 결과 많은 부부가 1~2명의 자녀만을 낳으면서 핵가족화가 빠른 속도로 진행되었으며, 경제 발전과 더불어 양성평등을 위한 제도와 문화가 확산함에 따라 맞벌이 부부가 늘어 자녀를 한 명만 낳거나 아예 낳지 않는 부부가 증가했다.

그 결과는 2000년대부터 본격적으로 나타나기 시작했는데 2000년에 64만 명을 넘겼던 출생아 수가 2001년에 55만 명대로, 2002년에 49만 명대로 주저앉았고 그 후로 2016년까지 등락을 거듭하며 40만 명대를 유지하다 2017년에는 30만 명대로 추락했다. 2000년대 초반부터 출생아 수를 늘리기 위한 정부의 정책적 노력이 시작되었으나 아무 효과도 거두지 못했으며, 결국 아동·청소년, 청년 인구의 감소로 인한 사회적 부작용이 현실화되었다. 인구 감소 정책을 국가의 사명으로 여겼던 시대가 저물고 순식간에 젊은 인구의 감소를 걱정해야 하는 상황을 맞이한 것이다.

우리나라의 인구 정책은 세계 최고의 고령 국가인 일본의 실패와 같은 방향성을 보인다. 일본은 2차 세계대전에서 패전한 후 경제 성장을 위해 농업 중심의 다산주의를 공업 중심의 단산單産주의로 변화시켰다. 이후 2000년대에 들어오면서 고령 인구의 급증과 젊은 인구의 감소로 인해 심각한 사회문제를 겪고 있다. 인구 정책의 잘못된 방향성과 정책 집행은 정치·사회·경제·국방·교육 등 사회 전반에 다양한 악영향을 미치며 그 부작용을 벗어나기 쉽지 않다.

범죄 현상에서도 인구 구조는 '보이지 않는 손'으로 작용한다. 예를 들어, 노인 인구의 급증은 당연하게 노인 학대와 같은 범죄의 증가로 이어지며 이는 사회 전반에 영향을 미칠 수밖에 없다. 청년 인구의 감소는 핵가족화로 인한 외둥이 가정의 증가로 인한 현상이며, 이는 자발적이든 외부적 요인에 의한 것이든 고독하게 홀로 지내는 청년의 숫자를 늘릴 수밖에 없다. 이에 따라 혼자 사는 여성에 대한 범죄가 증가하고, 사회성의 결여나 정서적 결핍 등으로 이어져 타인의 고통과 슬픔에 공감하지 못하는 감수성 결여 등의 문제로도 연결될 수 있다.

명확하게 상관성에 관한 연구가 나오지는 않았지만, 청년의 소외현상은 역으로 인간관계에 대한 집착을 불러올 수 있으며, 이는 최근에 발생하는 스토킹 범죄의 증가, 이별 관련 강력범죄의 급증, 보복성 범죄의 잔혹화 등과 어느 정도 인과관계가 있다고 추정된다. 거시적인 시각으로 미래를 내다보고 예측하지 못한 인구 정책은 후대에 해결하기 힘든 문제적 사회구조를 물려주고 어려운 상황을 떠넘기는 심각한 결과를 초래할 수 있다.

2

위에서 살펴본 인구 문제는 범죄에도 상당한 영향을 미치고 있다. 특히 빠른 속도로 고령화되고 있는 우리나라는 노인 인구의 급격한 증가와 범죄와의 관련성을 살펴봐야 한다. 우리나라 노인의 기준 나이가 만 65세인데, 이는 점차 늦춰질 것으로 예상된다. 실제로 KDI(한국개발연구원)는 2025년도부터 단계적으로 노인의 정년을 10년마다 1년씩 연장해야 한다는 주장을 내놓기도 했는데, 국가정책을 연구하는 기관의 발표라는 측면에서 실행될 가능성이 크다(2022년 대통령직인수위원회 KDI 보고자료).

미국의 경우에는 우리나라와 같이 노인 정년이 있었지만, 나이 차별이란 이유로 1986년 고용노동 분야에서 정년을 없앴고, 몸을 움직일 수 있는 동안에는 언제나 청년들과 같이 일할 수 있는 환경이 조성되었다. 하지만 우리나라는 법적 정년이 있고 여전히 신체적 나이를 기준으로 노동의 기회를 박탈하고 있다. 이러한 정책은 이미 노인 부양에 대한 경제적 부담을 발생시켰고, 사회적 계층 갈등이나 세대 갈등을 유발하고 있으며 다양한 노인 관련 문제의 확대로 이어지고 있다.

문제는 노인 인구의 급증과 범죄 현상 역시 서로 연결되어 있다는 점이다. 범죄심리학자들은 노인의 경제적 궁핍과 소외가 향후 노인 관련 범죄가 늘어나는 결과를 초래할 것으로 본다. 노인이 피해자가 되거나 노인이 가해자가 되어 아동이나 청년 또는 같은 노인을 공격하는 범죄가 증가해 기존에 우리 사회가 경험하지 못했던 문제가 발생할 수 있다. 미래에 대한 예측이 극단적으로 흐르지 않도록 주의해야 하지만, 현재 인구 구조와 상황을 객관적으로 보더라도 노인 관련 범죄는 결코 그냥 지나칠 수 있는 문제가 아닐 것이다.

노인 대상 범죄의 증가는 우리 사회의 분명한 문제다. 이미 고도 고령화 사회로 진입한 일본은 노인 관련 범죄가 급증해 이로 인한 사회적 홍역을 앓고 있다. 사회복지기관에서 돌봄 대상 노인을 일종의 돈벌이 수단으로만 여기고 부양, 보호, 치료 등을 제대로 하지 않는 기관 내 학대 범죄가 발생하고 있다. 노인에게 투입되어야 할 예산을 자신들의 호주머니 속으로 넣는 세금 도둑형 범죄도 흔하게 나타나고 있다. 우리나라에서도 이와 비슷한 상황이 전개되고 있으며, 경기도청을 시작으로 여러 광역자치단체가 사회복지 특별사법경찰부서를 만들고 복지 관련 횡령이나 학대, 기관에 의한 인권 침해 범죄, 노동권 침해 범죄 등에 대한 단속에 적극적으로 나서고 있다.

가정 내에서 노인과 관련해 발생하는 범죄 역시도 문제가 되고 있다. 대표적으로 자녀에 의한 노인 부모 학대 및 강력범죄를 들 수 있는데, 재산을 상속받기 위해 부모를 살해하는 사건, 고령의 부모가 가입한 생명보험을 노리고 살해를 시도하거나 실제로 실행하는 사건, 차상위 계층이나 사회 보호 계층의 부모님이 매달 받는 사회복지 수급비를 자녀가 강탈하는 사건, 재산 분배 과정에서 불만을 가진 자녀가 부모를 살해한 사건, 자신의 인생이 망가진 원인을 부모에게 돌려 원망하면서 부모를 폭행해 사망하게 하는 사건 등 실로 입에 담기 어려운 노인 대상 패륜범죄가 발생하고 있다.

이뿐만이 아니다. 우리나라에서도 심각한 사회문제가 되고 있는 보이스피싱 범죄도 노인을 대상으로 발생하는 경우가 많다. 물론 지능화·조직화된 보이스피싱 범죄는 노인 외에도 청장년층을 대상으로도 발생하고 있지만, 금융 보안이나 온라인 금융에 적응하지 못하는 노인의 피해가 더욱 심각하다. 정부나 금융기관에서 보이스피싱 범죄에 노출된 노인들을 보호하기 위한 다양한 방안을 마련하고 있지만 보이스피싱으로부터 모든 노인을 보호하는 것은 현실적으로 매우 어렵다.

또한 가족이 아닌 후배 세대로부터 잔혹한 범죄 피해를 당하는 노인도 급증하고 있다. 폐지를 줍던 노인을 만취한 20~30대의 젊은이들이 폭행해 사망하게 한 사건, 일부 청소년들이 구매 금지 품목을 사기 위해 노인을 불러 건당 1천~2천 원을 주고 소위 "담배나 소주 셔틀"을 시키다 적발된 사건, 기분 나쁘다는 이유로 젊은 남성이 지나가던 노인을 폭행해 사망하게 한 사건, 지하철에서 심하게 큰 소리로 통화하는 20대 여성의 행동을 지적한 노인을 휴대폰으로 머리를 가격해 중상을 입힌 사건 등 이해할 수 없는 노인 대상 공격이 많이 일어나고 있다.

문제는 여러 유형의 범죄에서 가해자보다는 주로 피해자가 될 수밖에 없는 노인들의 규모 자체가 급격하게 늘어나고 있다는 것이다. 1958년생부터 1974년생까지 매년 90만 명에서 100만 명 이상이 출생했고, 수명 연장으로 인해 사망자 숫자가 줄어드는 현상과 맞물려 2023년부터는 매년 80만 명에 가까운 인구가 노인이 되는 현상이 20년 이상 지속될 전망이다. 다시 말해서, 보호해야 할 노인의 규모가 급속히 커지면서 우리 사회의 보호망 범위를 벗어날 위험이 크다는 의미다.

우리나라에는 다른 국가에서 찾아보기 어려운 존속범죄尊屬犯罪 개념이 있지만 이는 직계 부모라는 제한적인 범위 안에만 적용되는 내용이며, 이웃의 노인에 대한 공격과 범죄 행위는 가중처벌 대상이 아니다. 물론 노인복지법에 노인 학대 행위에 대한 가중처벌 항목이 있지만 이 역시도 복지 또는 부양 의무를 가진 개인 또는 기관에만 국한된다. 연고가 없어(무연고) 법적 의무로부터 자유로운 사람에 의한 공격과 범죄 행위에 대해서는 일반적인 수위의 처벌만 적용된다는 점에서 이에 대한 대안을 시급히 마련해야 할 것이다.

3

다음으로 살펴봐야 할 문제는 청년의 고립화다. 청년세대의 고립 문제는 우리나라만의 문제는 아니어서 이미 다른 여러 선진국이 이와 관련한 대책을 마련하기 위해서 다양한 노력을 기울이고 있다. 독일은 청년 대상 데이트 비용 지원사업을 시행하고 있고, 프랑스는 제한적이기는 하지만 청년 기본소득 보장제를 시행하고 있다. 선진국이 공공재정을 활용해 청년들을 지원하는 목적은 기본적인 생계 보장뿐 아니라, 이들이 경제적 능력이 있어야 다양한 인간관계를 맺으며 사회활동을 할 수 있기 때문이다.

우리나라는 MZ세대라고 불리는 1980년대 이후 출생자를 대상으로 여러 가지 정책을 내놓았지만, 현실성이 떨어질 뿐만 아니라 인구 규모가 큰 고령자의 표를 받기 위한 포퓰리즘 노인 정책을 더 우선시하다 보니 복지 영역에서 크게 소외되어왔다. 보호와 지원이 필요한 청년층에 대한 복지 정책이 부재하거나 부족한 결과, 청년의 자발적 고립이나 실업, 사회적 고립의 고착화, 대인관계 어려움으로 인한 연애의 포기, 극단적 선택의 증가, 타인의 감정을 공감하지 못해 발생하는 강력범죄 등의 문제가 일어나고 있다.

전통적인 범죄의 발생 건수는 약간 감소하는 추세지만, 성범죄와 사기 범죄의 증가세는 뚜렷하고 스토킹 범죄와 같은 새로운 유형의 범죄가 늘고 있다. 문제는 최근에 발생하는 범죄의 양상이 날이 갈수록 잔혹해진다는 점이다. 범죄에 대한 국민의 공포 수준을 끌어올리는 것은 범죄 건수의 증가보다 언론에 보도되는 범죄 내용의 잔혹성인데, 최근 발생하는 범죄의 상당수가 잔인하고 흉악하며 엽기적이다. 10대와 20대부터 범죄를 저지르는 문제를 해결하기 위해서는 교육 시스템의 변화와 함께 다각도의 사회적 노력이 필요하다. 많은 범죄학자와 사회학자, 심리학자들이 해결책을 고민하고 있지만, 오랜 시간 누적되어온 문제이기 때문에 사회적 합의를 통한 전향적인 정책과 노력이 필요하다.

청년세대의 고립화로 발생하는 대표적인 문제인 스토킹, 가스라이팅, 관계망상형 범죄에 대해 세부적으로 논의해보자.

4

스토킹Stalking 관련 강력범죄가 꾸준히 증가하고 있다. 과거에 "열 번 찍어서 안 넘어가는 나무가 없다"라는 속담이 있었는데, 이는 힘든 일이라도 계속 시도하고 열정을 가지고 임하다 보면 그 목적을 달성하게 된다는 의미다. 하지만 이 속담이 이성에게 구애하는 방법론으로 왜곡되어 상대방의 거부 의사를 무시하고 반복적으로 상대방의 일상과 삶을 파괴하는 스토킹의 합리화에 사용되는 것은 매우 우려스러운 일이다.

한 번 고백해서 안 받아주면 열 번이고 스무 번이고 고백하고 쫓아다녀서 결국엔
허락하게 만들겠다는 것은, 상대방의 의사와 감정은 전혀 고려하지 않고 자신의 욕
구 충족만이 중요하다는 전형적인 스토커의 사고체계라 할 수 있다. 사랑은 쌍방이
서로 교류하는 감정이다. 즉 한쪽만 일방적으로 좋아하는 감정은 사랑이 아니고 상
호 간에 좋아해야 한다는 의미. 이러한 감정적인 교류라는 부분을 무시하고 상대
방은 원하지 않는데, 자기 마음에 든다는 이유만으로 특정 이성을 맹목적으로 따라
다니는 것은 명백한 범죄 행위이며 폭력이다.

우리나라에서 발생하고 있는 스토킹 관련 사건의 공통점은 법과 제도가 피해자를
실제로 보호하지 못한다는 것이다. 가해자를 처벌하는 법적 형량을 높이는 것보다
더욱 중요하고 당장 선행되어야 할 것이 피해자가 사망하거나 다치기 전에 구조하
고 보호하는 방법의 강구다. 또한 관심의 표현이나 구애를 조금 과도하게 한 것이
라거나 여성이 피해자일 것이라는 등의 잘못된 고정관념에서 벗어나서 강력범죄
의 하나로 다룰 수 있어야 한다. 김태현 사건에서도 알 수 있듯이 피해자가 좋아한
다는 식의 의사 표현을 한 적이 전혀 없었음에도, 가해자인 김태현은 자신의 일방
적 감정과 관심을 받아주지 않고 무시한다는 생각에 빠져 피해자와 그 가족을 모두
살해하는 끔찍한 범죄를 저질렀다.

최근 지하철역에서 발생한 전주환 살인사건도 피해자가 전주환의 관심 표현에 처
음부터 여지를 주지 않고 거부 의사를 분명하게 표현했는데도 끊임없이 일방적으
로 장기간 스토킹을 했고, 결국 각종 불법행위에 법적으로 대응했던 피해자를 계획
적으로 살해했다. 이 외에도 피해자의 집에 불을 지르거나 피해자의 남자친구나 남
편을 공격하거나, 심지어 출근길 주차장에서 남자 직원이 스토킹하던 여성 공무원
에게 흉기를 휘둘러 죽게 한 사건까지 발생했다. 이제는 스토킹이 살인 범죄의 원
인이자 수단이 되고 있다.

그렇다면 스토킹을 저지르는 범죄자들의 심리적 메커니즘은 무엇일까? 강력범죄
로 이어지는 스토커들의 심리적 메커니즘을 다음의 네 가지로 정리할 수 있다.

첫째, 살인·강간·방화·사체유기 등의 강력범죄를 서슴지 않고 저지르는 스토커들
은 사회적으로 고립된 상태에서 살아가는 경우가 많아서 사회적 교감 능력이 심각
하게 부족하고, 그래서 스스로 타인과의 교감이 필요한 상황을 원하지 않게 되는
악순환에 빠져 있다. 사회적 동물인 인간은 다른 사람과의 소통을 통해 생각을 나
누고 감정을 교류하면서 살아야 정상적인 사고체계를 유지하고 공감할 수 있다. 그
런데 이러한 사회적 교류가 없는 상태에 오래 방치되거나 놓이게 되면 타인의 입장

과 감정을 파악하지 못할 뿐 아니라 전혀 공감하지 못하기 때문에, 자신의 욕구와 감정에 매몰되어 자기가 원하는 바를 들어주지 않는 대상에게 강한 분노와 적대감을 품고 공격성을 보이게 된다.

둘째, 사회성의 부족이나 결여 상태는 법이나 사회체제에 대한 무시를 불러온다. 법이나 사회체제를 무시한다는 것은 법이나 사회제도 안에서 금지하는 행위를 자기 마음대로 저지르게 되는 상황이 쉽게 나타날 수 있다는 것이다. 스토킹 처벌법을 집행하는 일선 경찰관들의 면담 내용을 보면 상당수 가해자가 이러한 행위가 왜 처벌되는지를 이해하지 못하며, 법을 위반할 경우 받는 처벌에 대해서도 두려워하지 않는 경우가 많다는 점을 확인할 수 있다.

문제는, 스토킹을 하는 사람이 법의 처벌이나 제재를 무서워하지 않는다면, 결과적으로 피해자를 죽이거나 큰 피해를 입혀야 사건이 종료된다는 점이다. 스토킹에 대해서 아무리 강력한 처벌을 한다 하더라도 이를 무서워하지 않는다면 가해자에 대한 처벌보다 피해자를 실시간으로 보호하고 구제하는 실질적인 방법을 마련하는 것이 더욱 중요할 것이다.

셋째, 스토킹 피해자에 대한 사회적 보호와 제도적 보호가 매우 부족한 현재의 상황은 스토커들이 우리 사회가 피해자를 돌보지 않는다는 인식을 갖게 해 결국 강한 공격을 택하게 만들 수 있다. 예를 들어 현금을 많이 취급하는 한 상점을 대상으로 강도나 절도를 저지르려는 예비 범죄자가 있다면, 해당 상점을 평소에 면밀하게 관찰하고 동정을 파악하는 것이 일반적인 행동일 것이다. 만약 해당 상점에 상주하는 무장 경비원이 있거나 많은 사람이 이용하는 상점이라고 판단되면 예비 범죄자는 공격을 주저하거나 포기할 가능성이 커진다. 반면에 인적이 드물고 별도의 보안요원이나 경찰의 정기 순찰이 없다면, 안전과 관련한 보호조치가 약하다는 점을 파악하고 쉽게 공격을 결정할 수 있다. 이 사례를 통해 스토킹 피해자를 보호하기 위해 어떤 조치가 필요한지를 유추해볼 수 있을 것이다.

강력범죄로 이어지는 스토킹은 피해자에 대한 촘촘한 사회적 안전망이 전혀 작동하지 않거나 존재하지 않기 때문에 발생하는 범죄로 보아야 한다. 우리나라는 가해자나 피의자의 인권을 매우 철저하게 보호하기 때문에, 스토커에 대한 사전 예방적인 제재가 인권 침해 논란을 불러올 수 있다는 우려로 사법기관이나 수사기관이 피해자에 대한 적극적인 보호를 주저하게 만드는 원인이 되고 있다.

넷째, 스토커들은 자신의 일방적인 사랑과 증오, 복수의 감정을 표현하는 데 강력한 제재를 받은 경험이 거의 없으며, 이러한 경험의 부재가 극단적인 공격을 서슴없이 행하는 원인이 된다. 아무리 막 나가는 범죄자라 하더라도 강력한 제재와 피해자에 대한 철저한 보호 방안이 작동한다면, 잔혹한 공격을 주저 없이 자행하기 어려울 것이다. 우리 사회는 스토킹을 사귀던 이성 간에 발생하는 충돌이나, 헤어지는 과정에서 발생하는 일종의 부작용이나 아픔 정도로 바라보는 무지가 만연해 있었다. 이는 결과적으로 잔혹한 스토킹 강력범죄를 불러왔고, 많은 국민이 목숨을 잃거나 심각한 신체적·정신적 피해를 보는 상황을 초래하고 말았다.

5

가스라이팅Gas Lighting이라는 용어는 1938년 영국 런던에서 초연된 〈가스등 Gaslight〉이라는 유명한 연극 제목에서 유래된 것이다. 가스라이팅은 수직적·비대칭적 권력관계에서 가해자가 피해자를 통제하고 심리적으로 지배하는 현상을 말하며, 이것이 범죄와 연결될 때 가스라이팅 범죄라고 부른다. 이를 연구하는 학자들은 가스라이팅(심리적 지배)의 과정을 구분해 설명하고 있는데, 그 과정이 반드시 단계별로 진행되는 것이 아니라 여러 과정이 동시에 진행될 수도 있다.

첫째, '거부 단계'다. 피해자가 어떤 이야기를 하건 이에 대해서 그럴듯한 명분과 이유를 내세워 틀린 이야기를 하고 있다고 몰아가는 단계다. 예를 들면 연인 사이의 대화 중 한 사람이 친한 친구 A의 나쁜 점을 이야기하며 문제가 있다고 비판했을 때, 그 이야기를 들은 상대방이 A는 나쁜 사람이 아닌데 그렇게 생각하는 것은 말하는 사람의 인식에 문제가 있다고 비난하는 것이다. 친구 A의 행동이 정말 나쁘고 문제가 있음에도 불구하고 말한 사람은 상대방의 지적과 비난에 자신의 판단을 의심하게 된다. 이것이 반복되면 피해자는 자신의 판단을 스스로 신뢰하지 못하게 돼 가해자의 판단을 맹목적으로 따르게 된다.

둘째, '반박 단계'다. 피해자가 가해자에게 어떠한 주제를 가지고 이야기하면, 피해자의 논리와 의견에 강하게 반박하고 이를 뒤집기 위해 억지스러운 주장이나 관계 정리 등을 언급하면서 어떻게든 자기 말에 대들거나 반대되는 주장을 하지 못하도록 길들이는 과정이다. 피해자는 자신이 의견을 제시할 때마다 가해자로부터 계속 반박되고 관계가 불편해지게 되면, 더 이상 가해자의 의견에 반대되는 의사 표현을 하지 못하게 된다. 가해자의 주장이나 지시·명령을 자기 판단 없이 그대로 수용하고 따르는 단계로 접어드는 것이다.

셋째, '전환 단계'다. 피해자가 가해자 이외의 다른 사람과 친해지거나 다른 일에 집중함으로 인해 가해자에게 의존하는 정도가 약해지거나 가해자의 의견에 의구심을 품게 됐을 때, 다시 피해자의 의존성을 높이기 위한 행동을 하는 것이다. 다른 사람과 친해지는 것을 막기 위해 교묘하게 이간질하고, 일에 집중하거나 다른 인간관계를 갖지 못하도록 직장을 그만두게 하거나 취미생활도 하지 못하도록 설득하고 강압한다. 수단과 방법을 가리지 않고 자신에게만 집중하도록 주변 환경을 조성하며, 지속해서 집중의 대상이 전환되는 것을 막는다.

넷째, '경시 단계'다. 피해자의 자존감을 완전히 파괴하기 위해 가해자가 일상에서 피해자를 대상으로 폭력적인 언행을 하는 것이다. 단순한 반박을 넘어서 피해자의 사고체계가 극히 비정상적이며 머리가 나쁘고 매우 어리석은 사람이라는 식의 노골적인 모욕과 비하를 한다. 이미 신뢰하고 의지하는 대상으로부터 반복적으로 멸시와 비하를 당하다 보면, 피해자 스스로 자신은 가치가 없는 사람이고 문제가 있다고 믿게 되고 그렇게 모자란 자기 옆에 있는 가해자에게 고마움을 느끼고 더욱 의존하게 된다. 다른 사람과 같이 있을 때는 피해자를 경시하는 모습을 보이지 않고 둘만 있을 때 그렇게 행동하기 때문에, 주변 사람들도 눈치채지 못하는 경우가 많다. 특히 나이가 많은 사람이 자신보다 어린 사람에게, 직급이 높은 직장 상사가 부하직원에게, 부모가 자녀에게, 교육자가 피교육자에게 경시라는 수법을 자주 사용한다.

다섯째, '부인과 망각의 단계'다. 부인은 피해자가 이미 알고 있는 지식과 사실관계뿐 아니라 기억까지도 모두 부정하는 과정이고, 망각은 끊임없는 부인을 통해서 가해자가 피해자의 올바른 기억을 잃어버리게 만드는 것을 의미한다. 부인과 망각을 통해 피해자는 철저하게 모든 판단을 가해자에게 의존하게 된다. 모든 가스라이팅의 단계를 거치고 나면 자기 의지 없이 가해자에게 철저히 조종과 통제를 받는 사람이 되는 것이다.

가스라이팅은 심리학을 배운 사람이나 이론을 많이 아는 사람이 가해자가 되는 것이 아니라, 타인에 대한 공감 능력이 없고 자신의 이익과 욕구 충족을 위해서는 수단과 방법을 가리지 않는 소시오패스에 가까운 자들의 생활방식으로 볼 수 있다. 가스라이팅으로 상대를 속여 돈을 갈취하거나, 자신의 무위도식을 위해 이용하거나, 이성을 사귀면서 비용 지출을 하지 않고 상대방에게 모든 책임을 전가하는 등, 가스라이팅은 타인을 착취해 자신의 이익을 취하려는 다양한 행위와 연결된다. 일부 사이비 종교인들이 전 재산을 자신에게 기부하도록 유도하고, 우월적 지위에 있는 남성이 피해 여성을 심리적으로 지배해 지속적으로 성폭행하는 것도 가스라이팅과 연결되어 있다고 볼 수 있다.

우리 사회가 혼자 사는 사람이 많아지고 개인의 고립화가 심화하면서 이들을 노린 가스라이팅 범죄는 계속 늘어날 것으로 예상된다. 이은해와 조현수 사건에서도 볼 수 있듯이 피해자의 목숨까지 노리는 경우도 많아지고 있으므로, 이에 대한 고도화된 수사 방법의 개발과 함께 피해자의 피해를 명확하게 분석하고 지표화할 수 있는 체계를 만들어 중범죄로 다스릴 수 있도록 하는 전향적인 대책이 필요하다고 생각한다. 가스라이팅 관련 범죄는 피해자의 인격과 사고체계를 파괴해 인생을 철저하게 파탄 낼 뿐만 아니라 목숨까지도 빼앗을 수 있는 심각한 강력범죄라는 점을 명확하게 인식하고 이에 대한 대응책을 마련하는 데 집중해야 할 것이다.

6

관계망상형 범죄도 최근 들어 심각한 강력범죄의 세부 유형으로 등장하고 있다. 관계망상이란 다른 사람과의 관계성을 자의적으로 판단하고 해석하며 이를 굳게 믿는 것인데, 문제는 이런 믿음을 토대로 반사회적이거나 폭력적인 행위를 하는 경우가 발생한다는 것이다. 예를 들어 친절한 주변 사람에 대해서 자기를 좋아하는 것으로 생각하거나, 길을 가다가 자주 만나는 이웃 사람이 자신을 좋아한다거나 또는 미워한다는 혼자만의 생각에 빠지는 것을 관계망상이라고 한다.

인간관계의 성격을 올바르게 판단하려면 여러 경험의 축적이 필요하다. 한 번의 만남으로 금세 친해질 수도 있겠지만 대부분의 인간관계는 지속적인 만남과 대화를 통해 공유하는 것이 많아지고 서로에게 공감을 하면서 형성된다. 그러나 관계망상은 이러한 인간관계의 정상적인 형성 과정을 거치지 않고, 겉으로 드러난 단편적 현상만을 보고 자의적 판단을 하고 감정을 갖게 만든다. 이들이 부정적 감정을 갖게 되면 폭력적 행위로 이어질 수 있는데, 이 유형의 가해자들 역시 피해자의 입장이나 생각은 전혀 고려하지 않고 가해행위를 저지르는 경우가 많다.

과거 지방의 한 소도시 면사무소에서 이웃 주민과의 분쟁으로 인해 여러 민원을 제기하던 주민이, 수렵용 엽총을 들고 면사무소에 찾아와 총을 난사해 두 명의 공무원을 사망에 이르게 한 사건이 있었다. 이 엽총 난사 사건으로 사망한 두 명의 공무원은 주민 간의 분쟁에 전혀 관련이 없는 사람들이었다. 하지만 범인은 자신의 편을 들어주지 않는 면사무소 직원 모두를 적으로 간주했고, 결국 이러한 관계망상이 안타까운 살인사건으로 이어지게 한 것이다. 향후 사회적 고립이 심화되면 이와 같은 관계망상형 강력범죄가 더욱더 늘어날 것이며, 이는 사회의 연대 기능을 강화하고 다양한 인간관계를 회복시키는 것을 통해 예방해야 한다. 타인과 교감하고 연결되는 경험을 위한 노력이 사회문화적으로 필요한 것이다. 일본에서도 관계망상형 강력범죄의 급증으로 인해 골머리를 앓고 있지만 뾰족한 대안 마련이 쉽지 않은 상황이다.

7

끝으로 범죄 문제의 해결에 있어서 올바른 방식의 소통이 중요하다는 점을 강조하고자 한다. 앞서 언급한 범죄 현상의 변화는 주로 인구 구조의 급격한 변화와 세대 및 계층 간의 단절, 우리 사회의 집단 결속력 저하 등이 영향 요인이 되었다고 할 수 있다. 범죄 대응에 있어서 법적 장치의 마련, 수사기관의 수사 및 조사 역량 제고, 피해자의 상황과 피해 정도에 대한 정확한 파악 등이 지금까지 제시되어온 대안이었다. 그러나 인구 구조의 변화와 세대 및 계층, 개인 간 소통의 부재, 공동체의 붕괴 등과 같은 범죄의 원인을 해소하기 위해서는 다른 방식의 대안 마련에 각별한 신경과 노력을 기울여야 할 것이다.

특히 최근 사회적으로 소외되는 사람들의 실태를 정확하게 파악하고, 이들이 극단적으로 혼자만의 생각에 빠지고 정상적인 인간관계를 갖지 못하는 상황을 막는 노력이 필요하다. 이를 위해 지역사회에서 대상에 맞는 사회적 모임과 활동을 만들고 참여시키려는 노력이 필요하며, 실행을 위해서는 정부의 재정적인 투입이 일정 부분 담보되어야 할 것이다. 일본의 경우 마을 공동체 사업에서 확대된 개념으로서 청년 공동체 사업이나 세대 간 소통사업 등에 다방면의 노력을 기울이고 있으며, 고립의 문제점을 알리는 공익 캠페인을 적극적으로 시행하고 있다.

다음으로 잔혹화, 흉포화, 지능화되는 강력범죄에 대해 더 강한 형사적 대응을 고민해야 할 것이다. 우리나라는 사형제를 폐지하고 인권보호국의 지위를 유지하고 있다. 사형제를 부활하기는 어렵더라도 가석방 없는 종신형제의 도입이나 무기징역형의 중복 선고 제도, 교도소 내 노역이나 출소 후 경제활동을 통해 번 돈을 피해자나 그 유족에게 지급하는 행형노동 피해자 보상지급제, 노역과 함께 강한 통제를 받는 미국식 중교도소의 도입, 훼손이 사실상 불가능한 초강력 전자발찌의 도입 등 다양한 대안을 고려해야 한다.

우리 사회는 그동안 피의자 또는 가해자의 인권 보호를 위해 노력해왔고, 실제 그들의 인권이 보호되고 있음을 확인할 수 있다. 이미 많이 늦었지만 이제 피해자와 그 가족 또는 유족의 인권을 생각해야 할 때다. 피해자 인권을 간과한 세월이 인권의 불균형을 낳았고, 이는 피해자나 그 가족이 범죄 피해에서 벗어나지 못하게 만드는 가장 큰 원인이 되고 있다. 또한 사회 시스템이 가해자의 인권 보호에만 너무 치우치면 처벌에 대한 두려움이 없어 더 쉽게 범죄를 저지르게 만들 수 있다. 또한 중대한 범죄 피해를 우리 사회에 끼쳐도 사회적 응징을 제대로 받지 않는다는 잘못된 메시지를 줄 수 있다는 점도 심각하게 고민해야 할 것이다.

신인상

수상작★설곡야담

심사평

수상자 인터뷰

고태라

《동국어지승람》에 따르면 연고가 없는 무주고혼無主孤魂을 위령하는
여단厲壇이 고을마다 있었다고 한다. 병들어 죽은 사람, 물에 빠져 죽은
사람, 불에 타 죽은 사람 등이 여귀厲鬼로 주로 거론되는데, 그만큼이나 자주
언급되는 것이 떨어져 죽은 사람이다.

호남 일부 지역에선 이런 귀신을 타사신墮死神이라 부른다. 여수 ○○읍
○○리에는 다음과 같은 타사신 숭배 전설이 전해지고 있다.

어느 날 마을에 사는 처녀 하나가 약초를 캐러 뒷산에 올랐다. 그런데 갓
겨울로 접어드는 입동立冬의 절기에 갑자기 눈이 내리는 것이었다. 평년보다
일찍이도 내린 첫눈 탓에 처녀는 당황한 나머지 발을 헛디뎌 절벽으로
추락해 죽고 말았다. 가족이 없었던 처녀의 넋을 기리는 사람은 아무도
없었다.

그 이후로 마을은 크고 작은 사달에 시달렸다. 농사는 흉년을 거듭했고
가축들은 시름시름 앓았다. 특히 뒷산에서는 원인불명의 낙사 사고가
끊이지 않았는데, 사망자들은 몸이 온전치 못한 와중에도 하나같이 눈을
부릅뜨고 있었다.

억울하게 죽은 처녀의 원념에서 비롯된 앙화라고 생각한 마을 사람들은,
뒤늦게 당집을 설치하고 제물을 바쳐 처녀의 한을 달랬다. 그러자 마을의
모든 문제가 해결되었고 아기씨들도 무럭무럭 자라났다고 한다.

—신태희 외 2명, 《남도 신화 연구》, 우리문화연구원, 112쪽

1996년 12월 22일.

은영은 다운파카의 앞섶을 여미며 처마를 타고 떨어지는 진눈깨비를 바라보았다. 눈인지 비인지 헷갈리는 것이 그토록 매섭게 쏟아지더니 어느덧 잦아들고 있었다. 머리와 귀를 데워주는 털모자가 젖을 일은 더 이상 없을 듯했다.

　　한편으론 헛웃음이 새어 나왔다. 물론 기분 전환을 위해, 또 영감을 얻기 위해 정처 없이 떠난 여행길이긴 했다. 벽촌의 산장에 자리 잡은 동기도 뜻밖의 경험을 수집해 신선한 착상을 얻기 위해서였다. 그런데 뜬금없이 민속 채집에 참여할 줄은 예상도 못했다.

　　"자, 눈도 멎었는데 그만 출발하자고."

　　걸걸한 목소리가 들려오자 은영은 고개를 돌렸다. 방한모를 눌러쓴 노년의 남자가 손짓하고 있었다. 건장한 체구와 심드렁한 표정, 눈밭에 들어갔다 나온 듯 희끗희끗한 눈썹. 산장 관리인이라는데 퉁명스럽기 그지없는 노인이었다. 관리인 뒤로는 몇몇 사람이 좌우를 두리번거리며 서 있었다.

　　"요즘 친구들은 참 이해할 수 없다니까. 그 조그만 당집이 뭐 별거라고. 암튼 후딱 다녀오자고."

　　진눈깨비로 쌓인 바닥은 질척했으나 군데군데 미끄러운 구간이 있었다. 자꾸 시선을 빼앗는 구경거리 때문에 걸음이 더욱 여의찮았다. 등산로 양옆으로 줄지어 선, 새하얀 눈을 입은 나무들 사이로 산토끼 몇 마리가 어슬렁거렸다. 영화나 드라마에서 질리도록 보았던 풍경이건만, 막상 산골짜기의 토끼를 두 눈에 담자니 마치 빨간 망토를 두르고 바구니를 든 채 동화 속 세상을 누비는 기분이었다.

　　얼이 빠져버린 은영은 그만 중심을 잃고 휘청거렸다. 그때 누군가 그녀의 팔을 붙잡아 부축했다.

　　"괜찮나?"

　　30대 중반쯤 되어 보이는 남자였다. 다부진 체격에 담배를 물고 한쪽 눈을 찡그리는 모습이 꼭 뽀빠이 같았다. 아니, 영화에서 뽀빠이를 연기했던 로빈 윌리엄스와 닮은 인상이었다.

　　"감사합니다. 제가 몸이 좀 둔해서."

　　"아니야, 이까짓 것 가지고. 안 넘어져서 다행이군."

　　초면에 반말을 하고 쉴 새 없이 담배 연기를 내뿜는 인간은 대체로

유쾌할 수 없다. 하지만 개중에도 묘한 매력을 발산하는 인재가 간혹
있기 마련이다. 저음의 목소리를 가진 이 남자도 그런 귀한 자원이었다.
느긋하고 털털한 오빠 같으면서도, 듬직하고 자상한 아빠 같은 면모가
언뜻 보였다. 오지랖 넓은 서른 번째 떡국이 충고 몇 마디 할 시간만
학수고대하고 있을진대 은영은 소녀 시절의 설렘을 느꼈다.

"그런데, 혹시 글 쓰는 일 해?"

남자가 묻자 은영은 눈을 동그랗게 떴다.

"어? 어떻게 아셨어요?"

"내가 쓸데없이 눈을 굴리는 못된 버릇이 있어서 말이야. 훔쳐본 건
아니니까 오해 말고. 젊은 아가씨가 혼자 이런 데 오는 거 보면 취향이
독특하다거나, 창작을 업으로 삼는 사람이라 자극을 위해서 왔다거나 둘
중 하나라고 생각했어. 그리고 아가씨도 목이 살짝 굽었더라고. 기자보다는
작가일 확률이 높을 거야. 아아, 미안. 내가 또 주접을 떨었군. 사과하지."

"아니에요, 괜찮아요. 전 소설 하나 준비 중이에요. 선생님도 글을
쓰시나요? 문학? 시나리오?"

"선생님이라니, 이거 낯 뜨겁구먼."

남자는 비니를 고쳐 쓰며 말을 이었다.

"시나리오라. 한때 충무로에서 구르긴 했는데 다 옛날 얘기지. 그냥 삼류
글쟁이야. 집필 중에 실이 뚝 끊긴 것 같은 기분이라 여기까지 왔고."

"오, 저랑 똑같은데요? 저도 도저히 글이 안 써져서 건너 건너 소개받고
왔거든요. 정양하기 좋은 조용한 데가 있다고. 사람이 이렇게 많을 줄은
몰랐지만…. 참, 공은영이에요. 잘 부탁드려요."

"차희국이야. 잘 부탁해."

"아저씨, 아저씨. 혹시 영화 쪽에 있었어요?"

애교스러운 콧소리가 끼어들었다. 무릎까지 내려오는 하얀색 파카를
입은 앳된 여자였다. 몇 살 연상으로 보이는 남자와 착 달라붙어 있는
것이 다정한 커플이라고 광고하는 듯했다. 여자는 생글생글 웃으며 말을
늘어놓았다.

"뭐 찍었어요? 나 저번에 〈은행나무침대〉 보고 완전 뻑 갔었는데."

"하하, 그런 대단한 거 작업할 주제는 못 돼. 아마 들어도 모를걸."

"음, 에로영화 이런 건 아니죠?"

"글쎄, 한번 작업해보고 싶긴 하군. 기회가 있을지는 모르겠지만 말이야."

무례할 법한 농담을 받아넘기는 솜씨가 여간 매끄러운 것이 아니었다. 은영의 마음속에서 희국을 향한 호감의 별이 반 개 더 추가되었다.

"그런데 두 사람은? 커플이라는 건 안 들어도 알겠고, 이런 데까지 오게 된 계기가 있나?"

희국이 물었다. 여자 옆에 있던 남자가 콜록콜록하더니 말을 꺼냈다.

"뭐, 어쩌다 보니 그렇게 됐네요. 여기서 조금만 올라가면 스키장 하나 있잖아요. 가는 날이 장날이라더니 폭설 때문에 길이 막혔더라고요. 스키장은 폐쇄됐고요. 그냥 돌아갈까 하다가 여기 산 타고 올라가는 사람들 보이길래 혹시나 하고 따라와 봤죠. 차는 잘 있나 모르겠네."

기운 넘치는 여자와 달리 남자는 목이 쉬어 있었다. 감기에 걸린 행색은 아닌 듯한데 보아하니 어젯밤 노래방에서 신나게 질러댄 모양이었다. 여자가 남자의 옆구리를 쿡쿡 찔렀다.

"이 오빠, 예전에도 일본에서 불법 스키 타다 조난돼서 죽을 뻔했대요. 진짜 사람은 안 변하나 봐요."

"언제 적 얘기를 하는 거야. 그리고 발을 약간 삔 거지 죽을 정도는 아니었거든?"

그렇게 두 남녀는 티격태격하면서도 오순도순 정담을 주고받았다. 남의 시선을 전혀 아랑곳하지 않는 당돌한 연인을 번갈아 보며 희국은 껄껄 웃었다.

"스키 중독자처럼 열정적인 사람도 없지. 눈길만 보면 스트레칭하고 싶을 거야. 그래서 두 분 성함은?"

"전 서진철이고요. 얘는…."

"다혜요, 고다혜!"

맑은 울림과 함께 고다혜는 하얀 이를 드러냈다. 뜨거운 라테 위에 우유 거품으로 꽃을 그려놓은 듯 공들인 메이크업에 생기발랄한 미소가 피어났다. 오랜 시간 훈련이라도 한 것처럼 자연스러운 웃음. 어디를 가도 여왕벌 노릇을 톡톡히 해낼 것이다. 고다혜와 눈인사를 나누며 은영은 지난 인생을 돌아보았다. 나도 저렇게 귀여웠던 때가… 아아, 한 번도 없었지.

"그래, 반가워. 그리고 그쪽은…."

은영과 희국, 서진철, 고다혜 커플과 관리인을 제외하고 한 사람 더 있었다. 은영은 털모자를 걷어 올리며 그 사람을 바라보았다.

지구엔 괴짜 보존의 법칙이 있고 이상한 인간과 주기적으로 엮이는 것은 필연이다. 아무래도 이 그룹에서 그 역할을 맡은 배우는 저 남자일 것이다. 커다란 뿔테안경을 쓴 고양이상의 남자. 그건 그렇고 이 추운 날씨에, 이런 설산에서 정장을 빼입고 코트를 걸치다니. 남들 다 쓰는 모자도 생략한 채 덥수룩한 머리를 흩날리고 있다. 한 스물대여섯 먹은 것 같은데 꼴같잖은 허세에 잡아먹힌 모양이었다. 오들오들 떨지 않으면 웃기지나 않지.

"공은영, 공은영이라."

고양이상 남자는 저 혼자 중얼대고는 빙그레 웃었다.

"아아, 실례했습니다. 공은영 작가님께서 무척이나 좋은 이름을 가지고 있어서 말입니다."

생뚱맞은 소리에 은영은 고개를 갸웃거렸다.

"제 이름이 좋다고요? 그런 얘긴 처음 들어보는데. 작명이라도 하세요?"

"아뇨, 아뇨. 당치도 않습니다. 저같이 미천한 소생이 어찌 그런 중한 일을 할 수 있겠습니까? 단지 동그라미가 네 개나 들어간 이름이 흔치 않아서 말입니다. 공은영, 공은영. 혹시 공공칠이란 별명 있지 않으십니까? 아니면 곰 인형? 그건 좀 아닌가? 아하하."

이 인간은 대체 누구한테 개그를 배운 거야. 어디 외국에서 살다 왔나. 유머 감각이 없는 게 죄라면 이 대역죄인은 무기징역을 때려도 형량이 모자라겠는데. 은영은 눈살을 찌푸렸지만 희국을 의식하며 가까스로 웃어 보였다.

"아유, 되게 재밌다. 재치가 아주 만점이시네. 그래서 그쪽은요? 이름이 뭐예요?"

"아하, 실례, 실례. 소개가 많이 늦었군요."

고양이상의 남자는 안경을 추어올리며 목소리를 쫙 내리깔았다.

"제 이름은 도치, 민도치입니다."

본드, 제임스 본드. 이런 대사라도 읊는 것 같았다. 은영은 거듭 확신했다. 민도치란 남자는 분명 4차원이라고.

"활달한 친구로군."

희국이 담배를 물며 씩 웃었다.

"그래서 민도치 씨는 어인 일로 여기까지 오셨나?"

"별일은 아니고 민속학에 뜻을 두고 있어 방방곡곡 유랑하는 중입니다. 아아, 그렇다고 교수나 학자 같은 사람은 아닙니다. 변변찮은 떠돌이 한량이라고 보시면 됩니다, 하하."

그 누구도 교수나 학자라고 생각하지 않았으리라. 그저 돈 많은 백수쯤으로 여기고 있을 것이다. 그러고 보니 타사신을 모신 당집의 탐방을 관리인에게 제안한 것도 이 고양이상 남자라고 했다. 팁은 얼마나 쥐어줬을까.

"다 왔네. 저기가 당집이야."

산장에서 출발해 30분 남짓 산을 오른 끝에 관리인이 일행을 멈춰 세웠다. 창문 하나 없이 폐쇄된, 목재로 지어진 다섯 평 규모의 당집은 돌무더기에 에워싸여 있었다. 굳게 닫힌 널문은 금줄로 장식되어 있었다.

"저 안경잡이 양반이 타사신 어쩌고 했지? 옛날에야 무서운 귀신이었지, 이젠 이 동네 지켜주는 동신洞神이라고 보면 돼."

무뚝뚝하게 말하는 관리인을 바라보며 희국이 입을 열었다.

"민도치 씨 얘기 들어보니까 매해 섣달그믐날에 여기서 제사를 지낸다고 하더군요. 그런데 당집이 동네에서 너무 멀리 떨어져 있는 거 아닙니까? 산장에서 출발하면 몰라도, 어르신들이 초입부터 이 높은 데까지 올라오긴 힘들 텐데요. 젊은 친구들 위주로 제를 올리거나 하는지요."

"젊은 애들은 다 서울로 올라가는 추세잖아. 동네에 남아 있는 애들이라고 이런 미신을 거들떠나 보겠나? 동네 사람들 다 모여서 잔 올리고 향 피우는 건 한참 전에 끝났어."

"그러면 어르신이 당주堂主로서 제를 주관하시는 겁니까?"

민도치는 그렇게 묻더니 관리인이 대답하기도 전에 덧붙였다.

"산장지기는 부업의 개념일 겁니다. 당집과 가까운 산장에 거주하면서, 홀로 제물을 만들고 향을 피우며 외로이 마을을 지켜오셨겠죠. 하기야 어르신 또래의 오늘내일하는 분들이 여기까지 올라오기는 버거울 터. 이야, 무슨 독도 지킴이도 아니고 공경을 금할 수가 없습니다. 만수무강을 기원합니다."

"이 양반은 말본새가 어째 좀… 암튼 그렇게 됐어."

벽촌의 산장인데도 의외로 손님이 적잖은 것을 보면 부수입도 쏠쏠할 터였다. 최저가의 숙박료를 연구하는 스키족에게 알게 모르게 소문이

났을지도 모른다. 은영은 고개를 끄덕이며 희국이 입을 떼기만을 기다렸다. 어서 빨리 저음의 음색으로 민도치의 경박한 목소리를 잠재워주기를.

"아저씨, 아저씨. 무서운 얘기 같은 건 없어요? 여기 귀신이랑 얽힌 전설? 이런 거요."

그러나 귓전을 울린 것은 고다혜의 아양 섞인 콧소리였다. 그리고 민도치의 입방아질이었다.

"그렇죠, 그렇죠. 그런 괴담이 없을 리가 없죠. 이쪽 동네는 모르겠으나 타사신 전설이 있고, 산이 있는 곳이라면 희한하리만치 낙사 사고가 자주 발생한답니다. 아아, 산뿐만이 아니죠. 아직도 일부 지방에선 노인분들이 아이들에게 이렇게 당부한답니다. 얘야, 높은 곳에 오르면 외곽이나 바깥 언저리엔 얼씬도 하지 마라. 절벽에 가까이 가는 건 꿈도 꾸지 말고 옥상 난간에도 기대지 마라. 타사신, 혹은 타사시니가 네 몸을 끌어안고 같이 떨어질 게야. 발을 내밀어서도 안 돼. 발목을 붙잡히기라도 하면…."

"이봐, 적당히 하지."

관리인이 눈을 부라리며 민도치의 열연에 NG를 선언했다. 노인의 안광이 험악하게 번뜩이자 민도치는 입을 빙긋빙긋하더니 고다혜를 흘겨보았다.

"당주 어르신 말씀이 맞습니다. 다혜 씨라고 하셨죠? 이런 신성한 장소에서 그런 불경한 잡담은 삼가시기를 바랍니다."

"엥? 뭐, 뭐예요. 오빠가 더 신나서 떠들었잖아요. 왜 나한테…."

"네네, 그렇다 치고 하여간 여기까지 왔는데 우리도 무병장수를 위해 타사신께 절이라도 해야 하지 않겠습니까? 차 작가님, 공 작가님, 그렇지 않습니까?"

와, 이 인간 무지하게 뻔뻔하네. 덤터기를 씌우고 빠져나가는 실력이 보통이 아니야. 은영이 치를 떨고 있자니 이윽고 바라 마지않던 희국의 목소리가 들려왔다.

"그래, 다혜 씨 얘기도 민도치 씨 얘기도 다 맞아. 농담은 그만하고 제나 올리지. 어르신, 괜찮겠습니까?"

"그렇게 하지."

"아이, 왜 나한테만 그래."

입을 비죽대는 고다혜를 뒤로하고 관리인은 당집의 쌍여닫이문을

열었다. 끼익 소리가 울리며 실내가 드러난 순간, 은영은 숨을 훅
들이마셨다. 나머지 일행도 흠칫하며 뒷걸음질했다.

우중충한 햇살을 맞으며 벽에 걸린 현관과 제단 위에 놓인 촛대가 음영을
벗었다. 그러나 제단 한가운데 안치되어 있는, 타사신의 혼백이 깃들어
있을 위패만은 빛의 은혜를 누리지 못했다. 본래 연한 색이었을 나무
위패는 검게 그을려 있었다. 눈물이라도 잔뜩 흘린 듯 거무스름한 줄기가
두서없이 얼룩져 있었다. 마치 폭격이 휩쓸고 간 폐허에서 흉물이 되어버린
동상 같았다.

"뭐지…? 이거 너무 음산한데…."

서진철의 입에서 잠긴 목소리가 흘러나왔다. 고다혜는 그의 등 뒤에
숨어 입술만 달싹였다. 그 수다스럽던 민도치에 이어, 바위처럼 단단했던
관리인마저 말문이 막혀 있었다. 결국 희국이 나섰다.

"뭐, 큰 의미를 부여할 건 없을 듯하군. 장승만 해도 썩는 경우가
다반사거든. 저 위패도 밤나무로 만든 것 같은데 시간이 지나면서 망가지는
건 당연한 일이지. 신경 쓸 거 없어."

은영은 고개를 가로저었다. 장승이 썩는 이유는 야외에 방치된 환경
때문이다. 온실이나 다름없는 실내에서 관리를 받는 밤나무가 저리 흉하게
변색될 리는 없다. 하지만 더 깊게 들어가고 싶지는 않았다. 그녀는 한 발짝
뒤로 물러서며 위패에서 시선을 돌렸다.

* * *

코끝을 스치는 싸늘한 냉기에 눈이 뜨였다. 침대는 그럭저럭
푹신푹신했지만 얄팍한 모포와 석유난로만으론 추위를 떨칠 수 없었다.
침실까지 위세를 뻗은 한파 앞에서, 모처럼의 낮잠은 일찌감치 포근함을
잃고 말았다. 산장의 모든 창문을 열리지 않게 고정했다는데, 그런데도
심술궂은 바람은 비좁은 틈새를 끈질기게 파고들었다.

은영은 단발머리를 정돈하며 옷장을 열었다. 카디건을 꺼내 걸치자니
피식 웃음이 나왔다. 옷장 안에 놓인 제습제는, 직접 기름통을 들고 난로에
연료를 채워야 하는 산장의 낡은 시스템과 깜찍한 부조화를 이루고 있었다.
나름대로 숙박업이라고 조금의 서비스 정신은 갖춘 모양이었다.

산 중턱에 있는 정사각형 모양의 산장은 2층 구조였고 침실도 2층에 몰려 있었다. 그 위층은 휑한 옥상, 1층엔 관리실, 주방, 거실, 창고 등이 있고 별채는 없다. 야외는 밭은커녕 그 흔한 벤치나 원목 탁자도 없는 썰렁한 벌판이었다.

은영은 1층으로 내려갔다. 괘종시계의 바늘은 5시를 가리키고 있었지만, 바깥은 이미 캄캄했다. 거실에선 희국과 민도치가 난로를 두르고 앉아 커피를 마시며 담소를 나누고 있었다.

"그럼요, 그럼요. 아치노리 마을이라고 하면 자그마치 150년 동안 솟대 고사를 지내온 동네 아닙니까. 거기가 글쎄, 무려 무학대사가 왕의 묫자리로 점찍고 출장 나갔던 동네랍니다. 그런데 산세와 지세가 예상과 어긋났는지 아차, 하고 자탄했다는 일화에서 유래해 아치노리가 되었다더군요. 에이 쌍, 이라고 하셨다면 어땠을까요? 에이시안 마을이 됐으려나, 아하하."

아니, 재잘재잘 주절대는 인간은 민도치뿐이었다. 희국은 동네 수다쟁이 아주머니한테 붙잡힌 새댁처럼 간간이 맞장구만 치고 있었다. 은영이 헛기침하자 희국은 구원의 여신이라도 발견한 듯 반갑게 손을 흔들었다.

"은영 씨, 잘 잤나? 왠지 카페인을 충전해야 할 것 같은 안색이군. 내 타오지. 여기 앉아 있어."

희국은 잽싸게 주방으로 달려갔다.

"민도치 씨는 말도 많이 했는데 안 피곤해요? 쉬고 오는 건 어때요?"

은영은 팔짱을 낀 채 잔뜩 눈에 힘을 주고 민도치를 잡아먹을 듯이 쏘아보았다. 어른들끼리 할 얘기 있으니까 넌 빠져. 한참 어린 자식이 누나가 좀 놀겠다는데 방해하면 되겠어? 그 경고가 닿았는지 민도치는 짓궂은 꼬마를 탐지한 고양이처럼 슬그머니 일어났다.

"민도치 씨, 왜? 올라가려고?"

희국이 은영에게 커피를 건네주며 물었다.

"실내가 후끈후끈해서 그런지 몸은 노곤노곤하고 눈은 가물가물한 게 슬슬 졸음이 몰려와서 말입니다. 눈 좀 붙이고 오겠습니다. 그럼 이만."

은영은 잔치라도 베풀어 민도치를 치하하고 싶은 심정이었다. 고양이상답지 않게 빠릿빠릿하네. 나이스 플레이였어. 방금 어린 자식이라고 한 거 미안. 방해꾼을 쫓아낸 그녀는 소파에 앉으며 희국과 단둘이 거실을 차지했다.

"제가 구해준 거 맞죠?"

그러자 희국은 장난스레 한쪽 눈을 찡그렸다.

"생큐, 조금 힘들었어."

"그래 보이더라고요. 그런데 저 사람은 무슨 얘기를 그렇게 신나게 한 거예요?"

"아아, 내가 집필 중인 작품이 조선 초를 다루고 있거든. 민도치 씨가 이런 쪽에 해박한 것 같아서 조선사와 관련해 대화나 나눌까 했지."

"그랬는데 일방적으로 두들겨 맞은 거고요?"

"하하하, 맞아. 5분도 안 돼서 케이오당했어. 내 살다 살다 민속 마니아는 처음 본단 말이지. 남들 운동장에서 공 찰 때 저 혼자 제기 차면서 놀았나 봐. 그래도 저 친구, 놀랄 정도로 아는 게 많아. 말은 어찌 그리 청산유수인지, 원. 여자들 앞에선 안 저러면 좋겠다만."

차가운 인상으로 보나 다부진 체격으로 보나 야성적인 분위기로 보나, 희국이 마음만 먹었다면 결코 끌려 다니지 않았으리라. 삐쩍 마른 데다 깃털처럼 가벼운 민도치를 제압하는 건 일도 아니었을 것이다. 그런데도 인내심을 발휘해 상대를 배려한 듯했다. 성질 급한 은영으로선 상상도 못할 일이었다.

"그러는 은영 씨는? 기분 전환 좀 됐나?"

"그런 거 같기도 하고 아닌 거 같기도 하고. 저도 잘 모르겠어요. 혹시 몰라서 노트까지 챙겨왔는데 도무지 글이 안 써지네요. 작가님은요? 어때요?"

"뭐, 나야 애초에 머리 비웠지. 마감 때 되면 알아서 손이 움직일 거야. 그런데 은영 씨, 이런 외딴곳에 혼자 왔는데 애인은 걱정 안 해?"

"애인이요? 그런 거 안 키우는데요?"

참, 술이 제 애인이에요. 말 나온 김에 한잔할까요? 그 말은 간신히 집어삼켰다. 무심결에 빈틈을 보일 뻔했다. 항상 염두에 두고 있지만 이 지나치게 싹싹한 성격은 도대체가 묵묵해지질 않는다.

"오호, 과연 콧대가 높으시군. 하긴 은영 씨는 아무나 잡을 사람이 아닌 것 같긴 해."

"그럼요. 아무도 안 잡아가죠. 어떤 남자가 저 같은 애를 잡아가겠어요?

그러다 잡아먹힐걸요? 아유, 배고파라. 어디 맛있는 거 없나? 냠냠 쩝….”

은영은 입술을 딱 붙이며 커피 잔을 꼭 쥐었다. 젠장, 저음의 음색에 취한 나머지 결국 본색을 드러내고 말았다. 이 자리에서만큼은 조신한 척하고 싶었는데. 멀쩡하게 생긴 애가 하는 짓은 꼭 선머슴 같다는 친숙한 쓴소리도, 대체 불가의 사랑스러운 또라이라는 서글픈 칭찬도, 오늘은 다 사양하고 싶은데.

“하하하.”

희국이 입에 문 담배를 떨어뜨리며 호탕하게 웃었다.

“보통 사람이 아닌 줄은 애초에 알아차렸는데 생각보다 훨씬 씩씩하군. 이런 아가씨가 솔로라니 믿어지지 않는구먼.”

희국의 미소엔 어떠한 가식이나 위선도 묻어 있지 않았다. 이 아저씨는 와일드한 스타일을 선호하나? 내가 딱 그런 여자이긴 한데. 에라, 모르겠다. 어차피 엎질러진 물, 은영은 허물을 한 꺼풀 더 벗기로 했다.

“제가 친구들이 많은데, 걔들은 맨날 그래요. 은영이 너는 쓸데없는 데 집착하는 게 4차원 기질이 농후하다고. 여자애들도 그런데 남자들은 저를 얼마나 이상하게 보겠어요?”

“그래? 이거 동병상련이군. 나도 그런 소리 많이 듣는데.”

“작가님도요? 작가님은 안 그럴 거 같은데. 젠틀하다는 소리 많이 듣지 않아요?”

“젠틀은 무슨. 아니야. 오히려 미친놈이라고 불릴 때가 많지. 그래도 내 친구들은 이러더라고. 술자리에서 미친놈 소리 자주 듣는 사람만큼 좋은 놈이 없다고. 같이 있으면 마음이 정화되는 것 같다나? 물론 남자놈들만 이래. 안타깝게도 말이지. 뭐랄까, 은영 씨를 보니 왠지 동족을 만난 느낌이야.”

“듣고 보니 그런 거 같기도…. 뭐야, 그럼 전 미친년이 되는 거예요? 그렇게 안 봤는데 은근히 직설적이시네?”

“나쁠 거 있나? 세상을 바꾸는 것도 소수의 미친 사람들이라는데.”

은영은 입가를 가리고 쿡쿡 웃었다. 그러면서도 매의 눈으로 희국의 손을 훔쳐보았다. 붉은 기가 감도는 손가락엔 반지를 끼고 있지 않았다. 거치적거려서 잠깐 뺀 건가? 나를 의식해서 감춰둔 건 아니겠지? 유부남이 그러는 거면 실망인데. 그렇게 온갖 망상 속에서 부질없는 추리를 뻗어나갈 때였다.

"뭐지?"

난데없이 쿵 하는 굉음이 귀를 덮쳤다. 발끝에선 미세한 진동이 느껴졌다. 희국이 튕기듯 일어섰다.

"무슨 소리지? 뭐가 무너진 건가."

"아뇨, 이건…."

뭐라 말할 수 없는 불안이 은영의 몸을 휘감았다. 고등학생 때 저층 빌라에 살았을 적에도 이런 소리를 들은 적이 있었다. 교통사고라도 난 줄 알고 베란다에서 내려다보니 어떤 여자가 땅바닥에 널브러져 있었다. 우울증에 시달리던 윗집 아주머니가 투신했다는 사실을 나중에 알게 되었다.

"작가님, 나가봐야 하지 않을까요?"

정체는 몰라도 출처는 바깥이 확실했다. 이내 2층에서 다급한 발소리들이 들려왔다.

"방금 들으셨습니까?"

민도치가 셔츠 차림으로 계단을 타고 내려왔고,

"그 소리, 그거 뭐예요?"

고다혜가 화장기 진한 얼굴로 그 뒤를 따라왔으며,

"무슨 일인가?"

1층 관리실의 문이 열리며 관리인이 자다 깬 모습으로 나타난 것도 그때였다. 한 사람이 보이지 않자 은영은 이맛살을 꿈틀거렸다.

"다혜 씨, 진철 씨는요? 방에 있어요?"

"아뇨. 아까부터 안 들어왔는데…."

그러자 희국이 다운재킷의 후드를 뒤집어썼다.

"내가 나가보겠습니다."

희국이 앞장서서 산장 밖으로 나갔고 은영이 그 뒤를 바짝 붙었다. 나머지 세 사람은 몇 박자 늦게 두 남녀를 따라나섰다.

매서운 바람이 전신을 쥐어질렀다. 마치 보이지 않는 손들이 사지를 붙잡고 뒤로 밀어내는 듯했다. 눈은 시리고 시야는 흐렸다. 어둑한 하늘은 아무것도 뿌리지 않았지만, 오전에 쌓인 진눈깨비가 얼어서인지 바닥이 미끄러웠다. 희국과 은영은 자세를 낮추고 조심히, 또 신속히 이동했다.

그들을 뒤따르는 일행과는 간격이 차츰 벌어졌다.

앞서 나간 두 남녀가 강풍에 저항하며 반 바퀴를 돌아 뒤뜰에 이른 순간이었다. 날아갈 듯한 카디건을 필사적으로 사수하던 은영의 손이 스르륵 풀려버렸다.

"저건… 진철 씨…?"

눈밭선 서진철이 대大자로 뻗어 누운 채 미동도 하지 않았다. 지퍼가 살짝 열린 파카의 옷깃만 세차게 펄럭거릴 뿐이었다. 당황한 것도 잠시, 은영과 희국은 재빨리 서진철에게 달려가 수그려 앉았다.

"이런… 죽었군."

희국이 서진철의 맥을 짚으며 말했다. 시신은 산장 외벽에서 고작 2미터가량 떨어져 있었다.

"설마… 위에서 떨어진 건가."

은영은 입술을 깨물며 턱을 치켜들었다. 1층이든 2층이든 열려 있는 창문은 보이지 않았다. 애당초 산장의 모든 창문은 열리지 않게 고정되어 있었으니까. 3층 옥상은 고저 차로 인해 지상에서 7미터쯤 되는 높이, 툭 튀어나온 1층의 처마는 종아리 길이보다도 짧다. 옥상과 지상의 중간 지점에서 완충 역할을 해주는 물체는 없다고 보아도 무방했다.

"꺄악!"

대여섯 발짝 뒤에서 비명이 터져 나왔다. 우당탕하는 소리도 울려 퍼졌다. 제일 뒷줄에 있던 고다혜가 넘어진 것이다. 외벽에 기대 있던 제설 도구와 빈 우유 상자, 기름통들도 와르르 쓰러졌다. 그 옆에선 관리인과 민도치가 총에 맞은 듯 멀뚱히 서 있었다.

"민도치 씨, 다혜 씨부터 챙겨주겠나?"

희국이 침착하게 말했다.

"아, 알겠습니다. 한데 진철 씨는 어떻게 된 겁니까? 설마 그 소리가…?"

민도치가 고다혜를 일으키는 한편, 관리인이 산장 외벽을 쾅쾅 때렸다.

"젠장! 빌어먹을! 별안간 이게 무슨 일이야! 도대체 왜!"

지나칠 정도로 흥분하는 관리인에게선 위화감이 묻어나왔다. 그러나 자잘한 것에 신경 쓸 때가 아니었다. 은영은 마주 앉아 있는 희국의 어깨너머로 관리인을 쳐다보았다.

"어르신, 빨리 119 불러주세요. 경찰도요!"

"뭐?"

씩씩거리던 관리인은 돌연 머뭇대며 은영의 눈을 피했다.

"그, 그게… 지금 전화가 안 돼."

"전화가 안 된다니요? 이런 산장에서 전화가 안 될 리 없죠. 비상시에 구조 신호는 어떻게 보내는데요?"

"그게 말이지… 아, 그래. 얼마 전에 망가졌어. 안 그래도 사람을 부르려고 했는데…. 어차피 이렇게 깜깜하면 누가 올라오지도 못해. 길부터가 빙판이잖아. 출장소에는 달랑 경찰 둘만 있는데. 그, 그렇다고 헬기가 뜰 날씨도 아니지 않은가?"

궁색한 변명으로 들릴 뿐이었다. 켕기는 사연이라도 있는 걸까.

"아, 암튼 그렇게 알고들 있으면 돼. 오늘은 글렀다고. 한데 그 친구는 어떻게 된 거야?"

은영은 납작 엎드려 서진철을 재차 살펴보았다. 잠시 의식을 잃은 사람처럼 외관은 온전했으나 후두부와 측두부 사이에 미량의 피가 묻어 있었다.

"진철 씨는 사망했어요. 옥상에서 추락한 걸로 추정되고요. 머리, 그러니까 뒤통수 부분부터 떨어졌을 거예요."

"주, 죽었다고…? 하지만 죽은 사람치곤…."

"대부분 추락사가 이래요. 교통사고를 당하거나 둔기로 맞아 죽은 시신보다 깔끔한 경우가 많아요."

은영은 센바람에 휘날리는 단발머리를 한 손으로 움켜잡았다.

"높은 곳에서 떨어져 머리부터 지면과 마찰하게 되면, 심장이 곧장 정지할 가능성이 커요. 그러다 보니 피가 거의 튀지 않을 때가 많고요. 외관이 멀쩡한 건 추락 시 근육과 뼈가 충격을 흡수해줬기 때문이에요. 특히 진철 씨처럼 야외활동을 즐기는 남자분이면 근육량도 평균 이상일 거고요. 두꺼운 겨울옷도 충격 완화에 도움이 됐겠죠. 물론 내부 장기는 다 망가졌겠지만…."

그녀는 잠시 눈을 감았다 뜨고는 말을 이었다.

"그리고 눈밭에 떨어진 거잖아요. 설질이 단단하긴 해도 콘크리트처럼 딱딱하진 않아요. 머리부터 떨어지면 즉사로 이어질 확률이 매우 높겠지만 외관이 손상될 정도는 아니에요. 7미터 정도의 고도에서 떨어졌다면 이런 상태가 자연스러워요."

희국이 파카 후드를 살며시 벗었다. 각진 얼굴엔 감탄의 기색이 어려 있었다.

"그러면 은영 씨, 시신이 하늘을 보고 누워 있는 것도 의미가 있을까? 실족이라면 모르겠지만, 보통 투신자살하는 사람은 앞으로 떨어질 거 아니야? 그런데 진철 씨는 등 부분부터 떨어진 거 같잖아."

"아뇨, 착지자세는 하나도 예측할 수 없어요."

은영은 단호히 받아쳤다.

"물론 앞으로 떨어지면 이마 쪽부터 착지할 확률이 높겠죠. 하지만 어디까지나 확률일 뿐이에요. 낙하 시 회전이 생겨 공중에서 방향이 틀어질 수도 있고, 복부 쪽부터 착지했다고 해도 관성 때문에 몸이 뒤집힐 수 있어요. 이 정도로 굳은 설질이면 회전 관성이 발생할 만도 해요. 더군다나 이런 칼바람은 어떤 변수라도 만들 수 있고요."

"듣고 보니 그렇군. 참, 그렇지. 시신을 이렇게 둘 수는 없지 않나? 어르신, 들것으로 쓸 만한 게…."

"아뇨."

은영이 말을 잘랐다.

"여기도 엄연히 현장이에요. 현장 보존을 하는 게 먼저죠. 물론 시신을 이대로 두면 얼어버리겠지만, 진철 씨의 사망 시각은 추정 가능한 범위 안에 있어요. 모두가 떨어지는 소리를 들은 데다 한 시간 전만 해도 진철 씨는 멀쩡하게 거실을 돌아다녔잖아요."

희국은 턱을 만지며 고개를 끄덕였다.

"그것도 일리는 있어. 그런데 그 말은, 사고사가 아닐 수도 있다는 건가?"

"그건 저도 확신할 수 없어요. 다만 누군가와 격투 끝에 추락했을 가능성도 고려해야겠죠. 사망한 후에 떨어졌을 수도 있고요. 이런 애매한 높이에서 자살을 결행했다고 보기도 뒤숭숭한 감이 있잖아요. 과학수사를 거치면 시신에서 미세한 방어흔이 나올지도 몰라요. 더 이상 시신에 손대지 않는 게 좋을 것 같아요."

"하긴… 그것도 그렇군. 그래도 이대로 방치할 순 없어. 어르신, 덮어씌울 건 없습니까? 큰 박스나 거적때기라도?"

관리인은 머리를 박박 긁으며 콧김을 내뿜었다. 민도치는 눈을 감고 뭔가를 되뇌고 있다. 고다혜는 트레이닝복 칼라에 턱을 파묻은 채 바들바들 떨고 있다. 그런 그들을 둘러보며 은영이 일렀다.

"우리, 옥상에 가볼까요?"

야무진 목소리가 바람을 가르자 일동은 기에 눌린 듯 은영의 말에 수긍했다. 한 사람씩 등을 돌리고 은영도 자리에서 일어날 때, 그녀는 몸을 덥혀주는 온기를 느꼈다. 희국이 다운재킷을 벗어 그녀에게 걸쳐주고 있었다.

"아… 저…."

따사로운 햇살을 받으며 광합성을 하는 식물처럼 마음 한구석에 양분이 솟아올랐다. 살얼음판 위로 빛이 드리우듯 얼어붙은 심신도 서서히 녹아내렸다. 이윽고 콘트라베이스처럼 낮은 음성이 보드라운 숨결을 타고 귓가를 어루만졌다.

"은영 씨. 이건 섣부른 추측이긴 한데 관리인도 그렇지만 고다혜 씨 말이야. 조금 이상하지 않았어?"

"응? 네? 뭐, 뭐가요?"

은영은 데굴데굴 눈을 굴리며 무심코 언성을 높였다. 희국이 자기 입술에 검지를 갖다 대고 소곤거렸다.

"나랑 은영 씨 빼면 전부 서진철 씨 시신에서 떨어져 있었잖아. 맥을 짚기까진 우리도 사망 여부를 알 수 없었고. 얼핏 보면 진철 씨는 기절한 상태와 다를 게 없어. 그런데도 다혜 씨는 패닉에 빠진 것 같았어. 은영 씨가 사망 사실을 알리기 전부터 말이야. 뭐, 떨어지는 소리가 워낙 컸으니 그럴 수도 있겠지만…. 그래도 애인이 이러고 누워 있으면 만사 제쳐두고 뛰어오는 게 본능이지 않나?"

간과했던 부분이다. 관리인의 언행이 가장 기이했지만, 고다혜도 어쩐지 부자연스러운 구석이 있었다. 사망 사실을 인지하기도 전에, 제설 도구를 쓰러뜨리면서까지 저 혼자 넘어진 것은 다소 과민한 반응이었다. 연인의 죽음을 미리 예견했던 것처럼, 그래서 연기할 타이밍을 노렸던 것처럼, 딱딱 맞아떨어지면서도 묘하게 어긋나는 리듬이 어색할 따름이었다.

"두 사람, 진짜 연인 사이가 맞을까."

***

허리쯤 올라오는 철제 난간이 옥상의 테두리를 둘러싸고 있었다. 은영은 두 손으로 난간을 잡아당겼고, 희국도 옆에서 거들었다. 눈으로 덮여 얼어버렸는지 난간은 조금의 흔들림도 없었다. 난간의 살도 간격이 촘촘해서, 55치수를 입는 은영이 옆으로 누워 몸을 욱여넣어도 엉덩이에서 걸렸다.

"이 난간, 언제 설치한 거죠?"

은영이 묻자 관리인은 주뼛주뼛하며 대답했다.

"한 달 조금 넘었지, 아마? 그전만 해도 휑했어. 위험해 보여서 설치한 거고."

"얼마 안 됐네요. 부실 공사도 아닌 것 같고…. 응?"

갑자기 철퍼덕, 하는 소리가 울렸다. 일행은 일제히 고개를 돌렸다. 몇 걸음 떨어져 있던 민도치가 난간에 등을 기댄 채 엉덩이를 바닥에 붙이고 있었다. 저 나름대로 뭘 해보려다 넘어진 모양이었다.

"민도치 씨? 괜찮나?"

희국이 다가가 민도치에게 손을 내밀었다. 민도치는 머쓱한 듯 혼자 일어서며 입을 열었다.

"아, 실례. 실험을 한번 해봤습니다. 난간을 등지고 몸을 뒤로 젖히면 어떻게 될까 싶었는데 엉덩방아를 찧고 말았군요. 바닥이 미끄러운 터라 앞이든 뒤든 실족으로 떨어지는 건 여의치 않을 것 같습니다. 서진철 씨가 극단적인 선택을 한 게 아니라면, 공은영 작가님 말대로 제3의 물리력이 발생하지 않았나 싶습니다."

"차 작가님, 제 손 좀 잡아줄래요?"

은영은 희국과 두 손을 맞잡으며 난간에 엉덩이를 갖다 붙였다. 민도치 말대로 발이 앞으로 미끄러졌다. 배를 밀착하고 몸을 기울여도 마찬가지, 발은 뒤로 밀려날 뿐이다. 피해자의 의지, 혹은 인위적인 힘이 작용하지 않는 이상 몸이 넘어가 추락할 가능성은 극히 낮았다.

"다혜 씨, 진철 씨가 이럴 조짐은 따로 없었나?"

서진철과 함께 2인실 방을 쓰고 있던 고다혜는, 유서는 물론 자살의 징조도 전혀 없었다고 진술했다. 옥상에서도 유류품의 흔적 따윈 찾아볼 수 없었다.

"역시 이건…."

거기서 은영은 입을 꾹 다물었다. 뒷말을 이은 사람은 희국이었다.

"타살일 가능성이 크다, 이거로군."

거무죽죽한 하늘 아래, 강풍이 실어다 준 낙엽 몇 장이 허연 입김을 헤치고 다섯 사람 사이를 어지러이 날아다녔다. 한층 소란해진 바람의 메아리는 만취한 요부의 웃음소리처럼 귓속을 불질하며 의식을 유린했다.

"귀, 귀신… 그 귀신…."

고다혜가 비틀대며 더듬거렸다. 도톰하게 분칠한 얼굴이 눈물로 번져갔다.

"여기 귀신 있다고 했잖아요. 타사신인지 뭔지 몸을 잡아서 떨어뜨린다고. 그, 그 귀신이 이런 거 아니에요?"

"그럴 리가 없잖아."

희국이 나무라듯 말을 뱉었다. 하지만 고다혜가 심하게 동요하자 부드럽게 말투를 고쳤다.

"다혜 씨, 나도 귀신의 존재를 무작정 부정하진 않아. 하지만 잘 생각해봐. 타사신이 사람 죽이는 원혼이라는 건 옛날 얘기야. 최소한 이 동네에선 그렇다고. 지금은 동네를 지켜주는 수호신이라잖아. 그런 선량한 신이 막무가내로 사람을 해치겠어?"

희국의 센스에 은영은 내심 탄성을 머금었다. 미신에 대한 공포를 미신의 원리로 타파하는 수단은 어떠한 논리보다 효과적이었다. 고다혜가 안정을 찾아가자 희국은 은영을 바라보며 한쪽 눈을 찡긋했다.

그러나 희국은 이내 흠칫하며 고개를 좌우로 돌렸다. 동시에 은영도 어깨를 움츠리며 뒤로 물러섰다. 민도치의 입은 반쯤 벌어져 있었다. 관리인은 두 눈을 부릅떴고 고다혜는 풀썩 주저앉았다.

"바, 방금… 그 소린 뭐지…?"

돌연 날카로운 곡소리가 고막을 할퀴고 지나갔던 것이다. 다섯 사람 중 하나가 낸 소리가 아니었다. 아니, 사람이 소화할 수 있는 성량과 호흡이 아니었다. 거센 바람을 찢고 일동을 마비시킨 곡성엔 시퍼런 울림이 서려 있었다. 마치 승천하지 못한 원혼이 울분을 토하는 것처럼.

"어르신."

깊어지는 정적을 깬 사람은 민도치였다. 그는 뿔테안경을 추어올리며 관리인을 바라보았다.

"산짐승들이 자주 보이는데 이 산에 고라니도 살고 있지 않습니까? 울음소리가 살벌한 게 어째…."

"글쎄."

희국이 말을 가로챘다.

"산통 깨는 소리 같아서 미안한데 고라니 울음소리와는 달라. 민도치 씨도 군대 갔다 왔을 테니 알 거 아니야. 고라니는 한번 울기 시작하면 시도 때도 없이 질러대지. 방금 그건… 굳이 따지면 여자의 비명에 더 가까웠어. 어르신, 주변에 산장이 하나 더 있는 건 아닙니까. 캠프를 할 만한 장소라든가…."

은영은 눈을 질끈 감고 머리털을 쥐어뜯었다. 이 산에 거주하는 사람은 애초에 관리인 하나뿐이라고 했다. 동네 주민이나 또 다른 외지인이 밤으로 접어드는 이 시각에 설산을 탈 리도 없을뿐더러, 그랬다고 한들 필시 산장을 거쳤을 것이다. 무엇보다 미지의 곡성을, 인간이나 짐승의 발성과 연관시킬 연결고리가 전혀 보이지 않았다.

"아저씨!"

고다혜가 자리를 박차고 일어섰다. 그녀는 관리인의 등산용 조끼를 붙잡고 매달렸다.

"귀신이죠? 귀신 맞죠?"

"그, 그건…."

"나요, 예전에 이런 얘기 들은 적 있어요. 억울하게 죽은 사람 제사는 절대 빼먹으면 안 된다고. 제, 제사를 안 지내서 이렇게 된 거 아니에요? 타사신이 화나서 이런 거 아니냐고요. 아저씨, 올해 제사 제대로 지낸 거 맞아요?"

그 쌀쌀맞았던 관리인은 대꾸 한마디 없이 우물쭈물하고 있었다.

"이런 데 오는 게 아니었어…. 그냥 서울로 올라가자고 그렇게 얘기했는데…." 고다혜는 왈칵 울음을 터뜨리며 말했다. "나 내려갈 거예요! 이런 데 있으면 다 죽을 거라고요. 우리 빨리 산 내려가요."

그러더니 관리인을 밀치고 출입구로 향했다. 민도치가 그녀의 손목을 붙잡았다.

"다혜 씨, 귀신보다 더 무서운 게 심야의 설산입니다. 초저녁인데도 벌써 이리 어둡지 않습니까. 변고에 대해선 뭐라 조의조차 드릴 말이

40

없습니다만, 지금 하산하는 건 위험하기 짝이 없습니다. 적어도 해가
떠야….”

“싫어! 싫다고! 나 갈 거야!”

고다혜는 민도치를 뿌리치며 고성을 질러댔다. 그러나 격렬한 몸부림은
곧 멎었다. 어느새 다가온 은영이 고다혜의 멱살을 붙잡고 있었다.

“야, 지금 너만 무서운 줄 알아? 다 큰 애가 뭐 이리 징징대? 쪽팔리지도
않니?”

은영 또한 눈물을 찔끔 흘리긴 했다. 분명 미지의 곡성은 사기를
송두리째 꺾어버리는 사나운 서슬을 품고 있었다. 그러나 여러 사람 앞에서
추태를 보일 순 없는 노릇이었다. 은영은 고다혜의 헝클어진 머리카락을
정돈하며 말을 이었다.

“너 힘든 건 알아. 그래도 이럴수록 침착해야지. 잘못 들은 소리일 거야.
뭐, 우리가 모르는 동물이 낸 소리일 수도 있고.”

추위와 공포로 질렸는지 고다혜의 가냘픈 몸을 감싼 트레이닝복이
끊임없이 떨렸다. 은영은 고다혜를 꼭 끌어안으며 누구에게랄 것도 없이
말했다.

“…추운데 거실에 가서 얘기하죠.”

* * *

“그 안에 든 거, 부적이야?”

은영이 말했다. 찬물을 밀어내는 온수처럼 자분자분한 목소리였다.

“네, 언니들이 다 갖고 다녀서요. 가지고 있으면 악운이 물러간다나?
근데 귀신 쫓는 부적은 따로 있대요.”

고다혜는 붉은 부적 주머니를 주무르고 있었다. 은영이 어르고 달랜
보람이 있었는지 어느 정도 불안을 떨친 모습이었다.

“언니는 작가라고 하지 않았어요? 이런 쪽에 왜 이렇게 빠삭해요? 경찰
같은 거 아니에요?”

“아니야. 그냥 허접한 소설 하나 쓰고 있는데 장르가… 음, 피가 조금
튀고 살짝 잔인할 뿐이야. 그런 소설 쓰다 보면 주워듣는 게 많아. 그래봤자
어쭙잖은 지식이지만.”

"아, 진짜요? 그런데요, 언니. 아까 그 소리요. 귀신이 우는 것 같은
소리…."

"다혜야, 그 얘긴 하지 말자. 나도 사실 그런 건…."

추위가 가시며 냉각된 분위기는 한 홉이나마 누그러졌다. 은영은 난로를
두르고 앉은 사람들을 차례대로 바라보았다.

민도치는 방에 들러 코트를 껴입고 냉큼 거실로 내려왔다. 준비가 오래
걸릴 것 같았던 고다혜도 파카만 챙기고 금세 나타났다. 그들은 거실에
집합해달라는 은영과 희국의 요청에 협조적이었다.

그런데 관리인이 좀처럼 얼굴을 드러내지 않았다. 무슨 일이 있는
것은 아니다. 지금도 관리실에선 부스럭부스럭하는 소리가 새어 나오고
있으니까. 쇠끼리 부딪치는 금속음이 섞여서 들리는 것 같기도 했다.

"늦으시는군. 내가 가보지."

희국이 일어서려는데 관리실의 문이 열렸다. 희국은 멈칫했고 은영의
눈은 동그래졌다.

"어, 어르신? 그건 뭐예요…?"

관리인이 두 손으로 들고 있는 기다란 물건은 엽총이었다. 민도치도
고다혜도 소파에 앉아 손끝 하나 까딱하지 못했다.

"안심해. 자네들 위협할 생각은 없으니까."

관리인이 소파에 앉으며 말했다.

"원래는 출장소에 영치해야 하는 물건인데, 이런 산골에 있으면
매뉴얼대로 사는 게 쉽지 않아. 한겨울에도 산짐승이 여기까지 내려오거든.
토끼나 청설모 같은 놈들이야 얻어먹을 게 없으니까 금방 돌아가는데, 가끔
가다 멧돼지가 튀어나와서 말이야. 호신용이라고 생각들 해."

거짓말이다. 평소엔 어떤지 몰라도 이번만은 그런 명분으로 화기를
대동하지 않았을 것이다. 은은하게 빛나는 엽총 앞에서 은영은 낭패감에
휩싸였다. 그녀가 가장 먼저 추궁하려던 사람은 관리인이었다. 그리고
빈틈을 잡아 관리실로 진입해 전화를 확인해볼 심산이었다. 혼자서
움직여도 작전은 원활하리라고 판단했다.

난데없이 등장한 무기가 기관총이나 대포였다면 오히려 나았으리라.
지극히 현실적인 총기가 주는 압박감은 감히 반감을 사면 안 된다는
열패감마저 들게 했다. 관리인의 심중을 가늠할 수 없다는 점도 굴복으로

이끄는 데 한몫 거들었다. 만에 하나, 그가 모두를 총살해도 도움을 바랄 수 없는 처지였다.

"정리부터 해보죠."

일보 물러나 나중을 도모하는 편이 현명했다. 은영은 조바심을 숨기며 서두를 열었다.

"말했다시피 서진철 씨의 죽음이 사고냐 사건이냐는 아직 단정할 수 없어요. 그래도 어려운 길부터 가보는 건 어떨까요? 이게 범죄라고 가정하고 정황을 분석해보고 싶은데 어떠세요?"

"맞아. 범죄인지 아닌지는 그렇다 쳐도 최악부터 검토해서 나쁠 건 없지. 좋아, 은영 씨. 계속해."

희국이 호응하자 은영은 한결 수월하게 의견을 개진할 수 있었다.

"이 산장은 외부에서 옥상으로 올라갈 수 있는 야외 계단이 없어요. 옥상으로 올라가려면 내부의 계단을 거쳐야만 하죠. 진철 씨가 사망한 것으로 추정되는 시각에 저는 차희국 작가님과 거실에 있었어요. 어르신은 1층 관리실에서 나오는 걸 제가 직접 봤고요. 이 세 사람이 옥상에서 뭘 할 수 있는 시간적 여유는 없었어요. 다혜야, 넌 2층 방에 혼자 있었다고 했지?"

"네, 맞아요."

"민도치 씨도 옥상에 올라간 적은 없다고 했어요. 방에 혼자 있었던 거죠?"

"그렇습니다. 책을 읽고 있었는데 소리가 들려서 급하게 내려왔던 겁니다. 제가 나왔을 때 다혜 씨도 바로 뒤따라 나왔습니다. 뭐, 알리바이를 증명할 수 있는 건 아무것도 없습니다만."

"괜찮아요. 알리바이 부재만으로 두 분을 의심할 순 없죠. 그러면 다혜야."

"네."

"진철 씨랑은 어떤 관계야?"

고다혜는 부적 주머니를 꼭 쥐며 입술만 달싹였다.

"사귀는 사이는 맞니?"

"사귀는 거랑 비슷하긴 하지만 그렇다고 사귀는 건 아니고… 이게…."

그 순간 은영의 뇌리에 불현듯 뭔가 번쩍거렸다.

"다혜, 너···."

그러나 은영은 말을 집어넣었다. 정황 파악이 급선무인데도, 왠지 모르게 고다혜의 프라이버시를 보호해야겠다는 의무감을 느꼈다. 다수 앞에서 따져 물을 화젯거리는 아니라고 본능이 억제하고 있었다.

"정 불편하면 대답은 건너뛰도록 하지. 다혜 씨, 굳이 무리할 건 없어."

희국도 은영의 속내를 간파한 모양이었다. 그렇게 유유히 넘어가는 듯했으나, 민도치가 시원하게 질러버렸다.

"다혜 씨는 혹시 화류계에 몸담고 있습니까?"

은영은 심란한 와중에도 하마터면 폭소를 터뜨릴 뻔했다. 숫기가 넘쳐흘러 주체할 수 없는 건지, 아니면 눈치라는 감각이 한 오라기도 발달하지 않은 건지, 민도치의 표정은 천진하기 그지없었다. 시끌벅적한 풍물패가 거리를 행진하며 '동네 사람들, 여기 한번 보십시오!' 하고 풍악을 울리는 듯한 신랄한 신상 조사에, 고다혜는 불쾌할 새도 없이 퉁퉁 부은 눈만 껌벅거렸다.

"실례, 실례. 혹여나 말씀드리건대 비난의 뜻은 일절 없습니다."

민도치는 검지를 까딱까딱 휘젓고는 말을 이었다.

"계사전繫辭傳에 이르기를, 한 번은 음陰이 되고 한 번은 양陽이 되는 것이 도道라고 했습니다. 천지 만물이 음양의 조화를 이룰진대 양지는 양지대로, 음지는 음지대로 살아가는 방식이 있는 법이지요. 밤의 일선에서 어둠을 밝히시느라 얼마나 노고가 많으십니까. 일개 서생으로서 화류계 종사자분들을 경모하여 마지않습···."

"민도치 씨."

희국이 끼어들었다. 치뜬 눈동자엔 '1절만 해라, 이 푼수 대가리야' 이런 메시지가 담겨 있는 듯했다. 민도치는 그제야 분위기를 파악했는지 "죄송합니다, 죄송합니다" 하며 앞머리를 비비 꼬았다.

"휴··· 맞아요. 학교 다니면서 알바하고 있어요. 진철이 오빠도 가게에서 만난 거고요."

고다혜는 부적 주머니를 매만지며 말을 이었다.

"사실 진철이 오빠에 대해서 아는 건 거의 없어요. 그냥 단골손님인데 같이 놀러 가자고 해서 따라온 거예요. 제가 돈이 좀 급해서···."

"그렇구나. 진철 씨는 직업이 어떻게 돼?"

"장사한다고 했어요. 옷 장사요. 남대문 도매시장이라고 했나?"

"장사라… 그런데 다혜야, 너 아까 넘어졌잖아. 그거 진철 씨 보고 그런 거니?"

"그거요? 그, 그냥 바닥이 미끄럽기도 했고… 노, 놀라기도 해서요."

그래도 그리 요란스레 넘어질 강도의 충격은 아니었을 텐데. 시신의 외관도 깔끔했고. 그 찰나의 순간에 고다혜가 서진철의 죽음을 인식했다는 것도 어불성설이다. 누군가 선언하지 않았다면 육안만으로 사망 여부를 변별할 수 없었을 것이다. 고다혜가 범죄나 법의학에 통달했거나 신기를 타고난 능력자라면 또 모르겠지만. 어지간히 미심쩍었으나 은영은 티 내지 않고 시선을 한 바퀴 돌렸다.

"그러면 다혜 말고 진철 씨랑 안면 있었던 사람은… 없겠죠?"

아니나 다를까 아무도 대답이 없었다. 설령 알고 지낸 사이여도 이 상황에선 함구하는 편이 낫다고 여길 것이다. 은영은 관리인을 힐끗 곁눈질했다. 반들반들한 엽총이 시야에 들어오자 도무지 입술이 떼어지지 않았다.

"어르신께선 뭘 숨기고 있는 겁니까?"

나지막이 읊조린 사람은 희국이었다.

"전화가 망가졌다는 거야 그럭저럭 넘어가겠는데 진철 씨 사망한 현장에서도 그렇고, 옥상에서 이상한 비명이 들렸을 때도 그렇고, 언행이 뭔가 이질적이더군요. 다른 사람은 몰라도 내 눈엔 그렇게 보였습니다. 얘기해줄 수 있습니까?"

은영은 마른침을 삼켰지만 다행히 관리인은 흥분하는 기색이 아니었다.

"나도 사연이라는 게 있어. 자네들 같은 젊은 사람들은… 골백번을 강변해도 못 믿을 거야."

"하지만 계속 함구무언하시면 우리도 꺼림칙할 수밖에 없습니다. 뭐가 됐든 말씀해주시죠. 어르신 이야기 거스르는 사람 있으면 내가 책임지고 야단치겠습니다."

정중하면서도 담담한 어투였다. 희국은 관리인의 두 눈을 지그시 바라보며 호소했다. 하얀 눈썹의 산장지기는 땅이 꺼져라 한숨을 내쉬더니 겨우 입을 열었다.

"지금부터 하는 얘기는 우스갯소리 취급해도 좋아. 하지만 그

우스갯소리가 누군가한테는 절실할 때가 있어."

관리인이 산장지기를 맡기 시작한 것은 2년 전이었다. 그전엔 그의
어머니가, 그 전대엔 그의 외할머니가 산장을 관리했다고 한다.

"할머니와 어머니는 이 동네 당골이었어. 무당이라고 알고 있으면 돼.
하지만 자네들이 생각하는 부적 팔고 귀신 쫓는 무당과는 달라. 오전에
당집에 올라가지 않았었나? 이 동네는 매년 음력 12월에 타사신을 위한
제를 지내는데 우리 집안에서 대대로 제를 주도했어."

타사신을 위령하는 당제는 마을의 큰 행사였지만 세월이 흐를수록 그
의미가 퇴색되었다. 젊은이들은 미신에 얽매이지 않는 데다 일찍이 도시로
상경하는 추세였다. 전통을 중시하는 어른들은 대개가 당집이 있는 산까지
오를 기력이 없는 상태였다. 그리하여 관리인의 대에 와서는 그의 가족만이
제를 모시게 되었다. 서울에서 열쇠공으로 살았던 관리인이, 노후를 보낼
곳으로 이 산장을 선택한 까닭은 어머니의 유언 때문이었다.

"하나밖에 없는 자식한테 남긴 유언이 그건데 거부할 수도 없는 노릇
아니겠나? 제를 계승할 사람이 없으니까 노파심에 그러신 거겠지.
옛날부터 할머니 어머니 할 것 없이 강조하셨어. 억울하게 죽어서 귀신이
된 것들을 부지런히 달래야 마을이 평온하다고. 이 아가씨 말대로 말이야."

관리인은 턱짓으로 고다혜를 가리키고는 말을 이었다.

"다행히 마누라도 군말 없이 따라와 줬어. 여기가 깡촌인 데다 산 생활은
고될 수밖에 없지만 먹고사는 데는 모자람이 없었어. 제를 관리하는 역할을
맡았다고 동네에서 이것저것 챙겨주거든. 이 산장도 그렇게 지어진 거고.
그런데…."

관리인은 쓴웃음을 지었다.

"얼마 전… 초겨울이 되기도 전이었지. 마누라가 별안간 울면서 짐도
내버려두고 튀쳐나갔어. 노망이 올 나이도 아닌데 미쳐서 도망쳐버린 거야.
대관절 왜 그랬는지 곰곰이 생각해봤는데…."

그는 말을 흐렸다. 부리부리한 두 눈이 젖어가고 있었다.

"아저씨는 무당 아니죠?"

고다혜가 가차 없이 찔렀다.

"일반 사람이 귀신을 달랠 순 없으니까요. 무당 집안도 어느 대에 신기가
끊어질 수 있다고 들었어요. 타사신이 아저씨랑 아줌마 우습게 보고 활개를

친 거예요. 자기 잡아둘 무당이 다 사라졌으니까….”

“그만해.”

은영이 눈썹을 치켜세우며 말을 끊었다. 고다혜가 입술을 비죽거리는 가운데 관리인은 허탈한 웃음을 흘렸다.

“나도 이런 미신을 믿는 게 마뜩하지 않아. 어머니 때만 해도 별 사달이 없었으니까. 하지만 마누라는 미쳐서 나가더니 연락이 두절됐지, 서진철 그 친구는 별안간 저리됐지, 감이 영 안 좋아. 다들 어처구니가 없겠지만… 타사신이 장난을 치는 건지도 모른다, 이런 망집에 사로잡혔어.”

불시에 닥친 흉사들이 미신에 대한 두려움을 확대시켰으리라. 집안의 사연은 생소하기 그지없었지만 그 심리만은 미약하나마 헤아릴 수 있었다. 그러나 관리인의 대답은 미흡했다. 전화가 망가졌다는 게 사실인지, 아니라면 왜 그런 거짓말을 했는지, 질문보다 답변이 더 빨랐다.

“전화는 망가지지 않았어. 경찰이 아니더라도 두 팔 걷고 도와줄 사람도 몇 있고. 하지만 이제 곧 귀시鬼詩가 시작돼. 하루 중 음기가 가장 사나운 시간이 찾아온다고. 동네 사람들이 이 시간에 산을 타면 중간에 귀시와 겹칠 수도 있어. 그러면 형제나 다름없는 사람들한테 탈이 생길지도 몰라. 죽은 사람한테는 매정한 말이지만… 나는 나대로 입장이 있는 걸세. 자네들도 여기서 나갈 생각일랑 접어둬.”

자세히 보니 엽총의 개머리판과 총대엔 뜻 모를 붉은 한자들이 새겨져 있었다. 영력을 불어넣는답시고 주문이라도 그려 넣은 걸까. 저런 색칠 놀이로 혹시 모를 타사신의 습격에 대비할 수 있다고 믿는 걸까. 아무래도 엽총의 존재 이유가 살아 있는 것만 위협할 목적은 아닌 듯했다. 허황하고 유치할지언정 그 속엔 어떤 절실함이 배어 있었다.

“아무튼 오늘은 거실에서 다 같이 밤을 새우기로 합시다. 그래야 안전하지 않겠습니까?”

희국은 그렇게 말하더니 고다혜를 쳐다보며 입꼬리를 씰룩였다.

“살인범일지도 모르는 사람이 여기 있는데 어떻게 함께 있을 수 있냐, 이런 걱정은 안 해도 돼. 서로서로 감시하는데 그런 불상사가 생길 리는 없지. 설마 다혜 씨만 빼고 우리가 범죄를 공모했겠나? 집단 따돌림은 좋지 않아.”

고다혜는 단번에 수긍했다. 그 무엇보다 타사신이 제일 무서운 모양이었다.

"그나저나 서진철 씨 사망 장소 말입니다."

불쑥 말을 꺼낸 사람은 민도치였다.

"이건 단지 심증에서 기인한 저의 하찮은 소견에 지나지 않지만…
사건 장소와 옥상이 관련이 없지 않을까 하는 의구심이 들어서 말입니다.
소리라는 색안경을 벗고 사건을 재검토해볼 필요도 있지 않겠습니까?"

* * *

둔기와 두개골이 부딪히는 소리는 의외로 작다. 낙엽이 발에 밟혀
바스락거리는 것처럼 그 울림이 널리 퍼지지 않는다. 은영은 갖가지 변수를
계산하며 민도치의 뒷말을 기다렸다.

"필시 육중한 것이 떨어지는 소리긴 했습니다만, 그것이 고인의 안타까운
죽음과 별개라면 어떨까요? 예컨대 서진철 씨는 소리가 들리기 한참 전에
미상의 둔기로 머리를 강타당해 사망했다, 사건 장소는 뒤뜰에 한정되었고
옥상과는 아무런 관련이 없다, 소리는 우연의 일치가 됐든 인위적인 조작이
됐든 어떠한 현상으로 인해 뒤늦게 울려 퍼졌다, 그리하여 우리는 본의
아니게 사건의 내막을 오해했다. 이렇게 발상을 전환해볼까 합니다. 이른바
후시녹음 트릭이라고 명명할 수 있겠습니다."

민도치는 다리를 바꿔 꼬며 말을 이었다.

"이렇게 말하는 저도 확신이나 확증이 있는 것은 아닙니다. 허나
그 얼토당토않은 심증을 여러분과 함께 한시만 직시해보고자 하는
바람입니다. 가령 그 소리가 조작이라면 어떤 방법이 쓰였을까. 차희국
작가님께서는 영화계에 종사했다고 하셨지요? 음향 쪽에 대해 쌓아두신
것은 없습니까?"

은영은 미간을 모으며 단발머리를 쓸어내렸다. 희국이 영화판에
있었다는 이야기를 들었을 때 시나리오를 담당했으리라고 무심코
받아들였다. 선입견이었다. 영화는 시나리오보단 촬영이나 음향에 더 많은
인력이 투입될 터였다.

"민도치 씨 의견은 언제나 흥미롭군."

희국은 변함없이 여유로운 얼굴이었다.

"음향이야 내가 전문가는 아니지만 어깨너머로 들은 게 있긴 하지. 폴리 사운드라고 들어봤을지 모르겠는데 여러 도구를 조합해서 가상의 소리를 만드는 거야. 차 브레이크를 밟는 소리, 동물들이 이동하는 소리, 심지어 볼일 보는 소리도. 우리가 영화나 드라마에서 듣는 소리의 80퍼센트 이상은 가짜라고 생각하면 돼. 사람이 떨어지는 굉음도 얼마든지 만들 수 있지. 그런데 이것도 한계가 명확해."

"한계라고 하면?"

"볼륨이야. 소리의 음량만큼은 장비 없이 증폭시킬 수 없어. 현장 장비가 받쳐준다고 해도 그래. 영화에 나오는 효과음들은 후가공으로 빚은 결과물이니까. 이 산장에 있는 도구만으로 그런 엄청난 굉음을 창조한다? 그것도 실시간으로? 전축이나 스피커도 없는데? 아인슈타인과 잭 폴리°가 머리를 맞대도 힘들겠군."

은영은 다각도로 상황을 검토해보았다. 옥상에서 떨어진 것이 사람이 아니라면? 아니, 바깥에선 그런 소리를 낼 만한 무거운 물건이 보이지 않았다. 청각이 잠시 착란을 일으켜 음량을 과장되게 인지했다고 해도, 수십 킬로그램의 무게가 낙하해야 그런 어마어마한 마찰음이 탄생할 것이다. 소리의 발원지가 지상이라면 어떨까. 하지만 총성이나 타이어가 터지는 소음과는 성질 자체가 달랐다. 그렇다고 시한폭탄도 아닐 터이다.

소리, 소리라….

은영은 몸서리를 치며 손을 파르르 떨었다. 옥상에서 들었던 곡성의 여음이 재차 귀밑에서 아물거린 것이다. 통나무 벽의 비좁은 틈 사이로 스며드는 한기가 목덜미를 스치자니, 귀신의 손톱이 살결에 소름을 새기는 것만 같았다. 이를 악물고 덮어버렸던 으슬으슬한 괴성이 재현되자 생각은 궁굽해지기 시작했다.

"그렇군요, 그렇군요. 불가능에 가깝지만 백 퍼센트 불가능은 아니다, 쯤으로 알아두겠습니다. 그렇다면 그 살벌한 곡소리는…."

안경 너머 민도치의 눈이 고양이처럼 반짝였다. 희국이 그를 채근했다.

"민도치 씨, 뭐 좀 알아냈나? 곡소리가 왜?"

●　잭 폴리(Jack Foley): 폴리 사운드의 개념을 정립한 음향 전문가.

"아마도 그건…."

은영은 민도치를 멍하니 바라보았다. 어쩌면 사고방식이 남다른 이 괴짜가 실마리를 물어다 줄지도 모른다. 사건의 명쾌한 풀이는 바라지도 않는다. 그 곡성의 정체만 합리적으로 설명해준다면, 그래서 공포를 뭉개버릴 수 있게 도와준다면, 그것만으로 만족하고 감사할 것이다. 제발… 은영은 그의 입이 열리기를 천추와 같은 심정으로 기다렸다. 그렇게 차 몇 모금 마실 시간이 지날 무렵,

"음, 저도 잘 모르겠습니다."

민도치가 당당하게 말했다. 남의 속도 모르고 휘파람을 흥얼대는 만행까지 저질렀다.

"하아… 이 고양이같이 생긴 게 진짜…."

은영은 저도 모르게 고양이상 남자의 머리채를 잡을 뻔했다. 그러나 앞머리를 비비 꼬며 부끄럽게 미소 짓는 민도치의 태도가 그녀의 마지막 기운마저 앗아갔다.

"하여간 잘 알겠습니다. 머리가 지끈지끈하는 게 망망하고 막막하기 이를 데 없군요. 이 변변찮은 민 모는 담배나 한 대 태우고 오겠습니다."

민도치는 모직 장갑을 끼며 산장 밖으로 나갔고, "전 화장 좀 지우고 올게요. 이런 꼴은 좀 쪽팔려서…. 바로 내려올 거예요"라며 고다혜는 2층으로 올라갔다. 그토록 귀신을 무서워하는 여자애가 혼자 있는 것보다 망가진 화장을 더 신경 쓰다니. 공감이 가면서도 찜찜함을 지울 수 없었다.

"나도 전화 한 통만 하고 오지."

관리인도 엽총을 고쳐 매며 자리에서 일어섰다.

"여기 이장 형님이 이 시간만 되면 잘 살아 있는지 보고하라고 닦달을 해대서 말이야. 5분도 안 걸릴 거야."

개별 행동은 자제하라는 말이 머릿속을 맴돌다 순식간에 사라졌다. 은영은 속으로 주기도문을 외우며 곡성의 메아리를 봉인하는 데 혈안이었다. 그렇게 거실엔 은영과 희국 두 사람만 남았다.

"은영 씨."

희국이 툭 말을 꺼냈다. 중후한 목소리에 은영은 다소나마 넋을 건질 수 있었다.

"난 은영 씨만큼 머리가 잘 돌아가는 편이 아니라 추리 같은 건 못해.

다만 상상력은 나름대로 풍부한 편이지."

"무슨 말이에요?"

"그냥 은영 씨가 참고해줬으면 하는 게 있어서."

희국은 씩 웃고는 말을 이었다.

"민도치 씨와 고다혜 씨, 왠지 초면이 아니라는 느낌이 들어."

은영은 대꾸 없이 귀만 기울였다.

"뭐랄까, 전부터 알고 지낸 느낌? 아침에 기억나나? 당집에 도착했을 때 다혜 씨는 민도치 씨한테 스스럼없이 '오빠'라고 불렀어. 물론 성격 자체가 워낙 싹싹하면 그럴 수도 있겠지. 직업정신이 몸에 배어서일 수도 있고. 그런데 남자 친구보다 후원자에 가까운 진철 씨가 보고 있는데 그랬다는 게 뭔가 걸리더군."

"그래서, 작가님 생각은 민도치와 고다혜가 전부터 아는 사이였다?"

"상상일 뿐이야. 여기서 더 나가자면 이런 전개도 생각해볼 수 있겠지. 민도치 씨와 다혜 씨가…."

"작가님, 미안한데요."

은영은 겨우 정신을 차리며 고개를 저었다.

"두 사람이 공범이라는 가설은 앞뒤가 안 맞아요. 떨어지는 소리가 들렸을 때, 2층에 있었던 두 사람은 서로의 알리바이를 증언하지 않았잖아요. 알리바이를 공작했다고 쳐도 그래요. 자기들이 의심받을 상황을 만들면서까지 사람을 죽였다는 건 모순이 있죠. 민도치 말대로 소리가 조작됐다고 쳐도, 가장 의심스러운 건 그 타이밍에 모습을 감추고 있던 두 사람이에요."

"아아, 내 말은 그런 게 아니야."

희국은 머리 뒤로 깍지를 끼고는 천장을 바라보았다.

"단지 범행을 주도한 사람은 민도치 씨 하나뿐이라는 거야. 다혜 씨는 동기만 촉진했을 뿐 아무 잘못이 없고. 민도치 씨가 우연히 이 산장에 들렀는데 과거에 사랑했던 여자를 만났다고 쳐보지. 그런데 그 여자 옆에 웬 남자가 붙어 있는 거야. 그래서 눈깔이 뒤집혀서 옥상으로 끌고 갔고 사고를 쳤다는 거지. 설정은 젊은 무녀를 향한 박수무당의 엇나간 애욕이 괜찮겠군. 아, 미안. 내가 요즘 아침 드라마에 빠져서."

은영은 마침내 환한 웃음을 터뜨렸다.

"뭐예요, 안 어울리게. 다 때려 부수고 터뜨리는 것만 볼 것 같은 사람이."

"하하, 역시 너무 나갔나?"

"뜬금없이 치정극이라니, 너무 드라마 같은 설정이잖아요. 드라마도 그렇게 막 나가면 항의 전화 폭주할걸요? 그런데…."

은영은 희국의 옆얼굴을 물끄러미 바라보았다.

"참고 사항은 됐어요. 저도 이건 느낌적인 느낌이라 말을 아꼈는데, 민도치가 다혜를 보호하는 것 같다고 막연하게 생각하긴 했거든요. 그래도 그렇지, 차 작가님은 배짱이 대단하시네? 근거 하나 없이 그런 추론을 입 밖으로 다 꺼내시고. 민망하지도 않아요?"

"왜 브레인스토밍이라고 있잖아. 이런 말 저런 말 다 쏟아내서 문제 해결책을 도출하는 회의법. 유감스럽게도 내가 도움이 될 만한 방법이 이런 거밖에 없어서."

그 도움의 화살표는 나를 향하고 있을 것이다. 분명 은영의 부족함을 알차게 채워주고 있는데도 희국은 성에 차지 않는 모양이었다. 그 마음 씀씀이는 갈증을 달래주는 약수처럼, 불안을 씻겨주는 정화수처럼, 용기를 북돋워주는 마법의 샘물처럼 갈라지고 메말랐던 가슴에 촉촉한 단비를 내려주었다. 문득 첫사랑이 머리를 쓰다듬어주었던 그때의 기억이 아른거렸다.

은영은 희국의 뺨을 어루만지고 싶다는 충동을 끝내 뿌리치지 못했다. 그렇게 그녀는 손을 뻗었다. 귀빈을 실은 나룻배처럼 천천히, 마치 티슈를 다루듯 조심스럽게. 하지만 때마침 희국이 몸을 일으키는 바람에, 은영의 손은 어정쩡한 궤적을 그리다가 그녀의 정수리에 안착하고 말았다.

"은영 씨, 우리 현장이나 한 번 더 복습해볼까. 진철 씨 잘 있는지 확인도 할 겸. 음? 입술은 왜 이렇게 삐죽 나왔어?"

* * *

"나야말로 상상력이 너무 지나친가 봐요. 혹시 진철 씨 시신이 사라진 건 아닐까, 이런 생각이 드는 거예요. 아, 이제 밝은 책 좀 읽어야지."

서진철은 여전히 반듯하게 누워 있었다. 쓸쓸한 모습이 자못 애잔했지만, 그래도 눈이 내리진 않았기에 최악의 그림만은 피할 수 있었다.

"그런데요, 오빠."

어느새 은영은 희국을 친근하게 부르고 있었다.

"진철 씨 파카는 왜 이런 걸까요? 답답해서 그런 건가?"

평정을 되찾자 시야가 넓어졌다. 서진철의 파카 지퍼는 가슴께까지 열려 있었다.

"범인이 안에서 뭔가를 꺼내려고 했거나… 돈이라도 들어 있었나? 귀중품? 그런 건 가까운 사람이 아니면 알기 힘들 텐데. 안주머니가 잠겨 있는 걸로 봐선… 아, 금목걸이를 차고 있었을 수도 있겠다. 의류 도매업이 되게 잘 번다고 하더라고요. 뭐 해요? 듣고 있어요?"

도통 대답이 돌아오지 않자 은영은 고개를 들었다. 희국의 눈은 딴 곳을 향해 있었다. 은영은 희국의 목에 가볍게 손날치기를 하며 말했다.

"어디를 보는 거예요? 사람 말하는데 무안하게."

은영은 희국의 시선을 따라갔다. 대번에 묘한 위화감이 따라왔다. 고즈넉한 산장과 휑한 뒤뜰도, 하얀 눈밭도 그대로였지만 뭔가 달라져 있었다. 그러나 무엇이 위화감의 근원인지는 떠오르지 않았다.

"은영 씨, 이제부터 내가 하는 말 틀린 거 있으면 바로 정정해."

희국이 진지하게 운을 뗐다.

"뭔가 떨어지는 소리가 들렸고 은영 씨와 내가 가장 먼저 뛰쳐나왔어. 곧바로 관리인 어르신, 민도치 씨, 다혜 씨가 따라 나왔고. 맞지?"

"네, 맞아요. 확실히 기억해요."

"그리고 다혜 씨가 넘어졌어. 넘어지면서 허우적거렸는지 외벽에 붙어 있던 제설 도구도 다 쓰러졌고."

"그것도 맞아… 어?"

그러나 눈삽과 넉가래에 이어 빈 우유 상자와 기름통은 정연히 정리되어 있었다.

"은영 씨가 옥상에 가보자고 얘기하고 나서 우리는 바로 올라갔지. 그리고 이상한 곡성을 들었고 바로 거실로 내려왔어."

미지의 곡성이 또다시 뇌리에 되살아나자 몸이 움찔거렸다. 은영은 하얗게 질려가는 얼굴을 단발머리 속에 파묻었다.

"거실로 내려오기 전에, 민도치 씨와 다혜 씨는 방으로 들어가 외투를 챙겨 나왔지. 관리인 어르신은 관리실에 들렀다 나왔고. 그렇지 않나?"

그 곡성을 단순한 촌극으로 해석할 수 있는 묘안은 없을까. 그것이
무리라면 심리적으로나마 위안 삼을 구실은 어디 없을까.

"그렇다면 저 물건들은 누가, 왜 정리했을까? 설마 산짐승들이 이럴 리는
없었을 테니 '누가'는 답이 나왔어. 나랑 은영 씨가 나오기 전에 민도치 씨가
담배 피우러 밖에 나갔으니까. 그 친구 말고는 우리가 나오기 전에 나간
사람은 없어. 사람이 그랬다면 당연히 민도치 씨가…."

은영은 결국 휘청하더니 땅바닥에 손을 짚었다. 희국이 서둘러 그녀를
부축했다.

"은영 씨? 왜 그래? 어디 아파?"

"아이씨, 또 못 볼 꼴 보였네. 미안해요."

"아니야, 안색이 안 좋군. 들어가지."

희국은 은영을 일으키려 했다. 하지만 그녀는 그의 옷깃을 붙잡고 멈춰
세웠다.

"아뇨, 끄떡없어요. 제가 얼마나 튼튼한데요. 신경 쓰지 마세요. 우리
무슨 얘기 했죠? 아, 맞다. 저게 왜 정돈되어 있을까요? 사모님이 그새 손을
보셨나? 아아, 아니었지. 그러면…."

"고민부터 듣고 싶은데. 아니면, 나 같은 늙다리한테는 못 털어놓을
비밀인가."

희국의 눈빛엔 온화함과 든든함, 또 도저히 얼버무리기 힘든 엄격함이
담겨 있었다. 은영은 부르튼 입술을 핥고는 주뼛주뼛 말을 꺼냈다.

"…있잖아요 오빠, 진짜 귀신 믿어요?"

희국은 뚱한 얼굴로 관자놀이를 긁적였다.

"반만 믿어. 왜? 은영 씨도 이걸 타사신의 소행이라고 생각해?"

"그런 건 아닌데… 저 어렸을 때요, 집에 다락방이 있었거든요. 어느 날
거기 갔는데 이상한 그림자가 하나 있는 거예요. 눈 하나 깜짝하지 않고
물어봤죠. 애들이 뭘 알겠어요?"

"그래서?"

"그 후로도 몇 번을 봤어요. 그런 이상한 거요…. 심지어 몇 달
전에도…. 막상 다 크고 나서 그런 걸 보니까 너무 무서운 거예요. 아까 그
곡소리도…."

뺨에 들러붙은 은영의 머리카락이 가늘게 미동했다.

"미치겠다, 진짜… 나 원래 이렇게 가녀린 애가 아닌데. 나잇살 먹고 뭐 하는 거야, 이게. 미안해요. 완전 꼴불견이었죠?"

"은영 씨, 과도한 완벽주의는 정신건강에 해로워."

희국은 은영의 등을 토닥이며 한층 낮은 톤으로 말을 이었다.

"지금 여기서 은영 씨만큼 멋진 사람이 있나? 무뚝뚝한 산장지기, 수다쟁이 청년, 응석받이 아가씨에 능글능글한 아저씨까지. 다 은영 씨가 리드하고 있잖아. 난 솔직히 이런 생각도 했어. 이 공은영이란 여자, 피도 눈물도 없는 사람은 아닐까. 이런 사람과 길게 말 섞으면 괜한 꼬투리만 잡히는 건 아닌가. 그래서인지 정말 다행이야."

"다행이라니요?"

"귀신까지 쫓아낼 정도로 대가 센 사람이면 대화는커녕 눈도 못 마주쳤을 거 아니야? 타사신이나 살인범보다 은영 씨가 더 무서웠을 거야. 은영 씨는 아주 강해. 상위 0.1퍼센트 안에 든다고 단언하지. 가뜩이나 빛나는 사람이 굳이 한계를 초월하려고 혼자서 끙끙 앓을 필요는 없어. 은영 씨가 무슨 드래곤볼 주인공은 아니잖아."

희국은 씩 웃으며 은영의 단발머리를 쓰다듬었다.

"그리고 만약에 타사신이 진철 씨를 죽였다고 쳐보자. 난 있지, 애먼 사람한테 꼬장 부리는 귀신은 영 질색이야. 시비를 거는 이상 타사신이든 염라대왕이든 다 때려잡아야 직성이 풀린다고. 기껏 여행 와서 험한 꼴 당하는 것도 열불 나는데 귀신의 비위마저 맞춰주고 싶진 않아. 아아, 그럼 이렇게 하면 되겠군. 은영 씨는 사건을 해결해. 귀신은 내가 상대하지."

그러자 가슴속 깊숙이 다시금 마법의 샘물이 솟아올랐다. 그 따스하면서도 따가운 온수는 오지랖으로 짊어졌던 짐의 반을 씻어주었다. 더불어 좀처럼 떠나가지 않았던 첫사랑의 얼굴까지 말끔하게 지워주었다. 은영은 희국의 어깨에 머리를 기댔다.

"오빠, 여자 많이 만나봤죠? 바람피운 적 있어요?"

"글쎄, 서른 중반에 접어들어서 그런지 기억력이 예전만 못하군. 원래 이 나이쯤 되면 그래. 은영 씨도 얼마 안 남았으니까 미리 각오해두라고."

은영이 쿡쿡 웃으며 희국의 팔을 툭툭 쳤을 때였다. 희국이 익살맞게 한쪽 눈을 찡그렸을 바로 그때였다. 먼 하늘에서 떨어지는 우레처럼 커다란 총성이 울려 퍼졌다.

* * *

2층으로 올라가는 계단에 이르렀을 때, 은영은 희국의 앞을 가로막았다.

"안 돼요, 가지 마요."

"누가 다쳤을지도 모르잖아. 거실에 짱 박혀 있어봐야 위험한 건 마찬가지야. 이 야밤에 하산할 수도 없는 일이고. 은영 씨는 다혜 씨 데리고 나가 있어. 잠잠해지면 부를게."

고다혜는 혼이 빠진 듯 거실 구석에 앉아 무릎을 끌어안고 있었다. 자식처럼 소중히 여기던 부적 주머니도 팽개친 채로.

총성의 진원지는 옥상이었다. 고다혜 혼자 거실에 있는 점으로 미루어, 관리인과 민도치 사이에 무슨 일이 생긴 듯했다.

희국은 은영을 밀치고 살금살금 계단을 타고 올라갔다. 은영은 희국의 만류에도 고집을 꺾지 않고 뒤를 따라갔다. 여차하면 상대를 덮쳐버릴 심산으로 그들은 소리를 죽인 채 걸음을 옮겼다. 그렇게 반쯤 열려 있는 옥상 문틈으로 두 개의 실루엣이 비칠 무렵이었다.

"…새끼… 네가…."

드센 바람을 타고 관리인의 목소리가 뚝뚝 끊겨 들려왔다. 그는 엽총으로 상대를 겨누고 있었다.

"어, 어르신. 실례했습니다. 저, 전 단지…."

그 상대, 민도치는 양손을 올린 채 허둥지둥하고 있었다. 희국이 옥상 문을 활짝 열어젖혔다.

"어르신! 무슨 일입니까?"

관리인은 민도치에게 시선을 고정한 채 말했다.

"이 자식, 이 자식이야. 내가 봤어. 거기 자네, 저기 난간을 한번 보게. 이 자식이 무슨 짓을 했는지."

관리인의 눈짓을 따라 희국과 은영은 난간을 살펴보았다. 문에서 가까운 쪽, 한쪽 난간의 살과 살 사이에 유독 얼음이 끼어 있지 않았다.

"여기만 녹아 있군. 어르신, 이거 민도치 씨가 그런 겁니까?"

"그래, 이놈이 그 지랄을 했어. 범행 흔적을 지우려고 했겠지."

"은영 씨가 자세히 봐줘."

희국은 은영의 얼굴에 부딪히는 강풍을 두 손으로 막아주었다. 은영은

56

문제가 된 난간 살을 뚫어지게 노려보았다. 얼음이 녹아내린 난간 살은 코팅이 벗겨진 듯 군데군데 미세하게 부식되어 있었다.

"이거 공교롭군. 은영 씨, 이 밑을 내려다봐."

그 난간은 높이만 다를 뿐 제설 도구가 쓰러져 있던 그곳과 위치가 비슷했다. 은영은 고개를 홱 돌렸다. 벌벌 떨고 있는 민도치가 보였다.

"당신, 여기서 뭘 한 거야? 증거라도 수집하려고 했던 거야?"

"그, 그게 말입니다. 이, 일단 어르신께서는 무례를 용서해주십시오. 진심으로 사죄드리겠….'"

"입 다물어!"

관리인은 철컥, 하는 총소리를 내며 민도치를 밀어붙였다.

"자네, 희국이라고 했지? 자네들 나가 있었을 때, 이 자식이 뜨거운 물 가지고 고양이 새끼마냥 옥상으로 올라갔어. 왠지 수상해서 따라가 보니 그 난간에서 이상한 짓을 하고 있었고. 내 허리춤에 있는 열쇠를 가져가게. 1층 창고 문을 열면 바로 로프가 보일 거야. 그걸로 이 자식을 묶어주겠나?"

사건이 옥상과 연관이 없다고 주장한 사람은 민도치였다. 남몰래 제설 도구를 정리한 사람도 민도치였다. 첫 만남부터 지금까지, 유달리 별나게 굴었던 사람 역시 민도치였다.

은영은 민도치에게 다가가 그의 허리띠를 풀어 헤쳤다. 그리고 능숙한 손놀림으로 그의 두 손을 결박했다.

* * *

"민도치 씨."

은영은 팔짱을 끼고 시선을 내렸다. 싸늘한 눈동자엔 두 손이 묶인 채 앉아 있는 민도치가 비쳤다.

"어차피 날 밝으면 경찰이 올 거니까 당신이 범인이다, 이런 소리는 안 할게요. 그런데 옥상에서 무슨 짓을 한 거예요?"

"이봐, 아가씨. 이딴 놈 얘기 들을 필요 없어."

관리인은 거실에 내려와서도 민도치에게 총부리를 들이밀었다. 언제라도, 누구에게라도 발포할 맹렬한 기세였다. 희국이 그를 타일렀다.

"어르신, 우선 진정하십시오. 민도치 씨, 옥상도 옥상인데 제설 도구는 왜 정리한 건가? 그럴 이유는 눈곱만큼도 없을 것 같은데.”

“이 사람, 처음 봤을 때부터 싸하긴 했어요. 딱 봐도 별종 같잖아요.”

고다혜가 끼어들었다. 민도치를 쏘아보는 두 눈엔 경멸의 아지랑이가
너울거렸다.

“여, 여러분. 차례차례 설명하겠습니다. 제가 옥상으로 올라갔던 건….”

“입 닥쳐!”

겁에 질린 채 덜덜 떨고 있는 민도치. 그리고 격분을 금치 못하는 관리인.
이미 잡은 물고기를 필사적으로 경계하는 관리인이 더 위협적이었다.
은영은 두 손을 마주 모으며 사정하듯 말했다.

“어르신, 저도 이 인간이 제일 의심스럽긴 해요. 그래도 항변의 기회는
줘야 하지 않겠어요? 민도치 씨, 솔직하게 털어놔요. 또 헛소리하면 발까지
묶어버릴 거예요. 알았죠?”

민도치는 코를 한번 훌쩍이고는 입을 열었다.

“작가님 두 분이 밖에 나가 있을 동안 불현듯 떠오르는 생각이
있었습니다. 옥상에 어떤 범죄의 흔적이 남아 있지 않을까 하고 말입니다.
한시바삐 확인해보고는 싶은데 그렇다고 저 혼자 올라가자니 괜한 의심을
살 것 같았습니다. 그래서 당주 어르신께 넌지시 입회를 부탁드렸는데….”

“헛소리!”

관리인은 버럭 내지르더니, “네놈 혼자 올라갔잖아. 그 뒤에 내가 따라간
거고. 아가씨, 아가씨도 봤지?” 하면서 고다혜를 쳐다보았다.

고다혜는 고개를 끄덕이며 삿대질했다.

“저도 봤어요. 이 사람 올라간 다음에 조금 시차를 두고 관리인 아저씨가
올라갔어요.”

“민도치 씨, 자꾸 거짓말하면 자네만 손해야.”

희국마저 추궁을 보태자 민도치는 울상이 되어버렸다.

“아닙니다, 작가님. 그저 먼저 올라가 있을 테니 한숨 돌리고
따라오시라고 언질을 준 것뿐입니다. 올라와서도 한동안은 별 탈 없이
있었습니다. 한데 제가 그 얘기를 꺼내는 바람에….”

거기서 민도치는 말을 얼버무렸다. 은영이 그 앞에 수그려 앉았다.

“그 얘기라니요? 무슨 얘기요?”

“들을 필요 없다니까. 그냥 변명하는 거야. 안 되겠어, 이 자식 입도

막아버려야겠어. 테이프! 박스 테이프 가져와! 꾸물대지 말고 퍼뜩!"

"어르신은 안정부터 취하셔야겠어요. 보다시피 이 사람은 지금….."

"안정은 무슨 안정!"

끝내 총구는 은영의 이마를 겨누기에 이르렀다. 붉게 달아오른 관리인의 얼굴엔 금세라도 폭발할 듯한 광기가 서려 있었다.

이젠 누구를 믿어야 할지 헷갈릴 지경이다. 대체 무엇이 무뚝뚝한 산장지기의 화를 이리 돋웠단 말인가. 은영은 엉덩방아를 찧으면서도 이 위험인물을 묶어둘 방법을 궁리했다. 하지만 저놈의 엽총이 걸림돌이다. 덩치까지 우람해서 보통 완력으로는 달걀로 바위 치기일 터. 듬직한 희국이 나선다고 해도….

여기까지 생각이 미치자 은영은 눈을 번뜩였다. 괜히 또 희국이 적극성을 보였다간 어떤 참극이 벌어질지 모를 노릇이었다.

"뭐, 뭐야? 지금 뭐 하는 거야? 그만둬!"

은영은 민도치의 두 손을 잽싸게 풀어주었다. 최악의 사태를 피하려면 일손이 하나라도 더 필요했다. 옳은 결정인지 판단할 여유는 한 톨만치도 없었다. 다음 순간, 그녀의 망막에 일련의 장면이 천천히 그려졌다.

엽총의 장전 음이 울리기 무섭게 방아쇠를 당기는 관리인. 그런 그를 허무하게 올려다보는 민도치. 고다혜의 카랑카랑한 비명. 어느새 희국의 품에 안겨 있는 은영.

"어라?" 하고 몸을 더듬으며 말을 흘린 사람은 민도치였다. 총알이 발사되지 않자 관리인은 엽총을 이리저리 만지작거렸다. 그리고 희국이 달려들었다. 그 틈에 바닥에 떨어진 엽총을 주운 사람은 은영이었다. 곧바로 엽총은 산장 밖으로 내던져졌다.

"어르신, 위험하지 않습니까?"

희국이 관리인을 일으켰다. 수세에 몰린 관리인을 그대로 제압할 법도 한데 그 이상의 공격과 자극은 자제하고 있었다.

"하, 하지만 저놈은….."

"다 됐고요."

은영은 손을 탁탁 털고는 민도치를 응시했다.

"조금 전에 '그 얘기'라고 했죠? 그거부터 먼저 들어봐야겠는데요."

***

고양이처럼 치켜 올라간 눈매엔 어떠한 원망의 기색도 없었다. 민도치는 말을 잃은 관리인을 향해 허리를 꾸벅 숙이더니,

"결례를 용서해주십시오. 이리 돼버렸으니 저도 곡절을 풀어야 할 듯합니다."

그러고는 코트를 벗어 던졌다. 호리호리한 몸을 감싼 하얀 드레스셔츠가 흠뻑 젖어 있었다.

"어르신께 입회를 부탁드렸다는 제 주장엔 한 치의 거짓도 없습니다. 다만 옥상을 살펴볼 동안 제가 어르신의 심기를 서스르는 발언을 하고 말았습니다. 요컨대 이렇습니다."

민도치는 다소곳이 서서 소파에 앉아 있는 일동을 둘러보았다.

"어르신께선, 타사신의 저주와 귀시를 사유로 들어 외부에 도움을 청할 수 없다고 못 박았습니다. 일부는 사실일 수도 있겠지요. 입장이 입장인지라 이래저래 원혼의 마수가 두려웠을 수도 있습니다. 그럼에도 저로선 이 부분이 계속 걸렸습니다. 아울러 무당의 신기를 세습하지 못한 것으로 보이는 어르신의 처지를 미루어 되뇌자니, 그 이면에 있는 속사정이 미미하게나마 짐작되었습니다."

은영은 민도치를 새삼 달리 보았다. 경박했던 목소리는 듣기 좋게 가라앉았고 의젓해진 어투에선 아늑함이 배어 나왔다. 무언가에 완전히 동화되어야 나오는 일종의 무의식인 듯했다.

"이 근방에 있는 돌산면 군내리를 예로 들어보겠습니다. 군내리도 매년 섣달그믐에 당집에서 당제를 올리고 있습니다. 당집 안엔 현판이 여러 개 있는데 그중 하나엔 의연금을 희사받은 기록이 적혀 있지요. 그 면면이 다채로운데 돌산면의 자연마을 다섯 개, 각 마을의 유지, 각급 공공기관과 기타 단체에서 순조로운 당제를 위해 비용을 지원했다고 합니다. 군내리의 당제는 이른바 한 마을을 대표하는 공식 행사라고 보시면 됩니다."

"어? 그거 우리 동네도 그랬는데."

고다혜가 손뼉을 짝 치더니 은영을 바라보았다.

"고향이 성남이거든요. 이매동이요. 거기도 그런 공식 행사 같은 게 있었어요."

60

민도치는 엄지손가락을 세웠다.

"그렇습니다. 비단 시골뿐만이 아니지요. 이무기 설화로 유명한 성남 이매동도 용이 되지 못한 이무기를 위해 매년 영장산에서 제를 올리고 있습니다. 내년엔 사물놀이 패를 동원해 거리에서 제를 잇는다고 하더군요. 그쪽도 지역을 대표하는 민속 축제이자 무형유산으로 확장할 수 있도록 관 차원에서 밀어주는 실정입니다. 제를 주관하고 계승하는 당주들에게도 동기부여가 되겠지요."

"잠깐만요, 도치 씨."

은영이 말했다.

"그러니까⋯ 어르신이 사건을 숨기려고 했던 건 돈 때문이다, 이 말을 하고 싶은 거예요? 타사신이 무서워서가 아니라 돈줄이 끊길까 봐? 어떻게 그리 연결되죠?"

"그 설을 뒷받침하는 근거를 하나 제시하고자 합니다. 시골 사회나 신앙촌 등지에 만연한, 부정에 대한 경계입니다."

"부정?"

"사건 사고의 크고 작음을 논할 것 없이 불미스러울 수 있는 일, 혹은 정결하지 못한 음식과 물건, 모든 것이 부정의 대상이 될 수 있습니다. 기실, 당제 시기가 다가오면 성관계의 횟수까지 조절하는 동네도 있습니다. 아직도 일부 지방에선 당제가 있을 때마다 주관자는 물론이요, 참관자까지 철저하게 컨디션을 관리하곤 합니다. 이 세태를 무작정 비웃을 수는 없는 것이 농업과 어업 등은 자연과 맞닿아 있고, 자연엔 인간의 힘이 개입할 수 없는 영험함이 깃들어 있기 때문입니다. 흔히 산신, 해신, 천신이라고 불리기도 하지요. 신들을 영접해 풍작과 풍어를 기원하려면 그만한 청결을 갖춰야 한다고 믿는 것입니다. 허나 아무리 심신을 맑게 목욕해도 최악의 부정 앞에선 무용지물입니다."

민도치는 셔츠 소매를 걷어 올리며 계속 말했다.

"바로 죽음입니다. 길이든 흉이든 마을에 초상이 났다? 그해 마을의 당제도 필연적으로 연기됩니다. 단언컨대 전국 팔도의 모든 당제가 그럴 것입니다. 그만큼 사람의 죽음은 씻을 수 없는 강력한 부정입니다. 제3자가 보면 한 해쯤 당제를 거른다고 해서 무슨 일이 있겠느냐고 반문하겠지만 당사자, 즉 당주의 입장은 다릅니다. 특히 이 동네처럼 하나의 당주가

전적으로 제를 관리하면 더욱 부담이 크겠지요. 사실상 당집과 일체화된 당주의 거처에서 변사자가 나온다면, 그래서 그해 당제가 원활히 진행되지 못한다면, 게다가 하필 불운이 겹치고 겹쳐 한 해 농사를 망친다면, 당주는 마을의 안녕을 지키지 못한 주범으로 낙인이 찍힐지도 모릅니다. 공동체 의식이 강한 시골일수록 주민들의 손가락질은 당주에게 집중될 터고, 그뿐 아니라 각종 지원이 줄어들 여지도 다분해집니다."

'지원'이라는 단어만이 은영의 귀에 꽂혔다. 결국 돈 때문이었나. 하기야 최악의 부정이 만천하에 드러나 당제에 차질이 생긴다면, 어떤 식으로든 당주의 자금줄이 타격을 받을지도. 희사금이나 지원금도 헌금보다는 투자금 개념에 가까운 모양이다. 귀신의 출몰을 운운하며 실상을 감추는 것보다 수백 배는 더 현실적인 동기였다.

"어르신께서도 심경이 복잡했겠지요. 애달픈 사연을 언급하셨던 까닭도, 전화가 불통이라는 거짓말만으론 손님들을 설득하기에 무리가 있다고 판단했기 때문일 것입니다. 한순간이나마 손님들의 입을 영원히 봉하고 싶다, 이런 생각이 들었을지도 모릅니다. 실제로 그 지경까지 가는 듯했지만…."

은영은 가족에게만 정처 없는 여행을 떠난다고 일러두었다. 희국이나 민도치도 사정은 비슷할 것이다. 서진철과 고다혜는 스키장이 폐쇄되는 바람에 이곳에 불시착했다. 모두가 급작스레 행방이 묘연해져도 수사는 더디게 진행되었을 것이다. 어쩌면 영구미제로 남았을지도 모른다.

"옥상에서 한 게 이 얘기였습니다. 이렇게까지 매몰차게 찔러볼 순 없었지만요. 이때만 해도 어르신도 정겹게 말을 받아주셨고 말입니다. 한데…."

민도치는 목소리를 한 톤 낮췄다.

"애석하게도 금전적인 부분은 은폐로 거듭나게끔 하는 발판에 불과했을 뿐, 서진철 씨의 죽음을 묻으려고 했던 근본적인 사유는 따로 있는 듯합니다."

"돈 때문이 아니라고요? 우리를 고립시킨 것도?"

"예, 제 생각은 이렇습니다."

산장의 스산한 공기가 일동의 코밑에 감돌았다. 그런데도 민도치는 셔츠 단추를 몇 개 풀었다.

"옥상에 난간을 설치한 게 초겨울 무렵이라고 했습니다. 어르신은 노후를 함께 보내던 사모님이 갑자기 착란을 일으켜 가출한 게 '얼마 전'이라고 했습니다. 그렇다면 두 이야기 사이에 어떤 연결고리가 있는 건 아닐지, 이런 불경한 의아함을 품었습니다."

"민도치 씨."

희국이 눈에 힘을 주었다.

"설마… 어르신이 사모님을 살해했다는 얘기인가?"

"아닙니다, 아닙니다. 그저 사고의 경우를 헤아려봤을 뿐입니다. 옥상에 난간을 설치하게 된 중요한 계기가 있었다, 그것이 사모님이 옥상에서 떨어져 유명을 달리해서라면 어떨까, 그 중간에 뭐가 더 있지는 않을까, 이런 순서 놀음으로 꿰맞춘 허무맹랑한 가설일 따름입니다."

민도치는 뿔테안경을 추어올리며 말을 이었다.

"예기치 못한 낙사로 인해 사모님이 불귀의 객이 되었다고 가정하고, 어르신이 부정의 책임에서 비롯된 각종 지원금 축소와 주민들의 책망을 우려해 사모님의 시신을 매장하고 은폐했다면, 그런데 느닷없이 서진철 씨가 사망하는 바람에 치부가 드러날 위기에 직면했다면, 모름지기 당사자는 머리가 과열되고 시야는 좁아지기 마련입니다. 비록 손바닥으로 하늘을 가리려는 꼴이나 사람이 한번 당황하면 멀리 꿰뚫어볼 수 없지요. 그리하여 급한 불부터 끄고 날이 밝기 전까지 어떻게든 대책을 강구하려는 게 아니냐, 이런 실언을 저도 모르게 지껄였습니다. 제가 자중했어야 하는데 입방정을 주체하지 못해 어르신의 노여움을 사고 말았습니다. 이 점, 거듭 사과드리겠습니다."

관리인은 아무런 반론도 펼치지 못했다. 어깨를 축 늘어뜨린 채 오열할 뿐이었다. 뒤늦게야 난간을 설치한 이유는 단지 안전에 대한 경각심 때문이었을까. 아니면 타사신을 향한 일말의 두려움이 남아서였을까. 뒤끝이 떨떠름했지만 은영은 사건의 본질부터 주시했다.

"그래서요? 지금까지 한 얘기가 진철 씨 죽음과 관련이 있다고 생각하세요? 그보다 옥상에선 뭘 한 거예요? 제설 도구 정리한 것도 그렇고요."

"의문을 품으신 바는 저도 잘 알고 있습니다. 이제부터 사건에 대한 제 견해를 아낌없이 풀어보겠습니다."

"기실 수사라는 게 불완전한 구석이 있습니다. 이런 고립무원에서 발생한 사건이라면 더욱 불안정하게 작용하곤 합니다. 다수의 일치된 의견을 들으면 경찰도 의심의 추를 한쪽으로 기울이기 마련이지요. 그 과정에서 증인들은 무심코 인지를 왜곡해 본인에게 유리하게, 반면 용의자에겐 불리하게 증언을 조형할 터이고, 경찰은 경찰대로 증거를 입맛대로 채택해 사건을 빨리 종결할 수도 있습니다. 무고한 사람이 순식간에 범죄자로 둔갑하는 게 그리 드문 사례는 아니라는 겁니다. 제아무리 수사 기법과 각종 장비가 발달했다고 한들, 어차피 그것들을 다루는 건 필경 사람이지 않습니까?"

그러나 하얀 셔츠 차림의 사내는 불쾌함을 내비치지 않았다. 이마를 덮은 앞머리를 쓸어 올리며 조곤조곤 말할 뿐이었다.

"본론으로 들어가겠습니다. 이 사건이, 후시녹음의 개념으로 사망 시각이 교묘하게 조작된 범죄라는 제 생각은 변함없습니다. 하나만 철회하건대 이 사건은 옥상과도 긴밀한 연결점이 있습니다. 다시 말해 서진철 씨가 사망한 시점은 굉음이 울린 시각보다 먼저였다, 시차를 두고 옥상에서 떨어지는 묵직한 물건이 있었다, 그 소리를 듣고 우리가 한자리에 모였다, 이렇게 단서를 달아두겠습니다."

"하지만 그럴 만한 물건은…."

은영은 곧바로 입술을 붙이고 뒷말을 기다리기로 했다. 민도치의 얼굴은 확신으로 가득했다.

"옥상의 난간, 살과 살 사이의 폭은 제법 촘촘한 편입니다. 눈짐작으로 살펴보건대 기껏해야 20센티미터 미만일 것입니다. 그동안 쌓인 눈이 얼어붙었으니 그 간격은 더 좁아졌겠지요. 공 작가님도 다리를 집어넣어 가늠해보지 않으셨습니까? 그 틈에 들어가 고정될 수 있는 크기의 물건은 많지 않습니다."

그러자 은영이 벌떡 일어났다.

"말통… 말통인가?"

민도치는 손가락을 탁 튕겼다.

"제 생각도 공 작가님 말과 추호의 어그러짐이 없습니다. 범인은 가득

채워진 말통을 난간의 살과 살 사이에 비스듬히 끼워둡니다. 그렇다고
말통의 용량과 무게를 위해 적잖은 양의 물을 조달하자니, 시간은 소요되고
동선도 길어지는 데다 노출의 위험마저 있습니다. 제일 확실하고 빠른
게 기름입니다. 석유난로를 돌려주는, 방에 하나씩 마련된 그 기름통
말입니다. 구태여 채울 필요도 없었던 것이지요. 우리가 일제히 밖으로
나갔던 때의 상황을 복기해보니 이런 가설이 성립되었습니다. 다혜
씨가 넘어진 것은 미처 증발하지 않은 기름 탓이 아니었을까. 그 기름은
옥상에서 떨어진 말통에서 흘러나온 게 아니었을까."

그리고 각종 도구가 쓰러지며 옥상에서 떨어진 기름통과 뒤섞였다.
그렇게 범죄의 흔적이 은폐되었다. 눈을 괴롭히고 시야를 방해했던 강풍
또한 증거물을 가리며 범행을 보조했다.

"기름의 어는점은 대략 영하 100도, 무게는 물보다 10퍼센트 남짓
가볍지요. 기름을 가득 채운 20리터짜리 말통의 무게는 어림잡아
18킬로그램, 이 정도 무게가 7미터 고도에서 낙하했다면 그런 굉음이
만들어질 법도 합니다. 설질이 제법 단단하기도 했거니와 지금은
한겨울입니다. 기온이 낮을수록 지면의 공기는 밀도가 상승해 소리는
휘어집니다. 낮보다 밤에 소리가 더 크게 들리는 것처럼, 온도가 내려가고
지면이 식을수록 소리는 시끄러워집니다. 이런 원리로 말미암아 옥상에서
떨어지는 말통의 음량이 한층 과장되었던 것입니다."

"그런데요."

은영이 학생처럼 손을 들었다.

"어쨌든 말통이 난간 살 사이에 끼어 있다가 시차를 두고 떨어졌다는
거잖아요. 여기까진 이해하겠어요. 그러면 그 시차는 어떻게 만든 거죠?
옆으로 끼워 넣어서 딱 맞게 들어갔으면 안 미끄러졌을 거 같은데요?"

"그렇죠, 그렇죠. 필시 꽉 끼어 있었을 텐데 언젠가 떨어지리라고 염불을
외기엔 요행에 기대는 구석이 크죠. 하지만 해결책은 간단합니다. 말통이
끼어 있는 난간 살에 적당한 물질을 뿌려두면 됩니다. 눈을 녹이고 틈을
벌려 마찰을 줄이는 흔하디흔한 양념 말입니다."

"염화칼슘이라도 뿌린 건가? 그럼…."

은영은 산장 내부를 빙 둘러보았다. 별채가 없으니 기름이나 염화칼슘은
창고 안에 보관할 게 분명하다. 하지만 창고 문은 자물쇠로 굳게 잠겨 있다.

그도 그럴 것이 이런 산골에선 물품 관리에 엄격할 테니까. 열쇠를 가진
사람은 관리인 하나뿐일 것이다. 그러나….

"아니야. 소금, 소금도 있어. 소금도 얼음을 녹이기엔 충분해."

"감히 이의를 제기할 수 없는 고견입니다. 소금도 염화칼슘의 훌륭한
대체제가 될 법하지요. 하지만 제 생각은 다릅니다. 소금보다 더 효과적인
것이 있습니다."

"그게 뭔데요?"

"제습제입니다."

은영은 무심코 탄성을 질렀다. 염화칼슘과 제습제는 이름만 다를 뿐
성분은 진배없다. 한겨울의 산장이라면 염화칼슘을 넉넉히 저장하고 있을
터. 구태여 제습제를 새로 장만해 옷장에 비치할 필요는 없을 것이다.
범인은 다른 곳에 들를 것도 없이 방에 있는 도구만으로 무시무시한
효과음을 창조했으리라.

그런데… 그러면… 그렇게 되면….

"엄동설한의 맹추위도 제습제, 즉 염화칼슘을 버텨낼 재간이 없습니다.
단지 눈과 얼음이 녹는 속도를 더디게 하며 시간을 끌어줄 뿐입니다.
얼어붙은 난간의 살과 살 사이, 그 틈에 끼어 고정되어 있던 말뚝은
눈과 얼음이 액체화되고 증발할수록 서서히 미끄러집니다. 티끌만치의
간격이 확보되고 숨통이 트일수록 아래로 밀려납니다. 그리고 지상으로
낙하합니다. 설치한 지 얼마 안 된 난간의 표면이 미세하게 벗겨진 것도
염화칼슘이 반응했던 까닭이라고 단언합니다. 염화칼슘은 금속의 부식을
유발하는 성질을 지녔으니까요. 이 얘기는 이쯤 하고…."

은영은 눈을 감고 소파에 몸을 파묻었다. 더는 듣고 싶지 않은
이야기였다.

"소리가 울리고 우리가 다 같이 밖으로 나갔을 때, 그때의 복장을
반추해주시길 바랍니다. 저는 급하게 내려왔던 터라 셔츠만 걸치고
있었습니다. 다혜 씨도 그리 두껍지 않은 트레이닝복을 입고 있었습니다.
당주 어르신은 등산용 조끼, 공 작가님은 검은색 카디건으로 기억합니다."

감은 눈앞이 하얘졌다. 서진철의 신신을 다시 살피러 가자고 했던 것도
범죄의 흔적을 은닉하려는 목적이었을까.

"당시 한 사람만은 파카를 입고 있었습니다. 미루어 짐작하건대

야외에서 피해자와 대화를 나누던 중 둔기로 가격하지 않았나 싶습니다. 그리고 방에 들른 후 옥상으로 올라가 해당 장치를 설치했겠지요. 몹시 추웠을 것입니다. 아울러 파카에 묻은 혈흔 또한 물이든 눈이든 끼얹어 지우지 않았겠습니까. 의심을 사지 않는 동시에 몸을 녹이려면 젖은 파카를 빨리 건조해야 했을 테고요. 파카야 소재 특성상 금세 마르겠지만, 그분의 방 안엔 난로를 뗄 기름이 없었습니다."

친절과 호의도 모조리 거짓이었을까. 귀를 간질였던 속삭임도 전부 다 가식이었단 말인가.

"반나절도 지나지 않아 새 기름을 요청할 심적 여유도 없었겠지요. 눈에 띄는 행동은 자제해야 한다는 압박감이 컸을 겁니다. 바꿔 말하면, 거실에서 난롯불을 쬐는 게 추위를 피할 유일한 방법이었습니다. 방 안의 난로를 되돌려놓을 타이밍을 놓치다 보니 그 추위란 놈이 밤새 발목을 잡아당길 건 당연지사, 그러나 고비를 넘길 신통한 묘수가 있었습니다. 사달이 일어났으니 오늘 밤엔 다 같이 모여 안전을 도모해야 한다, 그 최적의 장소는 모름지기 따뜻한 거실이 안성맞춤이다, 이 주장엔 설득력이 차고 넘쳤습니다."

그런데 총알이 난무할 뻔했던 절체절명의 순간에 그는 왜 나를 보호했을까. 불발을 예상하기라도 한 걸까. 옥상에서 총성이 울렸을 때 위험을 무릅쓰고 올라간 것은 어째서일까. 그때 왜 내겐 나가 있으라고 다그쳤을까. 잔혹하고 약삭빠른 살인범이 그 짧은 시간에 감화될 리는 없지 않은가.

"물론 저는 어디까지나 하나의 가능성을 제시한 것이고 확증은 전무할 따름입니다. 하여 제안을 하나 드리고자 합니다. 우리 다 같이 방을 하나하나 둘러보면 어떻겠습니까. 말통의 존재 여부, 또 기름의 유무를 확인하면 제 추론도 흑백이 가려질 것입니다. 제가 틀렸다면, 이 자리에서 무릎을 꿇겠습니다."

은영은 억지로 눈을 뜨고 고개를 돌렸다. 그러나 차마 그 남자의 얼굴을 바라볼 수 없었다.

"아아, 실례. 하나 빼먹었군요. 어째서 제설 도구를 정리했느냐, 이 부분도 답변해드리겠습니다. 뒤뜰로 가는 길, 외벽 쪽엔 제설 도구뿐만 아니라 빈 우유 상자와 빈 말통 들도 쌓여 있었지요. 옥상에서 기름통이 낙하한 지점도 그쯤으로 추정되는데 범인이 헤아리기로는 그만한 장소도 없었을 것입니다. 소리의 원인을 살펴본다는 명목을 내세워, 누구보다 앞서 나가 쓰러진 말통을 대충 세워두고 섞어두면 그만이지 않습니까? 그 뒤를 바짝 따라붙은 사람이 있어서 범인의 계획은 무산됐지만, 뜻하지 않게 넘어지는 사람이 나오면서 우연의 수혜를 입었습니다. 아니나 다를까, 널브러진 말통 중 하나가 유독 반짝거렸습니다. 미처 밖으로 빠져나가지 못한 기름이 안에 고여 있더군요. 그 말통은 제가 숨겨두었습니다. 혹여나 주인의 손길이 남아 있을까 해서 말입니다."

반지를 끼고 있지 않은 손가락을, 붉은 기가 감돌았던 그 손가락을, 은영은 망연히 쳐다보았다. 민도치가 담배를 피우러 밖으로 나갔을 때 그는 모직 장갑을 끼고 있었다. 최소한 그 기름통에서 민도치의 지문이 검출될 리는 없을 것이다.

"뭐, 아직은 모를 일입니다. 제가 누군가를 콕 집어 범인이라고 지목할 자격이 있는 것도 아니고요. 경찰이 정황과 감식을 토대로 사안을 명명백백하게 가려줄 것입니다. 다만 이 기회에 본인이 자진해서 실토한다면 그보다 죄가 참작되는 일도 없겠죠. 그게 그나마 위안이 되지 않을까 싶은데… 아니, 아니, 다 집어치우죠. 제가 궁금해 죽을 것 같아서 여쭙는 거라고 칩시다. 그 점잖고 신사적인 분께서 대관절 무슨 연유로 손에 피를 묻히신 겁니까?"

은영은 풀린 눈으로 천장을 더듬고 있었다. 심연으로 가라앉기 시작한 그녀의 귀에 굵은 목소리가 들려왔다.

"역시 대단한 친구였어. 민도치 씨, 이제 와서 사과하는 것도 남사스럽지만 곤란하게 해서 미안하군."

희국은 한숨을 푹 내쉬었다. 탄식의 단편이 그녀가 흘리는 가냘픈 신음에 녹아들었다.

"뭐, 이렇게 될 줄은 알고 있었어. 변명으로 들리겠지만 일을 저지른 순간 바로 자백하자고 결심했고, 같잖은 요령을 부리고 나서도 찝찝하기 짝이 없더군. 다 같이 옥상에 올라갈 때만 해도 그랬지. 더 늦기 전에 시인할 생각이었어. 내가 무슨 재주로 경찰 수사망을 빠져나가겠나. 그런데… 그게 도저히 안 되더군. 어떻게든 질질 끌고 싶었어."

"하루나마 덕담을 주고받은 것도 인연이라면 인연인데 이리 돼버려

저로서도 유감입니다. 한데 서진철 씨와는 안면이 없다고 하지
않았습니까? 서진철 씨도 작가님과 따로 알고 지냈던 눈치는 없었습니다.
혹시 깊은 원한이 있는 자의 가족이나 애인을 이곳에서 조우한 겁니까?"

"그래, 그 빌어먹을 우연이 시발점이 됐네. 세상이 참 좁다는 걸 이
기회에 실감하는군."

* * *

몇 년 전 의리 하나 믿고 선 보증…, 나락으로 떨어졌던 인생…, 하지만
죽으라는 법은… 마지막으로 책 한 권만 출간해보자는 각오로 쓴 게…

빈털터리가 됐을 때도… 보증 서달라고 애원한 놈을 탓한 적은… 내가
아끼는 동생이었으니… 그 녀석도 앞으로 시궁창 같은 인생을… 나를 볼
낯도 없고 얼마나…

그런데 그게 아니었어… 잘살고… 서울에 아파트를 두 채나…
신용불량자인 놈이 어찌 그리… 남대문에서 옷 장사를… 명의는
자기 동생한테 돌리고… 나는 빚더미에 깔려 언제 죽을까… 그놈은
호의호식하고 있었던… 그래도 찾아가서 따져 묻지는… 나도 작가 타이틀
달고 슬슬 새 출발을… 나를 위해서라도….

"그 동생이라는 사람이 서진철 씨였군요."

민도치의 목소리에 은영은 스르륵 눈을 떴다. 희국은 우울하게,
그러면서도 덤덤하게 사연을 털어놓았다.

"그러게 말이야. 거하게 엿을 먹인 놈의 동생을 이런 데서 만날 줄은
꿈에도 몰랐지. 성이 같고 돌림자도 같다 보니 나도 모르게 떠보게 되더군.
쉰 목소리로 형의 신상을 술술 말하더라고. 재밌는 게 뭔지 아나? 잊었다고
여겼던 기억인데도 막상 눈앞에 펼쳐지니 고통이 뼈저리게 재현된다는
거야. 아니, 더 아팠어. 걷잡을 수 없을 만큼…."

"그래서요…? 그래서 죽인 거예요…?"

은영은 가까스로 희국의 얼굴을 똑바로 바라보았다. 하지만 그는 그녀의
눈을 끝끝내 마주 보지 않았다.

"이런 말 저런 말 섞다 보니 언성이 높아지긴 했지. 피는 못 속이는지
형 못지않게 뻔뻔하더군. 그래도 참으려고 했어. 그런데 서진철 그 친구,

얼굴이 새빨개지더니 파카 안주머니를 뒤지더군. 무기라도 꺼낼 것처럼
말이야. 그래봤자 맥가이버 칼이나 나왔겠지만…. 적반하장을 보고 있자니
눈이 확 돌아갔어. 그래서….”

근처에 굴러다니던 돌로 서진철의 머리를 때렸다. 얄궂게도 한 번의
타격이 서진철을 죽음으로 이끌었다. 그것이 범죄의 전말이었다.

“바보였지. 아주 어리석었어. 젠장, 개고생 끝에 이제 좀 웃으며 사나
했는데…. 여러분, 정말이지 면목 없습니다. 송구스러울 따름입니다.”

희국은 발밑으로 시선을 떨어뜨렸다. 이내 옅은 물방울이 통나무 바닥에
하나둘 떨어졌다. 두 남녀의 흐느낌이 벗이라도 된 듯 뒤섞이며 산장의
소슬한 공기를 뜨겁게 데우고 있었다.

“하하하!”

대뜸 웃음을 터뜨린 사람은 관리인이었다. 그는 입가에 흥건한 침을
훔치더니 말을 토해냈다.

“그렇군, 그런 거였어. 우리 마누라도 그러다 떨어져 죽었어. 썬 거야.
희국이 자네도 썬 거라고. 타사신이라는 망할 계집이 자네를 가지고 논
거라고. 그 개 같은 년이 자네를 부추겼겠지. 서진철이란 자식도 그래.
그년한테 홀려서 칼부림하려고 했던 거야. 다들 그 곡소리 들었잖아.
그년이 자기한테 놀아나는 사람들을 실컷 비웃은 거라고. 맞아, 암
맞고말고. 하하하!”

관리인은 미친 듯이 웃어젖혔다. 끝도 없이 이어질 듯한, 광기 어린
웃음소리를 가르는 차분한 음색이 있었다.

“그렇죠. 귀신의 농간일 수도 있습니다. 사악한 귀신이 선량한 사람을
홀려 이 모든 사달을 지휘했을 수도 있겠지요. 하지만 제 생각은 다릅니다.”

무던하게 말한 사람은 민도치였다.

“서진철 씨가 파카 안주머니를 뒤졌던 건… 흉기를 꺼내기 위해서가
아니었을지도 모릅니다. 그렇게 구도를 잡으면, 우리가 들었던 곡소리도
현실적인 해석이 끼어들 여지가 생깁니다. 아울러 일련의 정황 역시
다소나마 또렷해집니다.”

“흉기가 아니라니요…?”

민도치는 그녀의 몽롱한 눈을 피하며 말했다.

“서진철 씨는 과거에 스키를 즐기다가 조난됐던 적이 있다고 했습니다.

70

본인 얘기론 죽을 정도는 아니라고 했지만, 위기에 봉착했던 그 순간 자체가 트라우마로 남았을 법도 합니다. 그 이후로 안전에 대한 집착이 생기는 건 응당 자연스러운 일이지요. 무릇 스키 같은 야외활동을 할 때라면 한결 철저하게 대비했을 것입니다. 언제 어디서나 위험을 알릴 수 있는, 간소하고 확실한 도구도 지니고 다니지 않았겠습니까? 이를테면 호루라기 같은 것 말입니다."

"호루라기…?"

"무슨 영문인진 몰라도 서진철 씨는 목이 쉬어 있었습니다. 이로 미루어 살펴보건대 차 작가님과 대치할 무렵 서진철 씨가 더듬었던 것은, 안주머니에 있는 흉기가 아니라 목걸이형 호루라기일 수도 있습니다. 분위기가 살벌해질수록 구조를 요청할 수 있는 도구에 매달리고 싶은 본능이 솟구쳤을 겁니다. 물론 차 작가님이 오해하셨던 것도 무리는 아닙니다만."

희국은 고개를 들지 못하고 있었다.

"우리가 들었던 미지의 곡성도 호루라기에서 비롯된 것이 아닐까 합니다. 불현듯 후두부를 강타당했을 때 서진철 씨가 호루라기를 만지작거리고 있었다면, 그러나 심장이 정지하기 직전 목걸이가 끊어지고 호루라기가 어디엔가 떨어졌다면, 그 호루라기가 만에 하나 먹이를 찾기 위해 산장 주변을 배회하던 산토끼나 청설모 같은 짐승의 손에 들어갔다면…."

막힘없이 말하던 민도치는 문득 창가를 바라보았다.

"산짐승 하나가 호루라기를 가지고 놀다가 입에 물고 불어보기에 이르렀다, 하필 스테인리스 제품이라 찢어지는 울림이 요란하게 퍼져나갔다, 아울러 공기의 밀도 차로 음량이 증폭된 데다 칼바람 소리까지 더해져 그런 기이한 곡성이 탄생했다…. 구태여 현상을 꿰맞추자면 제가 내놓을 수 있는 가설 중에 이보다 유력한 것이 없겠습니다. 한데… 언뜻 이런 생각도 드는군요."

창밖에는 눈이 내리고 있었다. 억센 바람에 꺾여 사선으로 쏟아지는 눈보라는 마치 유령의 눈물 같았다.

"예부터 이 동네 주민들은 산에서 발을 헛디뎌 죽은 처녀의 원념을 두려워했습니다. 타사신이라 불리게 된 처녀는 마을에 사달이 있을 때마다 소환당해 원흉으로 몰렸고, 온갖 저주를 뿌려대는 마녀 취급을 당하며 죽어서도 편히 눈을 감지 못했습니다. 이번에도 매한가지, 몇 번이나 인간사에 불려 다니며 억울한 오명을 써야 했지요. 그 곡성은, 어쩌면 졸지에 욕받이가 되어 이승에 발이 묶여버린 그녀의 사무친 절규였을지도 모릅니다."

고태라
1985년생. 서울의 음지와 양지를 누비며 꾸준히 글을 써 왔다.

심사평

계절별로 《계간 미스터리》신인상 응모작을 살펴보면, 특히 봄호에 일정 수준 이상의 문장력과 현상력을 갖춘 수작이 많이 응모하는 경향이 있다. 기쁜 일이지만 어떤 작품들은 미스터리 장르를 제대로 이해하고 있는지 고개를 갸웃하게 하는 경우도 있다. 《계간 미스터리》신인상은 미스터리 장르를 위한 공모이기 때문에, SF나 로맨스, 판타지 등 다른 장르와 섞는다 해도 미스터리의 특성을 얼마나 제대로 갖추고 있는지를 중점적으로 볼 수밖에 없다. 그런 면에서는 다소 아쉬운 작품들이 눈에 띄었다.

〈찌그러진 맥주 캔〉은 미스터리라기보다는 사학 재단의 횡포와 대학가 현실을 고발하는 사회소설에 가까운 작품이었고, 〈뒷치기〉는 단순한 무협소설로, 무협 세계관 속에서라도 논리적으로 사건을 추론하는 과정이 없다는 점이 아쉬웠다. SF 장르의 작품들도 있었는데, 가상현실을 다룬 영국 드라마 〈블랙 미러〉를 연상케 하는 〈회사의 즐거움〉, 영화 〈마이너리티 리포트〉와 '타임 패러독스'를 섞어놓은 듯한 〈그리고 주변은 여전히 고요했다〉가 그것이다. 두 작품 모두 SF 장르에서 많이 보았던 설정과 미스터리로 보기에는 사건성이 약하다는 점이 단점으로 지적되었다. 판타지 장르의 〈소년 뱃사공의 죽음〉은 이야기라는 측면에서는 충분히 공감할 수 있었으나, 미스터리로 보기에는 무리가 있었다. 〈우주의 버킷리스트〉 역시도 마지막 반전은 좋았으나 앞의 작품들과 비슷한 단점이 있었다. 미스터리 기법이 다른 장르와 쉽게 섞이는 장점이 있지만, 어설픈 조합으로는 좋은 평가를 받기 어렵다는 점을 기억하기 바란다.

미스터리 장르의 작법에 충실한 응모작들도 있었다. 〈인간이니까 거짓말을 한다〉는 학교폭력을 소재로 '사건-형사-해결'이라는 전통적인 전개 방식을 취하고 있다. 하지만 지나치게 단선적인 구성 때문에 미스터리적인 재미를 느낄 수 없었다(맞춤법에 어긋나는 특정 단어가 계속해서 반복되는 것도 눈살을 찌푸리게 했다. 최소한 맞춤법 검사만 했어도 충분히 피할 수 있는 실수였다). 〈작은 악의〉는 욕심으로 인해 이웃 간에 악의적인 일을 벌인다는 이야기인데,

범인의 동기가 약하고 범인을 추론하는 과정이 없어 일상 미스터리 계열로 보기에도 미흡한 부분이 있었다(아무리 주요한 소재라고 하나 '똥'이라는 단어를 단편에서 35회나 읽는 것은 피로감을 준다). 〈엘렉트라의 장례식〉은 소재의 강렬함에 비해 범인이 모든 진상을 털어놓는 결말이 맥이 빠지는 느낌이었다. 반전도 어느 정도 예측할 수 있어서 한 번 더 비틀었으면 좋았을 것 같다.

〈긴팔 옷을 입는 계절〉은 2022년 가을호에 응모했던 작품을 수정해 다시 보내온 것인데, 예전 249매(200자 원고지 기준)에서 더 늘어난 257매의 작품이었다. 당시 심사평에서 "중편소설 분량에 불필요한 부분이 너무 많았다. 구성이나 내용의 복잡성을 고려할 때, 좀 더 분량을 줄이면 작품의 완성도를 높일 수 있을 것"이라고 언급했는데, 분량이 늘어나면서 기존에 지적했던 도입과 결말의 지루함이 그대로 남아 있었다. 퇴고할 때 최소한 10퍼센트는 덜어내야 수정 작업을 했다고 말할 수 있다는 점을 다른 분들도 유념했으면 한다.

논의를 거쳐, 눈 내리는 산장이라는 전형적인 클로즈드 서클을 배경으로 사용했으나 민속적인 설화를 버무려 차별화를 꾀한 〈설곡야담〉을 당선작으로 뽑았다. 무속신앙을 으스스한 배경으로 활용하고, 불가사의한 사건이 벌어지고, 탐정이 범인을 논리적으로 추리하는 과정 등이 미스터리 작법에 충실한 작품이었다. 물론 동기가 약하고 과학적 검증이 필요하며 기존의 일본 추리소설을 답습하는 것 같은 단점이 있었지만, 그것을 상쇄하고도 남음이 있는 장점이 많아 기꺼이 당선작으로 선정했다. 앞으로 한국 미스터리의 외연을 넓히는 데 크게 이바지할 것으로 기대한다.

마지막으로 당부하고 싶은 말은, 중편은 그에 걸맞은 깊이와 재미를 갖춰야 한다는 것이다. 단편으로 충분한 내용을 분량만 늘리거나, 장편을 압축한 듯한 작품은 좋게 평가받기 어렵다. 더불어 다른 장르와의 융합을 꾀하기 전에 미스터리 장르 문법에 충실한 작품부터 많이 써보는 것이 작가로서 성장하는 데 도움이 될 것이다.

신인상 인터뷰

《계간 미스터리》편집부

장르가 발전하기 위해서는 다양한 하위 장르들이 각축을 벌이면서 끊임없이 주도권 싸움을 벌여야 한다. 일본이 세계에서 손꼽히는 미스터리 강국이 된 데에는, 에도가와 란포와 요코미조 세이시로 대변되는 본격 미스터리에 대한 반발로, 마쓰모토 세이초, 모리무라 세이치가 주축이 된 사회파 미스터리가 탄생하고, 또다시 그에 대한 반발로 시마다 소지와 아야츠지 유키토 등의 신진 작가들을 주축으로 신본격이 등장하는 식으로 쉼 없이 변화해왔기 때문이다.

그런 의미에서 이번 신인상 당선작인 〈설곡야담雪哭野談〉의 등장이 반갑다. 이 작품은 으스스한 무속신앙, 폭설로 고립된 산장, 한정된 용의자, 기상천외한 트릭, 괴짜 탐정 등 일본 본격 미스터리의 기본 클리셰를 활용하면서 지극히 효과적인 방법으로 이야기를 풀어내고 있다. 그동안 본격 미스터리 작품이 신인상 최종심에 올라온 적은 있었지만, 당선작으로 뽑을 정도의 성취를 이룬 작품은 드물었다. 본격 미스터리의 한국화를 기대하면서 당선자 고태라 작가와 인터뷰를 했다.

신인상 당선을 축하드리면서, 먼저 간단한 자기소개를 부탁드립니다.

안녕하십니까. 한동안 패션 업계에 종사하다 지금은 식당에서 일하는 청년입니다. 별 볼 일 없는 인생인데 이렇게 소개되어 영광입니다.

신인상을 수상하신 〈설곡야담〉은 본격 미스터리 장르에 속하는 작품인데 설정이나 트릭에 공을 많이 들인 태가 났습니다. 어떻게 이 작품을 구상하게 되었나요?

무속신앙을 비롯한 민속학에 관심이 많아 틈이 날 때마다 자료를 찾아보곤 했습니다. 유교와 민속종교가 접목된 사례라든지, 시골의 동제(당제)라든지, 부정의 개념이라든지, 심지어 어느 마을의 성기 숭배 전설까지, 언젠가 창작의 밑거름이 되리라고 믿으며 무작정 머릿속에 욱여넣었지요. 그러던 어느 날 열다섯 여귀厲鬼를 모시고 있다는 여수의 당집을 알게 되었습니다. 때마침 한참 전에 구상했으나 최적화된 소재를 찾지 못해 보류 중이 던 트릭도 떠올랐습니다. 비극적 서사를 부여하기에 안성맞춤인 캐릭터까 지 갖춰진 상황이었습니다. 그렇게 불현듯 조각이 맞춰졌습니다. 작정하고 구상했다기보다는 그동안 조금씩 쌓아 올린 것이 한꺼번에 발화한 것이라 고 보면 됩니다.

작품의 분위기를 보니 일본 미스터리의 영향을 많이 받은 것 같습니다. 직접적인 영향을 받 은 작가와 작품이 있습니까?

에도가와 란포, 요코미조 세이시, 와카타케 나나미의 작품을 탐독하 며 깊은 감명을 받았습니다. 인간의 어긋난 욕망을 표현하는 데 도가 튼 작 가들이라고 생각합니다. 이 거장들이 남긴 작품들은 저에게 마음속 스승과 도 같습니다.

저도 작품을 읽으면서 에도가와 란포와 요코미조 세이시가 떠올랐습니다. 그리고 일본 각지 의 전설이나 설화를 배경으로 작품을 쓴 우치다 야스오의 아사미 미쓰히코 시리즈가 생각났 는데요, 특별히 '타사신墮死神'을 배경으로 선택한 이유가 있나요? 그리고 앞으로도 민속학을 배경으로 작품을 집필하실 계획인가요?

상술한 열다섯 여귀만 보아도 더 절절한 사연을 가진 사례가 많습니 다. 나라를 위해 싸우다 전사해 귀신이 되었다는 재전진이사국신在戰陳而死國 神, 출산의 여파로 사망해 귀신이 되었다는 산난사신産難死神 등이 있습니다. 그런데도 타사신에 꽂힌 이유는 간단합니다. 과거에 구상했던 트릭과 궁합 이 잘 맞아떨어지는 소재였기 때문입니다. 어감이 강렬하다는 점도 호감이 었습니다.

이렇듯 사장될 뻔한 아이디어도 구제해줄 만큼 민속학은 소재가 무 궁무진합니다. 흥미가 붙어 있는 한 계속해서 연구해볼 작정입니다.

한때 패션계 쪽에 있었다고 했는데, 어떤 일을 하셨나요? 그리고 어떻게 작가의 꿈을 꾸게 되 었는지 궁금합니다.

도매와 소매를 아우르는 1인 사업체를 운영했는데, 패션 잡화를 중 심으로 제품 디자인부터 영업, 홍보, 판매까지 직접 담당했습니다. 업무 특 성상 여러 사람과 엮이다 보니 재미있는 일화도 쌓이더군요. 원래 글을 끄 적거리는 것을 좋아해서 웃기는 경험을 하고 나면 수기로 작성해 친구들에 게 보여주며 낄낄대곤 했습니다. 이 버릇으로 말미암아 순문학이든 장르문 학이든 진짜 소설을 쓰겠다는 꿈에 사로잡혔고, 더 잘 쓰고 싶은 욕심에 본격적인 독서를 시작했습니다. 독서는커녕 세 줄 넘어가는 활자조차 못 읽는 한량이었던 터라 도통 책이 눈에 들어오지 않더군요. 그 와중에 즐겁게 완독한 작품이 요코미조 세이시의 《악마가 와서 피리를 분다》였습니다. 그때부터 차츰 미스터리에 매료되어 '미스터리 작가'를 지망하게 되었습니다.

어쩌면 처음 완독한 《악마가 와서 피리를 분다》가 고태라 작가의 방향성을 결정한 것이나 마찬가지네요. 작가님이 생각하는 미스터리 장르의 매력은 무엇입니까?

본격 미스터리처럼 판타지에 가까운 장르가 또 없습니다. 토막 살인과 사체유기가 비일비재하고 범행 과정은 물 샐 틈 없이 완벽한 데다 범죄자들은 하나같이 신출귀몰하지요. 반면 한정된 단서를 가지고 고군분투해야 하는 탐정의 처지는 불리하기 그지없습니다. 마법을 쓰지도 못하고 정령의 가호도 받지 못하며 내세울 무기라곤 관찰력과 두뇌뿐입니다. 마치 나무 칼을 들고 마왕과 싸우는 꼴입니다.

그렇기에 더 매력적입니다. 현실과 비현실이 교차할 때 발생하는 미묘한 구간에서 으스스함을 느끼고, 맨몸으로 아득바득 기어 올라가 끝내 마왕을 잡아내는 이야기 구조에서 카타르시스를 느낍니다.

본격 미스터리가 판타지에 가깝다는 말에 저도 동의합니다. '에이, 세상에 이렇게까지 하는 범인이 어딨어?' 하고 의문점을 갖기 시작하면 판타지는 깨지고 말죠. 그렇기에 작가와 독자 모두가 기본 규칙에 충실할 수밖에 없는 장르가 본격 미스터리라고 생각합니다. 작가와 독자가 짜고 치는 고스톱이라고 할까요? (웃음)
다음은 신인상 수상자들에게 단골로 드리는 질문인데요. 생존 여부에 상관없이 단 한 명의 작가를 만날 수 있다면 누구를 만나고 싶으신가요? 만나서 무엇을 물어보시겠어요?

김내성 선생입니다. 풍파를 겪은 세대라 그런지 작품을 보면 인생에 달관한 듯한 느낌인데 '사람'과 '관계'에 대해 고견을 구하고 싶습니다. 아울러 훗날 《백사도》를 리메이크하고 말겠다는 야무진 소망도 말씀드릴 것입니다.

집필은 어떤 방식으로 하시나요? 특별한 패턴이 있다면 말씀해주세요.

매일 야금야금 쓰는 것보단 휴일에 몰아서 쓰는 것을 선호하는데요. 몸이 무거우면 머리가 안 굴러가는 체질이라 글을 쓰는 날은 식사량을 반으로 줄이고 운동량을 늘립니다. 여기까지만 하면 참으로 건강한 집필 활동이 되겠지만, 문제는 음주량도 평소보다 배로 늘어난다는 점입니다. 맨정신엔 눈에 띄지 않던 글의 맹점이 취한 상태에선 잘 보이더라고요. 아직 음주

집필을 안 해보신 분이 있다면 강력히 추천합니다.

저도 음주를 즐기기는 합니다만, 술을 마시고 글을 쓰지는 못하겠던데요. 몇 번 시도는 해봤는데 나중에 맨정신으로 보니 엉망이더군요. 벌써 취중 집필이 가능하시다니 대단한 공력입니다. (웃음) 앞으로의 집필 계획이나 추구하는 방향에 대해 말씀해주세요.

패션 업계를 다룬 장편 스릴러와 민속학 배경의 본격 미스터리를 탈고했는데 여러모로 성에 차지 않아 잠시 봉인 중입니다. 밀도를 높이는 방법을 천천히 고민해볼 예정입니다.

현재는 가상의 신도시에서 펼쳐지는 연작 미스터리를 집필 중입니다. 미혼의 중년 여성이 스무 살 조카와 함께 소소한 사건을 해결해나가는 일상물인데, 〈설곡야담〉의 20년 후 이야기라고 보시면 됩니다. 사회적인 메시지를 전달하는 데 골몰하기보다는 인간 군상을 섬세하게 그리는 동시에 미스터리의 장르적 규칙을 철저히 준수하는 작품을 선보이고 싶습니다.

곧 있으면 작가님의 장편 미스터리 소설을 볼 수 있겠군요. 기대가 큽니다. 끝으로 당선 소감 부탁드립니다.

식견이 얕고 경험이 미천해서 글을 쓸 때마다 나 자신에 대한 불신에 시달립니다. 가고 있는 방향이 맞는지, 핸들링이 너무 안일한 것은 아닌지, 나만 혼자 신나서 달리는 것은 아닌지, 급기야 그냥 접어버리는 편이 낫지는 않을지, 온갖 잡념에 빠져 최소한의 자기 객관화 능력마저 상실할 정도로 말입니다. 자기반성이 너무 엄격하면 글도 움츠러들기 마련입니다. 심사위원분들 덕분에 긍정과 부정 사이에서 균형을 맞출 수 있었습니다. 가장 갈구했던 것이 관심과 칭찬이었는데 모처럼 희소식을 접하게 되어 행복할 따름입니다.

마트료시카

홍선주

1

"그놈은 눈빛부터가 이상했어. 처음부터 아파트 단지에 발도 못 들이게 해야
했는데!" —김 모 씨(55세, 아파트 경비원)

다시 여름이 훌쩍 다가와 있었다. 계절의 변화를 공기로 느낄 수 있다는
건 참으로 축복받은 일이다.

푸릇푸릇한 바깥 풍경을 상상하며 운동복을 갖춰 입고 아파트를 나섰다.
단지 근처에 조깅 코스가 여럿 있지만, 햇살이 좋은 날엔 강변을 달려야
한다. 잔잔히 흐르는 강물 위로 반짝이는 윤슬이 나의 운동을 응원해주는
관중이 되어주니까.

뛰기 시작한 지 30분쯤 지나자, 살짝 올라온 땀이 강바람에 기화되는 게
느껴졌다. 근육도 적당히 단단해져 기분이 좋았다. 뛰는 걸 잠시 멈추고
짙고 푸른 강물을 배경으로 셀피를 하나 찍었다. '오늘 운동 완료'를
의미하는 해시태그 '#오운완'을 붙여 인스타그램에 올린다. 작년에
이쪽으로 이사 오면서 만든 새 계정이다. 운동하는 모습만 올리는데도
모르는 사람들이 하트와 댓글을 달았다. 예상치 못한 관심에 들떠서 가볍게
해보려던 처음의 마음을 넘겨 더 열심히 하게 됐다.

"어머, 총각, 운동 열심히 하나 봐?"

웬 아주머니가 경보로 스쳐 가며 말을 걸었다. 아는 사이일 리 없지만
나는 미소 띤 얼굴로 능란하게 답했다.

"고맙습니다."

"아유, 세상에, 얼굴도 잘생겼네!"

입꼬리를 조금 더 올려 웃어드렸다. 사람들의 익숙한 반응과 더욱 일상적인 나의 대처. 외모를 가꾸는 게 이렇듯 삶을 번거로이 만들기도 하지만, 사람들에게 경계심을 불러일으키기보단 호감을 주는 편이 인생을 여러모로 수월하게 만든다. 나는 어릴 적부터 그런 진리를 자연스럽게 체득했다.

포스팅이 완료되었다는 표시가 뜨자, 집 방향으로 몸을 돌려 가볍게 발을 굴렀다. 아까보다는 조금 더 스퍼트를 냈다. 나는 일부러 일상에 약간의 난관을 더하곤 한다. 모든 일을 쉽게만 하는 건 재미가 없고, 이 정도는 해낼 수 있다는 걸 이미 알고 있으니까.

삶이란 그래야 더욱 재미있으니까.

속도가 붙은 달리기로 아파트 입구로 들어서자, 경비원 김 씨가 빈 종이상자를 접어 나르는 게 보였다. 곧장 달려가 손을 보태며 말했다.

"김 선생님, 제가 도와드릴게요!"

"어? 아이고, 천사 청년, 고마우이! 조깅 댕겨오는 길인가벼? 부지런도 혀. 허긴, 근게 그렇게 탄탄한 몸도 유지하겄제? 나는 인자 완전 물렁살밖에 안 남아브렀는디."

내가 그에게 살갑게 굴어서인지, 1004호에 살아서인지, 김 씨는 언제부턴가 나를 '천사 청년'이라고 불렀다. 조금 과한 별명이다 싶어 들을 때마다 손가락이 오그라드는 듯했지만, 손해 볼 일은 없으니 굳이 마다하지 않았다.

"아이고, 무슨 말씀이세요! 선생님도 이 정도면 아직 건재하신데요, 뭘."

"하핫, 그랴? 허긴, 나가 나이에 비해서는 그라도 아즉 괘안하제잉?"

김 씨가 기분이 좋은 듯 만면에 웃음을 올린 채 접힌 종이상자를 들고 앞장섰다. 쓰레기 분리 수거장으로 향하는 거였다.

"당연하죠, 누가 보면 40대인 줄 알걸요?"라고 비위를 맞추며 그보다 더 많은 상자를 가슴에 안고 뒤따랐다.

"근디, 거시기, 목에 맨 손수건은 야광색인디도 겁나 고급져 보여브네잉? 잘생긴 지비가 해서 그런당가?"

"하하하, 에이, 무슨요! 김 선생님이 하셔도 멋지실 거예요."

나도 모르게 웃음을 터트리며 답하는데, 앞서가던 김 씨가 갑자기 비명을 질렀다.

"으악! 뭐, 뭐여?!"

쓰레기장 모퉁이에서 검은 뭔가가 움직거리고 있었다. 나도 놀란 눈으로 그 형체를 주시했다.

원래 어두운 색인 건지, 더러워져서 어둡게 되었는지 알 수 없을 체크무늬 긴소매 셔츠가 부스스 몸을 일으켰다. 잠시 덩어리로 보였던 형체는, 단발 정도 길이의 검은 머리에 먼지가 한껏 껴 산발이 된 남자였다. 그 머리칼 사이로 드러난 얼굴에도 땟국물이 덕지덕지 묻어 있었다. 그 특징만으로도 이미 빤했지만, 여름이 가까워졌는데도 낡고 두꺼운 스키 바지를 입고 있는 것이 그의 정체를 드러내는 결정타였다. 남자는 노숙자가 확실했다. 옷 때문에 체격은 정확히 가늠하기 어려웠지만, 키는 178센티미터인 나보다 약간 작을 것 같았다.

"어이, 여서 이라고 있음 안 돼! 언넝 나가! 주민들이 알믄, 나가 욕을 먹는다고!"

김 씨는 한 손으로 코를 막고 다른 손으로 접힌 종이상자 하나를 막대처럼 들어 남자를 툭툭 치며 외쳤다.

남자는 이런 상황이 익숙한 듯 우리 쪽으론 시선도 주지 않고 느릿하게 일어서더니, 역시나 굼뜨기 그지없는 걸음으로 터벅터벅 움직였다. 그래도 눈치는 있는지 정문이 아닌 후문 쪽을 향했다.

김 씨는 그 뒷모습에서 눈을 떼지 않은 채 종이상자를 쓰레기장 한편에 정리하며 중얼거렸다.

"그새 본 사람은 없겠제? 민원 안 들어올랑가 모르겄네."

"뭐 이런 걸로 민원까지 들어오려고요."

그를 따라 종이상자를 쌓으며 가벼운 투로 얘기하자, 김 씨가 펄쩍 뛰며 소리쳤다.

"오메? 천사 청년은 뭘 모릉께 그렇게 말하제!"

김 씨는 재빨리 주위를 둘러 확인한 후 허리를 숙여 속삭였다.

"실은 말이여, 여 근방에서 작년에 큰 사고가 있었당께. 글씨, 젊은 처자 하나가 밤길에 살해당해브렀어!"

82

"네? 저, 정말요?"

내가 놀란 목소리로 묻자, 김 씨가 다급히 손가락을 세워 목소리를 낮추란 시늉을 했다. 그러곤 말을 이었다.

"참말이제, 그럼! 그때 범인을 결국 못 잡아브렀는디, 여 사는 사람 중에는 그럴 만한 사람이 어딧겄는가. 없제, 없어! 근께, 근방에 놀러 왔던 어중이떠중이들 아니믄, 아까 저놈맨치롱 노숙자 놈한테 당한 거 아니겄냐고, 다들 그렇게 얘기했제."

놀러 온 어중이떠중이. 지방 도시라서 한적하긴 했지만, 근처에 큰 강줄기가 흐르고 있어서 가끔 타 지역 사람들이 캠핑하러 오곤 했다. 그런 놈들이 범죄를 저지르고 사라진다면 잡기 어려웠을 거라는 김 씨의 추측은 타당해 보였다.

그리고 노숙자. 기억을 더듬어보니, 서울이 아닌 지방 도시에서 노숙자를 본 건 처음이었다. 사회의 어두운 구석에 숨은 듯 살아가지만, 사실상 이런 지방에서는 오히려 눈에 띄는 존재. 집은 없다지만, 나름의 터전을 지키고 살아가는 사람이 범죄를 저지르고 그곳에 계속 머무를 수 있을까? 하긴 정신이 온전치 않은 사람이라면 앞뒤 생각 못하고 범죄를 저지를 수도 있겠지.

"암튼, 혹시 저놈이 또 나타나믄, 나 대신 천사 청년이 좀 쫓아브러. 아랐제?"

그러나 내가 노숙자 남자를 쫓아낼 일은 없을 것 같았다. 남자가 어떻게 이곳까지 오게 되었는지, 여기서 어떻게 살아갈 생각인지, 무엇이 그를 이곳에 있게 만들었는지. 내가 이곳에 흘러들어오게 된 것처럼 남자에게도 어떤 사연이 있을 거란 생각이 들었고 이내 진한 호기심으로 변모했다. 별 볼 일 없는 김 씨의 요청보단 나의 궁금증이 더 중요해졌다.

나는 대답 없이 종이상자를 켜켜이 쌓으며 조용히 미소만 지어 보였다.

그로부터 며칠 뒤 남자는 쓰레기장에 돌아와 있었다. 마침 장을 봐서 돌아가는 길이라 손에 든 비닐봉지에 나눠줄 만한 게 있었다. 남자에게 다가가 맞은편에 무릎 하나를 세워 앉으며 말을 건넸다.

"이거 좀 드세요."

동시에 500밀리리터 우유와 크림빵 두 개를 내밀었다. 남자는 의심스러운 눈길로 그것들과 내 얼굴을 번갈아 보기만 했다. 경계심이 많은 편이었다. 좀 더 느긋하게 접근해야겠단 생각에 즉시 우유와 빵을 남자 앞쪽에 놓고 손으로 슬쩍 밀었다. 하지만 남자는 눈치만 살피며 챙기지 않았다.

나는 뒤로 조금 물러앉으며 다정한 목소리로 물었다.

"어쩌다 여기까지 오게 되셨는지 여쭤봐도 될까요?"

남자는 여전히 묵묵부답이었다. 하지만 음식에 대한 욕망만은 제어할 수 없는지, 몸을 부르르 떨며 우유와 빵에 시선을 둔 채 침을 꿀꺽 삼켰다. 하지만 내 시선 앞에서는 차마 그것을 취할 수 없는 모양이었다.

도대체 무슨 사연일까. 아무래도 남자와 이야기를 나눌 수 있게 되려면 상당한 시간이 걸릴 것 같았다. 오늘은 이쯤에서 돌아가는 게 낫겠다는 판단에 결국 자리에서 일어나며 말했다.

"맛있게 드세요. 또 뵈어요!"

밝은 목소리로 외치며 몸을 돌리자마자, 등 뒤에서 남자가 빵을 움켜쥐는 소리가 들렸다. 허겁지겁 비닐을 벗기는 소리도 뒤따랐다.

입가에 만족스러운 미소를 지으며 내 집이 있는 101동으로 향했다. 남자의 마음을 조금이나마 열었다는 생각에 발걸음이 가벼웠다.

빠르게 샤워를 마치고 머리도 말리지 않은 채 베란다로 나갔다. 거기선 쓰레기장이 바로 보였다. 남자가 빵과 우유를 다 먹었는지, 지금은 뭘 하고 있는지 확인하고 싶었다.

그런데 남자 앞에 웬 개가 꼬리를 흔들고 있었다. 10층 높이라서 자세히 보이진 않았어도, 길거리를 떠돌던 똥개가 확실했다. 남자가 빵을 찢어 던져주는지, 개가 신나게 멀리 달려갔다가 돌아오길 반복하고 있었다.

언제 다시 먹을 게 생길지 모르는 상황에서 떠돌이 개까지 챙기다니. 남자가 노숙자로 지내는 이유는 분수를 모르는 오지랖에서 비롯되었을까? 하지만 그건 남자가 그만큼 착한 사람이라는 증거이기도 했다. 측은지심이 가득한 노숙자라니, 앞으로도 인생이 꽤 힘드시겠네.

나는 짧은 한숨과 함께 어깨를 들썩이곤 거실로 들어왔다.

2

"그 사람이 그랬을 리가 없어요. 나쁜 사람일 리 없다고요…."

— 이 모 씨(38세, 아파트 주민)

오늘은 조금 늦잠을 잤다. 간밤에 내린 빗소리에, 쓰레기장에 있을
노숙자가 신경 쓰여 잠을 잘 못 이룬 탓이었다. 하지만 아침에 깨어나 보니
언제 그랬냐는 듯 하늘은 맑게 개어 있었다.

정말 비가 오긴 했었나? 요즘 먹은 게 부실했던가? 최근 며칠 사이의
식단을 떠올리며 운동복으로 갈아입었다. 시간이 조금 흐트러지긴 했어도
조깅을 빼먹을 순 없으니, 시간을 단축해서라도 루틴을 지키려고 준비를
서둘렀다.

아파트 문을 열고 나서는데 옆집 노처녀가 거의 동시에 복도로 나왔다.
출근길인 듯 투피스 정장을 말끔하게 차려입은 모습이었다. 여자는 언제나
정성 들여 외모를 꾸몄지만 태생적으로 예쁜 얼굴이 아니었기에 볼 때마다
안타까운 마음이 들었다. 이런 이들을 마주할 때면 상대적으로 혜택받은
나의 외모에 감사하게 된다. 그러니 나는 이들에게 다른 형태로 보답하는
걸 숙명이라 생각하고 행동한다.

"누님 지금 출근하시나 봐요? 오늘은 얼굴에서 빛이 막 뿜어져 나오네요.
혹시 어젯밤에 피부 마사지라도 하셨어요?"

"어머, 정말요?"

여자가 화색이 돈 뺨을 한 손으로 감싸며 되물었다. 그런 후 고맙다는 듯
팔꿈치로 내 팔뚝을 툭 건드렸다. 괜한 터치다. 외로워서겠지.

추가 서비스 차원에서 고개를 끄덕이며 방그레 웃어줬다. 그때 여자의
다른 쪽 손에 든 생수병을 발견했다. 얼린 것인지 표면에 액화된 물방울이
맺혀 있었다. 아직 저런 걸 챙겨야 할 정도로 날이 덥진 않은데?

"웬 얼음물이에요? 누님 더위 많이 타세요?"

"아, 이거, 쓰레기장에 계신 분 드리려…."

여자가 시선을 내리깔며 난감한 듯 말을 얼버무렸다. 경비인 김 씨는
노숙자가 눈에 띄면 민원이 들어올 거라고 호들갑을 떨었지만, 그건 우리
아파트 주민들의 심성을 몰라서 하는 말이었다. 여기 진짜 천사가 계셨네.

내가 호수를 바꿔드려야 하나.

"아, 그 노숙자분이요?"

반가운 투로 남자를 언급하자, 여자는 내 반응에 안심한 듯 다시 시선을 맞추고 설명했다.

"네! 점점 더워지고 있는데, 옷을 엄청 두껍게 껴입으셨더라고요. 그러다 더위 먹으면 큰일이지 않을까 싶어서 이거라도 챙겨드리려고."

"역시 누님은 얼굴만큼 마음씨도 고우시네요."

시선을 맞추며 감탄한 투로 말했다. 마지막에 상큼한 미소를 날리는 것도 잊지 않았다. 여자는 볼이 발그레해지면서 부끄러운 듯 내 시선을 피했다. 그 틈을 타 재빨리 여자의 손에서 얼음물을 낚아채며 말했다.

"제가 대신 전해드릴게요!"

"어머, 아니에요, 제가…!"

여자가 손사래를 치며 말리려 했지만, 나는 곧장 말을 잘라냈다.

"괜찮아요. 어차피 운동하러 가는 길목인데요, 뭘. 그리고 실은… 그 사람이 혹시나 누님한테 해코지라도 할까 봐 걱정되어서요."

"그럴 리 없어요. 제가 뭐 챙겨드릴 때마다 얼마나 깍듯이 인사를 하시는데요."

여자가 고개를 도리도리 저으며 웃었다. 이미 몇 번이나 남자를 챙겨준 적이 있는 모양이었다.

고개를 살짝 숙여 여자의 얼굴에 바짝 얼굴을 들이밀었다. 여자는 주춤했지만 뒤로 물러서진 않은 채 놀란 눈으로 내 눈을 바라봤다.

나는 입가에 미소를 띤 채 천천히, 다정하게 말했다.

"그래도 조심하세요. 그런 사람도 언제 돌변할지 몰라요. 아셨죠, 누님?"

여자의 얼굴색이 순식간에 당근처럼 붉어졌다. 입술을 움직거렸지만 말을 내뱉진 못했다. 여자와 시선이 얽힌 채 천천히 뒤로 몇 걸음 걸었다. 여자는 여전히 내게서 눈을 떼지 못한 채 멍하니 바라만 보고 있었다. 나는 마지막으로 싱긋 입꼬리를 올려 웃어준 후, 몸을 돌려 계단으로 향했다. 10층이지만 매일 조깅을 하면서 엘리베이터를 타는 건 비합리적이라고 생각했다. 아파트 건물을 나와 쓰레기장으로 향했다.

남자는 오늘도 폐지 위에 몸을 길게 늘인 채 잠에 빠져 있었다. 조깅화라서 쉽지는 않았지만, 남자가 내 기척을 눈치채도록 일부러

발소리를 내며 다가갔다. 내 의도대로 남자가 퍼뜩 몸을 일으켜 세웠다. 두꺼운 바지와 낡은 등산화가 유독 눈에 띄었다. 노처녀가 말했던 대로 지금 날씨엔 가만히 있어도 땀이 찰 만한 옷차림이었다.

가까이 다가가 쪼그려 앉자, 남자가 경계심을 잔뜩 내비치는 몸짓으로 물러났다. 나와 비슷한 덩치의 남자가 이토록 겁내는 게 조금 우스웠다. 쫓아내라고 했던 김 씨의 말을 듣기라도 했나?

미소와 함께 얼음물을 건네며 유독 더 부드러운 말투로 얘기했다.

"그렇게 입고 안 더우세요? 이거 좀 드세요."

남자는 절대 아니라는 듯 고개를 세차게 흔들었다. 하지만 잠시 눈치를 살피다 빼앗듯 생수병을 채가더니 곧바로 뚜껑을 따서 마시기 시작했다. 그러나 얼린 물은 액체가 된 양보다 아직 고체로 남은 양이 훨씬 많았다. 남자는 빨아내듯 물을 조금 더 마셔보려다가 결국 포기하고 병을 내려놓았다.

그 모습을 조용히 지켜보다가 남자에게 물었다.

"근데 아저씨, 챙겨주시던 개는 어디 갔어요?"

"모, 몰라!"

남자가 화들짝 놀라 나를 직시하며 소리쳤다. 자신도 모르게 나를 마주 보게 된 게 부담스러운 듯 겁먹은 표정으로 황급히 시선을 피했다. 이내 몸까지 돌려 내게 등을 보였다.

안타까운 마음에 절로 입에서 쓰읍, 소리가 났다. 이렇게까지 경계한다면 남자와 친해지겠다는 내 목표를 이루긴 쉽지 않아 보였다. 아쉬웠지만 어쩔 수 없이 그대로 자리에서 일어섰다.

그러자 남자의 산발 머리 너머로 주체할 수 없이 떨고 있는 깍지 낀 두 손이 보였다. 알코올 중독자에게서 흔히 보이는 증세. 받은 유산은 많았지만 술에 절어 비명횡사한 나의 아버지도 죽기 직전까지 저런 모습이었다. 순간 남자에 관한 궁금증이 다시 몽글거리며 고개를 들었다. 그래, 어려운 일도 아닌데 조금만 더 노력해볼까.

"저기, 아저씨…."

"으아앙!"

갑자기 뒤편에서 아이가 자지러지게 우는 소리에 말을 잇지 못했다. 아파트 전체가 쩌렁쩌렁하게 울릴 만큼 큰 소리였다. 무슨 일인가 뒤를

돌아보니, 대여섯 살쯤 된 여자아이가 아파트 입구에서 멀지 않은 곳에
드러누워 소리를 질러대고 있었다.

언제나 머리를 양 갈래로 땋고 다녀서 내가 '삐삐'라고 지칭하는
아이였다. 말괄량이 삐삐. 그 드라마를 본 적은 없지만, 옛날 어린이
드라마를 소개해주는 유튜브에서 봤던 캐릭터. 머리카락 색만 다를 뿐,
아이는 하는 짓이 그 삐삐와 똑 닮아 있었다. 가끔 마주칠 때마다 또렷한
말투로 인사를 곧잘 하며 똘똘한 면모를 보였지만, 폭우 속에서도 끝내
우산은 쓰지 않겠다고 버티거나, 한여름에도 겨울 부츠를 신고 다니는 등,
가끔 이상한 포인트에서 고집을 피워 엄마를 곤란하게 만드는 걸 몇 번
목격했다.

삐삐는 오늘도 엄마에게 뭔가를 열심히 요구하는 모양이었다. 그런데
엄마의 태도는 멀리서 봐도 평소보다 더 강경해 보였다. 그렇다면 앞으로도
한참 동안 삐삐의 발악은 계속될 거란 얘기였다. 민원은 이럴 때 발생하는
게 정상인데, 여기 아파트 주민들은 참 이해심이 많단 말이야….

하지만 나 또한 그들에 속하므로 지금은 조용히 자리를 피하기로
결심했다.

"이만 가볼게요."

남자에게 던지듯 말한 후 아파트 정문을 향하려다 궁금한 게 생겼다. 이
정도는 말해도 되겠지? 몸을 반쯤 돌려 다시 물었다.

"근데 저것 때문에 한참 불편하실 거 같은데, 다른 곳으로 잠깐
피하셨다가 돌아오시는 건 어때요?"

남자는 과연 어떤 선택을 할까. 귀를 막을까, 아니면 쓰레기장을 떠날까.
그도 아니면 다른 방법을 찾을까?

하지만 이번에도 남자는 내 질문에 답하지 않았다. 등진 몸을 더욱
웅크린 채 미동도 없었다. 어쩐지 그런 상태로도 눈알을 굴려 내 눈치를
살필 거 같았지만, 내가 있던 곳에선 그의 얼굴이 보이지 않으니 확인할
방법은 없었다.

그대로 걸음을 떼어 뜀박질을 시작했다. 아파트 정문에서 싸리비로
길을 쓸던 김 씨가 나를 발견하고 손을 들어 인사했다. 밝게 웃으며 고개를
까닥인 후 속도를 올려 아파트 정문을 빠져나왔다.

공기가 따뜻하다 못해 뜨거워지고 있는 게 느껴졌다. 오전 시간을 너무

지체한 탓이었다. 이런 식으로 리듬이 깨지는 건 여러모로 좋지 못했다. 내일부턴 다시 루틴을 지키자는 다짐을 하며 강변으로 달렸다. 바람을 가르는 느낌에 벌써 기분이 좋았다.

3

"사실 전 처음부터 수상하다고 생각했어요! 제가 범죄 사건에 관심이 많아서 여러 가지 관찰과 연구를 하고 있었거든요."
—진 모 양(13세, 아파트 거주 중학생)

1년 가까이 지켜보고 있는 대상이 있다. 아파트 인근의 작은 카페에서 오전에만 일하는 여자다. 대학생일 거 같지만, 1년 동안 출퇴근 시간이 변하지 않는 걸로 봐선 학교와 상관없는 20대 초중반의 여성일 수도 있다.

굵고 검은 단발머리를 언제나 귓불에 딱 붙는 길이로 유지한다. 아무리 어긋나도 1센티미터 이상 차이가 나는 걸 본 적이 없다. 그라인더로 원두를 갈아 내릴 때나, 그걸 에스프레소 머신으로 옮겨 커피를 내릴 때, 가벼운 걸음에도 찰랑거리며 반짝이는 머릿결이 무척이나 매력적이다. 특히 내 관심을 끄는 것은 언제나 무심한 듯한 여자의 표정이었다. 어떤 상황에서도 감정의 변화를 드러내지 않을 것 같은 냉랭함.

오늘도 여자를 보기 위해 아파트로 돌아가는 길에 카페에 들렀다. 주문한 아이스 아메리카노를 일회용 컵에 담아 건네면서도 여자는 내 얼굴이 아닌 컵에만 시선을 두었다.

"고마워요."

두 손으로 커피를 받아 들며 함박웃음을 지어 보였지만, 여자는 시선을 들지도 않은 채 무표정한 얼굴로 고개만 까닥일 뿐이었다. 여느 때와 다름없이.

다른 사람들에게선 받아본 적 없는 차가운 반응이라 그런지, 집착처럼 관심을 끊지 못하는 내가 이상하다고 느껴질 지경이었다. 이게 영화나 드라마에서 많이 보던 그건가? '나를 이렇게 대한 건 네가 처음이야?'

자연스레 떠오른 자조적인 미소를 머금은 채 카페를 나왔다. 시간은 많으니까, 오늘은 여기까지.

커피를 빨아올려 삼키며 아파트 입구로 들어서는데, 멀찌감치에서
누군가가 나를 발견하고 쪼르르 달려왔다. 윤진이었다. 옆 동에 사는 올해
중학생이 된 진윤진. 키가 작아서인지 교복 치마가 무릎 한참 밑까지
내려와 있었다. 아니, 키 때문이 아니라 요즘 유행하는 교복 스타일이려나.

"아저씨, 어디 갔다 이제 와요!"

타박하듯 말하는 윤진에게 위엄을 담은 목소리로 반문했다.

"너 학원에 있을 시간 아니야? 땡땡이쳤어? 또 엄마한테 혼나려고?"

"오늘 마침 수학 선생님이 배탈이 나셨지 뭐예요? 그래서 아저씨랑
놀려고 후딱 달려왔지용!"

윤진이가 두 손으로 커피를 들지 않은 내 왼팔을 붙잡아 끌었다.
언제나처럼 놀이터로 가자는 의미였다.

"저번에 연쇄살인범 얘기하다가 끊긴 거, 오늘은 끝까지 해줘요! 요 며칠
궁금해 죽는 줄 알았다고요. 하, 진짜, 그냥 카톡으로 말해주면 되지, 아저씬
꼭 얼굴 봐야 얘길 해준다고 하더라…."

어쩌다 이 녀석이랑 엮이게 되었는지, 그 처음은 잘 기억나지 않는다.
윤진이는 세상에서 일어나는 온갖 범죄 실화에 사족을 못 썼고, 나도 그런
종류의 이야기를 흥미로워해서 꽤 많이 알고 있었다. 다른 아이였다면 결코
이런 식으로 가깝게 지내지 못했을 거다. 하지만 윤진이는 내 이야기를
들을 때마다 특유의 큰 눈을 한껏 반짝이며 집중했다. 그러면 나도 모르게
기분이 좋아져서 녀석 앞에서는 신이 나 떠들게 되곤 했다.

놀이터 구석의 벤치로 다가갔다. 그런데 자리에 앉기 전, 윤진이
쓰레기장을 힐끔 넘겨다보며 목소리를 낮춰 속삭였다.

"근데 아저씨, 나, 저기서 지내는 노숙자 아저씨가… 유기견 죽인 거
봤어요."

"뭐? 어디서?"

화들짝 놀라서 목소리가 커지고 말았다. 윤진이 깜짝 놀라며 내 등을
마구 내려쳤다. 조용히 하라는 의미로 집게손가락을 세워 입술에 대며
인상까지 잔뜩 썼다. 그러더니 얼굴을 가까이 가져와 나지막한 목소리로
설명했다.

"우리 104동 뒤쪽 화단이 좀 으슥하잖아요? 거기에 개를 묻는 걸

초딩 애들이 보곤, 나중에 그걸 파봤더라고요. 모여서 시끄럽게 하길래 가봤더니, 개 사체가 반쯤 드러나 있었는데, 목에 노끈이 감겨 있었어요. 그 줄로 개 묶어서 산책시키는 걸 제가 본 적이 있거든요? 근데… 그걸로 목 졸라 죽였나 봐요! 자기가 그렇게 죽여놓곤, 고이 묻은 것도 너무 웃기지 않아요? 저 노숙자 아무래도 그런 건가 봐요, 사이코패스. 그죠? 맞죠?"

내가 기겁한 표정으로 윤진에게서 멀리 떨어지며 타박했다.

"너는 여자애가 그런 걸 보고도 어떻게 아무렇지 않게 얘길 해? 아니, 게다가 개 사체는 뭘 또 그렇게까지 자세히 봤어?"

"아저씨, 제가 평소에 잔인한 거, 무서운 거 얼마나 많이 보는데요. 그깟 동물 사체는 아무것도 아니에요. 동영상 사이트에서도 검수되기 전에 찾으면 끔찍한 거 얼마나 많…"

"아아, 됐어. 이야기하지도 마, 비위 상하니까."

내가 손까지 흔들며 도리질을 치자, 윤진이 콧방귀를 뀌며 비웃었다.

"훗, 아저씨 겁쟁이네."

"…나 간다."

곧장 자리에서 일어서며 안녕을 고하자, 윤진이 재빨리 양손으로 내 팔을 붙잡아 매달렸다.

"아, 아저씨! 약속한 뒷얘기, 마저 해주고 가요! 나 그것 땜에 기다린 건데!"

시선을 내려 녀석을 째려보았다. 윤진이는 금세 눈썹을 팔(八)자로 만들어 불쌍한 눈빛으로 입술까지 내민 채 올려다보고 있었다. 못 이기는 척 다시 벤치에 앉았다. 애초에 진짜로 갈 생각은 없었다.

내가 지난번 해주던 이야기는 연쇄살인을 저지르는 범죄자에 관한 이야기였다. 어릴 때 우연히 저지른 살인을 통해 누군가의 생명을 빼앗는 쾌감을 알게 된 이후 계속해서 살인을 저지른다. 범죄 횟수가 점차 쌓여가면서, 살인자는 붙잡힐 가능성을 낮추기 위해 규칙을 몇 가지 정한다. 가장 중요한 규칙은 자신이 거주하는 반경 내에서의 살인은 최대 3회를 넘기지 않는 것. 그곳에서 얼마 동안 살았건 세 번의 살인을 채우면 떠나는 방식으로 거주지를 옮겼다. 그 규칙 덕분인지, 살인자는 열 명이 넘는 사람을 죽이고도 잡히기는커녕 정체도 밝혀지지 않은 채 여전히 어딘가에서 희생자를 찾고 있다는 도시 괴담이었다.

이야기를 끝내자마자, 윤진이 확인하듯 물었다.

"목표했던 타깃을 모두 죽였다고요?"

"응."

윤진이는 잠시 골똘히 생각하다가 고개를 갸우뚱하며 반문했다.

"이상하잖아요? 아무도 살아남지 못했다면, 희생자 열 명을 죽인 게 그 살인자의 소행인지 어떻게 확신해요? 정체도 모른다면서요? 에이, 설정부터 이미 말이 안 되네!"

"역시 똑똑하네, 우리 윤진이." 커피를 챙겨 자리에서 일어서며 말을 이었다. "그러니까 괴담이지, 픽션! 진짜였으면 '그알' 같은 프로그램에 이미 나오지 않았을까?"

윤진이 어이없다는 듯 벌떡 일어나며 내게 눈을 부라렸다.

"헐, 아저씨, 그럼 이제까지 저한테 구라친 거예요? 그런 거임?!"

"이야기 재밌게 들었으면 된 거 아냐? 그러고 보면 넌 이름도 참 재밌어, 그지? 앞으로 해도 진윤진, 뒤로 해도 진윤진."

녀석을 놀리는 재미에 내 말이 리듬을 타는 순간, 윤진이 놀란 표정으로 내게 몸을 붙였다.

"어? 너, 가, 갑자기 왜 그래?"

예상치 못한 녀석의 행동에 당황해서 말까지 더듬고 말았다. 윤진이는 나에게 몸을 더욱 바짝 붙이고 겁에 질린 목소리로 빠르게 말했다.

"아저씨, 저, 저기 노숙자가 나 쳐다봐요. 어떡해요!"

몸을 돌려 뒤를 확인하려는데, 윤진이 몸통을 꽉 잡고 놓아주지 않는 바람에 할 수가 없었다. 고개만 겨우 돌려 뒤를 보았다. 노숙자 남자가 가려지지 않는 덩치를 작은 나무 뒤에 숨긴 채 이쪽을 뚫어져라 쳐다보고 있었다. 내가 겸연쩍은 미소를 지어 보이자, 남자는 놀란 눈으로 시선을 피했다. 하지만 곧 뭔가 결심한 듯 다시 가늘게 뜬 눈으로 조심스럽게 이쪽을, 아니 명확하게 한 사람을 주시했다. 윤진이…?

잠시 고민됐지만 이내 결론을 내렸다. 혹여나 무슨 일이 생기더라도 윤진이 정도는 내가 어떻게 해볼 수 있을 테니까.

나는 윤진에게로 다시 고개를 돌리곤 부드럽게 설득했다.

"괜찮아, 저 아저씨 나쁜 사람 아니야."

윤진이 인상을 찌푸리며 격한 목소리로 반문했다.

"아저씨가 어떻게 알아요? 저 사람이 개도 죽여서 묻었다니까?"

"저 사람이 죽인 거 아닐 거야. 평소에 얼마나 잘 보살피고 챙겨줬는데. 네가 아직 어려서 사람 보는 눈이 없어서 그래. 내가 보기엔 착한 사람이야."

그러면서 어깨를 다독여주었지만, 녀석은 여전히 불안한 표정으로 눈썹을 찡그린 채 나를 노려봤다. 그 모습이 귀여워 지그시 내려다보다가 다시 장난기가 발동했다.

"그나저나 너, 언제까지 이렇게 나한테 딱 붙어 있을 거야?"

"에엣? 아, 이, 일부러 그런 거 아니잖아요!"

윤진이 반사적으로 펄쩍 몸을 뗐지만, 나는 한숨을 내쉬며 안타깝다는 투로 말을 이었다.

"윤진아, 예전부터 알고는 있었지만, 네가 아무리 나를 좋아하는 마음이 있다고 해도, 우린 나이 차이가 너무…."

"아, 그런 거 아니라니깐! 하, 아저씨, 뭐야, 징그러워! 나 가요!"

윤진이는 내뱉은 말과는 달리 얼굴이 새빨갛게 달궈져 있었다. 그 채로 104동을 향해 내달렸다.

즉시 뒤를 돌아 확인했지만, 노숙자 남자는 금세 사라져 보이지 않았다.

4

"소개팅이요?"

조금 전 조깅하려고 집을 나서는데 옆집 문이 열리면서 노처녀가 튀어나왔다. 아마 내가 나오길 기다리며 현관 안에서 대기했던 모양이다. 그렇게까지 하면서 여자는 내게 소개팅을 제안했다. 그래서 의아한 눈길로 되물을 수밖에 없었다. 갑자기 웬 만남 주선?

"네, 우리 사무실에 참한 동생이 있는데, 1004호 분이랑 잘 어울릴 것 같아서…."

마주 본 내 눈빛이 부담스러웠는지 여자는 시선을 살짝 피하며 말끝을 흐렸다.

본인을 들이밀지 않은 건 정말 고마운 일이었지만, 나는 내 매력만으로도 원하는 상대를 찾아 유혹할 자신이 충분했다. 잘 어울릴 것 같다는 기준도 노처녀의 것이지, 내 것이 아니지 않은가. 게다가 나에겐 이미 1년 가까이 관심을 두고 관찰 중인 상대가 있었으니, 이 상황에서 누군가를 만나면 번거로워지기만 할 게 뻔했다.

어떻게 거절해야 가장 확실할까. 잠시 머리를 굴린 후 표정을 정비해 입을 열었다. 한껏 착잡한 말투까지 동원했다.

"아. 그, 제가 사실은 사귀던 친구랑 헤어진 지 얼마 되지 않아서요. 그래서 지금은 누군가를 새로 만나기가…."

"앗, 죄송해요. 제가 실례를 했네요!"

여자가 깜짝 놀란 표정으로 사과했다. 그런데 어쩔 줄 몰라 하는 그 몸짓 사이에 묘하게 기분 좋아 보이는 기색이 묻어났다. 입꼬리도 살짝 올라가 있었다. 그제야 여자가 소개팅 이야길 꺼낸 의도를 깨달았다. 와우, 그렇게 안 봤는데, 이 누님 상당히 여우같은 구석이 있었네?

속으로 감탄하며 잠시 멍하게 있던 내게, 용건을 마친 여자가 쑥스러운 듯 몸을 움츠리며 인사를 건넸다.

"저, 그럼, 저는 출근 준비하다 나온 거라. 운동 잘 다녀오세요."

"네에."

부드럽게 답하며 미소를 보이자, 여자는 볼이 발그레해진 채 서둘러 집 안으로 들어갔다. 나는 피식 웃음을 짓곤 계단으로 향했다.

아파트 정문 근처에서 가볍게 워밍업을 위한 스트레칭을 하고 있는데, 경비실에서 김 씨가 뛰쳐나오며 나를 불렀다.

"천사호! 천사 청년!"

또 무슨 일이길래 저렇게 호들갑이람. 다리를 벌려 바닥에 붙다시피 스트레칭을 하던 몸을 세워 꾸벅 인사를 건넸다.

"안녕하세요, 김 선생님."

"어어. 마침 잘… 어? 거시기, 야광 손수건 이제 안 허고 댕기네?"

김 씨가 용건을 말하다 말고, 갑자기 내가 조깅할 때 목에 두르던 손수건 얘기를 꺼냈다. 이런 눈치 없는 사람마저 그게 사라진 걸 알아차리다니, 색깔이 튀긴 튀었던 모양이다.

"아, 네. 매고 다니다 찢어져서 버렸어요. 새로 사려고요."

"오메, 그랬구나! 쨍하니 색깔 좋았는디 나가 다 아깝…. 아니, 그걸 말할라고 했던 거시 아니고, 후유."

수선을 떨던 김 씨가 잠시 숨을 고른 후 말을 이었다.

"천사 청년, 지비는 관찰력도 조고 사람들허고도 친한께 혹시 몰러서 말여. 자네, 103동 101호 꼬맹이 알제?"

"103동 101호라면… 아, 양 갈래 삐삐 머리 하고 다니는 여자애요?"

"그려! 마저 마저! 역시 잘 알구만? 거, 혹시 어제나 오늘 중에 갸 못 봤으?"

"음…."

나는 골똘히 생각에 잠긴 듯 눈을 굴리다 고개를 가로저으며 답했다.

"아뇨, 못 본 거 같은데요. 왜 그러세요?"

"시상에, 갸가 밤중에 감쪽같이 사라졌당께? 참말로 말도 안 되는 일인디, 어젯밤에 분명히 애 엄마가 데꼬 들어가서 재웠다는디, 아침에 보니께 아가 없어졌다는 거시여!"

"네? 그게 어떻게 가능해요?"

"근께 말여! 허벌라게 이상해블제!"

내가 이해할 수 없다는 듯 미간을 찌푸린 채 주위를 둘러본 후 물었다.

"근데, 여기 아파트 CCTV 잘되어 있지 않아요?"

김 씨는 골치가 아픈지 한숨을 폭 내쉬며 답했다.

"하, 그거시 진짜… 왜, 그때 기억 안 나는감? 쩌번에 갑자기 비가 허벌나게 와브러가꼬, 거기가 합선이 돼브렀자나."

"아, 그러네요! 그때 103동 쪽 CCTV가 고장 났었죠? 근데 비용 문제 때문에…."

당시 교체 경비를 누가 부담하느냐를 가지고 103동과 나머지 주민들 사이에 분란이 있었다. 103동 동대표는 아파트 전체의 안전에 해당하는 것이니 아파트 관리비로 수리해야 한다고 주장했고, 나머지 주민들은 103동의 시설이니 103동 주민들만 따로 비용을 조달해 처리하길 원했다. 의견 조율이 끝내 이뤄지지 않아서 CCTV는 고장 난 상태로 방치될 수밖에 없었다.

나는 한껏 걱정스러운 표정으로 김 씨를 위로했다.

"어휴, 정말 난감하시겠어요, 김 선생님."

"흐메, 참말로 귀신이 곡할 노릇이랑게. 당최 아가 어디로 가브렀으까잉…."

의심으로 가득 찬 김 씨의 눈길이 쓰레기장 근처에서 어슬렁거리는 노숙자에게로 향했다.

오늘은 카페 여자가 보이지 않았다. 잠시 화장실에 갔나 싶어 주위를 한 바퀴 더 돌며 기다려봤지만, 여자는 나타나지 않았다. 혹시 그만둔 걸까. 새로운 얼굴이 없는 걸로 봐선 단순히 휴가를 낸 것일 수도 있지만, 괜스레 불안한 마음이 솟아 나를 흔들었다. 찝찝한 마음을 안은 채 아파트로 발길을 돌렸다.

단지에 들어서서도 그 마음이 사라지지 않아 생각에 잠긴 채 집으로 오르는 101동 계단 모퉁이에 접어들었다. 그때 갑자기 검은 그림자 하나가 불쑥 튀어나왔다. 나는 반사적으로 눈을 감으며 두 팔을 들어 재빨리 얼굴을 보호했다. 그렇게 한참을 있었지만 아무 일도 벌어지지 않았다. 가늘게 눈을 떠보니 윤진이 똘망똘망한 눈으로 나를 올려다보고 있었다.

"아저씨, 뭐 해요?"

멋쩍게 시선을 피하며 팔을 내렸다. 녀석이 곧바로 한 걸음 다가서며 물었다.

"이번엔 여자애가 실종됐다면서요?"

"…그건 또 어떻게 알고 왔냐?"

천천히 계단을 오르며 심드렁하게 되물었다. 윤진이는 아랑곳하지 않고 재빨리 옆으로 따라붙었다. 내 얼굴에서 시선을 떼지 않은 채 호기심에 찬 말투로 다시 물었다.

"아저씬 안 궁금해요? 누가 그랬는지?"

"애가 혼자 나간 것일 수도 있대."

녀석을 돌아보지 않고 무심하게 계단을 오르며 답하자, 윤진이 답답하다는 듯 핀잔을 주며 반문했다.

"에이, 아저씨도 참, 그 어린애가 어떻게 혼자 몰래 나가요? 이 아저씨가 애가 없어서 진짜 아무것도 모르시네."

"너는 뭐, 애가 있으십니까?"

"아니, 저는 애에서 조금밖에 안 컸잖아요."

"허, 알긴 아는구나?"

콧방귀를 뀌며 되묻자, 윤진이 입술을 삐죽거리며 잠시 말을 멈췄다. 그런데 어느새 걸음마저 멈추고 더는 따라오지 않았다. 녀석은 계단 중간에 서서 가늘게 뜬 눈으로 창 너머를 바라보고 서 있었다. 걸음을 되돌려 옆으로 다가가자, 윤진이 천천히 입술을 떼어 나지막이 말했다.

"나, 누가 그랬는지 알 것 같아요."

"그래? 누구?"

윤진이 창으로 한 걸음 다가가며 오른손 집게손가락으로 바깥을 가리켰다. 녀석의 손끝이 아파트 화단에서 뭔가를 하는 중인 노숙자를 향하고 있었다. 남자는 또 뭘 하는 거지? 파헤쳐진 개 사체를 다시 묻어주는 건가.

물끄러미 남자를 보고 있는데, 윤진이 고개를 홱 돌리며 물었다.

"아저씬 아직도 저 인간 편이에요?"

"그런 건 아닌데…. 근데 넌 정말로 저 사람이 그랬다고 생각해?"

"당연하죠! 원래 연쇄살인범은 동물 먼저 죽인다고 했어요! 개 죽인 거에서 이미 게임 끝난 거나 마찬가지라고요. 거기다 제가 들었는데요, 며칠 전에 울고 있던 애한테 저 인간이 쫓아가선, 조용히 안 하면 죽여버린다고 협박했대요!"

"뭐? 정말?!"

진심으로 놀라서 목소리가 커졌다. 전혀 모르고 있던 일이었다. 삐삐가 울었던 날이라면 길 한복판에 드러누워서 엄마에게 고집을 피웠던 바로 그날이 아닌가. 내가 아파트를 나선 후 노숙자 남자가 뭔가를 했단 얘긴가?

윤진인 나를 설득할 최적의 타이밍을 잡았다는 걸 간파하고 신이 나서 말을 이었다.

"당근 정말이죠! 저 인간이 애한테 달려가선 '시끄럽게 하지 마! 울지 마! 화나! 화나면 죽일 거야!' 막 그렇게 소리치면서 겁을 줬대요!"

판단 착오를 깨닫곤 머리가 멍해졌다. 내가… 잘못 생각했었나? 그저 다루기 쉬운 순수한 사람이라고 생각했는데, 위험한 사람이었다는 건가? 내가 틀렸다는 건가?

여러 가지 생각과 의문이 스치며 머리에 지끈거리는 통증이 일었다. 하지만 내 상태를 알아차리지 못한 윤진이 거들먹거리며 말을 이었다.

"역시 몰랐죠? 봐요, 내가 아저씨보다 훨씬 사람 잘 보잖아요? 아저씬 아무것도 몰랐으면서 잘난 척은."

"그러네. 그랬구나…."

쓸쓸하게 답하며 천천히 걸음을 떼어 다시 계단을 올랐다. 윤진이 뒤따르며 계속 종알거렸다.

"저 인간 옷 입은 거 봐요. 이렇게 날이 더워지고 있는데 겹겹이 껴입고 있잖아요. 살인자로서의 정체를 숨기고 싶은 거겠죠, 여러 겹으로 싸매서. 마트료시카처럼."

"마트료시카?"

상대하고 싶지 않았지만 갑자기 튀어나온 이질적인 단어에 나도 모르게 따라 말하며 묻고 말았다.

윤진이 거만한 표정으로 턱을 치켜들며 설명했다.

"어우, 아저씨, 마트료시카도 몰라요? 러시아 인형 있잖아요, 겉 인형을 열면 안에 다른 인형이 들어 있고, 그걸 열면 안에 또 인형이 숨어 있는. 양파처럼 까도 까도 계속 나오는 인형 말이에요. 바로 저 노숙자가 그렇게 정체를 감춘 살인자라고요!"

어수선해진 마음에 입술을 깨물었다. 역시 윤진이는 아직 어렸다. 진짜 마트료시카 같은 인간이라면 훨씬 완벽하게 겉을 포장하고 있을 거란 생각은 하지 못했다. 그러나 나 역시도 어설픈 방어막으로 자신을 감춘 남자를 꿰뚫어보지 못한 건 마찬가지였으니, 윤진이에게 뭐라 할 자격은 없었다.

"어휴, 아저씬 왜 문명의 최고 이기인 엘리베이터를 두고 맨날 계단으로 다니는 거예요? 쓸데없이 힘들게."

윤진이가 손으로 부채질을 해가며 타박했다. 어느새 나는 녀석과 함께 1004호 앞에 서 있었다. 다행히 그사이 마음은 조금 진정되어 있었다.

나는 문에 몸을 바짝 붙여 디지털 도어록을 가린 채 키패드를 눌렀다. 윤진이의 주의를 돌리려 아무렇지 않은 척 농담도 건넸다.

"체력은 국력, 몰라?"

"세상에! 언제 적 얘긴데요, 그게?"

"가라."

집 안으로 들어서며 녀석에게 말했다. 윤진이는 눈을 동그랗게 뜨며
서운하다는 듯 급히 말했다.

"에에? 아니, 아저씨, 여기까지 같이 걸어 올라왔는데, 시원한
물이라도….”

"안녕!"

호쾌하게 웃는 얼굴로 작별 인사를 건네며 문을 닫았다. 윤진이 밖에서
뭐라고 더 구시렁댔지만 무시하고 걸쇠까지 걸었다.

곧장 문에 등을 대고 눈을 감았다. 차가운 기운이 심장으로 스며들었다.
길고 가는 한숨으로 그걸 더욱 깊숙이 받아들였다.

5

꿈이었다. 분명 꿈인 걸 알고 있는데도 내 손은 그때와 똑같이 떨리고
있었다.

아버지의 장례식장에서 고등학교 교복을 입은 채 상주 자리에 서 있었다.
갑작스럽게 내게 닥친 변화와 현실을 제대로 받아들이지 못한 상태였다.
아버지가 죽고 며칠이 지났지만 여전히 실감이 나지 않았다. 아니, 새롭게
솟아난 그 감정의 정체가 무엇인지 알 수 없어 혼란에 빠져 있었다.

그때 새벽까지 남아서 술을 마시던 조문객들의 말소리가 귀로
흘러들었다. 아버지의 고등학교 친구들이었을 것이다.

"허, 그래도 그 친구가 이렇게 갑자기 떠날 줄은 몰랐는데."

"워낙 술독에 빠져 살았으니, 놀랄 일은 아니지."

"길에서 비명횡사했다고?"

누군가의 물음에 혀를 차는 소리만 답을 대신하더니, 안타깝다는 투의
말이 뒤따랐다.

"부인이랑 어린 아들 두고 어떻게 떠났을까나."

"그러게, 쯧. 불쌍하기도 하지.”

"저 어린것은 앞으로 아비도 없이 어떻게 살아가나…."

그런데 그들의 말투와는 상반된 격한 목소리 하나가 불쑥 끼어들었다.

"뭔 소리야? 가족 입장에서는 오히려 잘됐구먼!"

"그게 무슨…! 사람이 죽었는데 어떻게 잘되었다고…."

"다들 알았으면서 왜들 그래? 술만 마시면 마누라랑 자식 패는 게 무슨 자랑이라고, 미친놈이 지 입으로 떠들고 다니던 거, 너네도 다 들었잖아?"

"그만해! 아무리 그랬더라도 이제 죽은 사람이야. 고인을 그런 식으로 욕하면 안 되지!"

조금은 격앙된 목소리가 진실을 말하던 남자의 말을 잘랐다. 말이 잘렸던 남자가 질세라 곧바로 덧붙였다.

"흥, 내가 없는 말 했냐? 내가 만약에 저 아들이었으면, 그런 아비는 진즉에 죽여 없애버렸을걸?"

목덜미에 소름이 돋았다. 저 사람은 진심일까? 그게 과연 일반적인 생각일까?

남자의 말이 충격이었는지 갑자기 대화가 끊겼다. 끝없는 침묵이 이어질 것 같던 그때, 누군가 농담처럼 가볍게 다시 입을 열었다.

"야아, 너 같은 패륜아나 그런 생각을 하는 거지! 쟤는 아버지 잃은 충격으로 얼굴이 반쪽 된 거 못 봤어? 곧 쓰러질 것 같은데도 상주 자리를 꿋꿋하게 지키고 있잖아. 헛소리 그만하고 술이나 마셔!"

다시 왁자지껄해지며 술잔 부딪치는 소리가 들렸다. 낮게 속삭이듯 주고받는 몇 마디 말도 이어졌다.

"그래, 애가 참 바르고 괜찮더라."

"힘든 상황에서도 잘 자란 거 같아. 그래도 제수씨가 잘 키웠나 봐."

그 뒤의 말은 들리지 않았다. 아까 남자가 했던 말이 계속 머릿속에서 되풀이되어 울렸기 때문이다.

'내가 만약에 저 아들이었으면, 그런 아비는 진즉에 죽여 없애버렸을걸.'

죽어가던 아버지의 눈빛이 떠올랐다. 목이 졸리는 육체적 괴로움보다 믿을 수 없는 상황에 대한 경악과 충격이 그 눈을 가득 채우고 있었다. 하지만 이내 검은 동공이 천천히 풀리면서 그의 생명이 느리게 빠져나갔다. 아버지의 목덜미를 감쌌던 촉감이 손바닥에 다시 느껴졌다. 나는 아버지의 눈을 직시한 채 손에 더욱 강한 힘을 주었다. 혐오스러운 그의 영혼이 결코 다시는 돌아오지 못하도록. 그 길을 완전히 잃어버리도록.

갑자기 내 손에 잡힌 목의 주인이 다른 이로 바뀌었다. 지저분하게 더럽혀진 얼굴의 남자. 쓰레기장의 알코올 중독 노숙자였다. 그가 붉은 눈을 커다랗게 뜬 채 나를 죽일 듯이 노려보았다.

"허억!"

침대에서 벌떡 몸을 일으켰다. 식은땀으로 몸은 물론 이불까지 축축해져 있었다. 내 무의식이 경고를 보내는 거였다. 위험하다는. 지금 당장 뭔가를 해야 한다는.

휴대폰을 들어 시간을 확인했다. 새벽 3시 11분. 운이 좋은 건지 운명인 건지, 작업을 하기에 적당한 시간이었다. 바로 자리에서 일어나 욕실로 향했다.

홀가분한 마음으로 가볍게 강변을 따라 걸었다. 힘을 많이 썼더니 이미 땀을 많이 흘려서 오늘은 뛰기보다는 걷기를 택했다. 부드럽게 부는 아침 바람이 살갑게 시원했다. 일을 완수했을 때의 만족감이 차오르면서 만면에 미소가 떠올랐다. 그래, 이 느낌이 좋아서 멈추지 못하는 거지.

입꼬리가 올라간 채로 아파트에 들어섰다. 쓰레기장에 모여 있는 주민 몇 사람과 김 씨의 모습이 보였다. 발걸음이 자연스레 그쪽으로 향했다. 가까워질수록 근심이 가득한 말이 귀로 흘러들었다.

"갑자기 어디로 사라졌을까요? 분명히 어젯밤까지는 여기 있는 거 봤거든요."

"인자 경찰이 찾을 거시 분명헌께, 그걸 눈치채브러가꼬 튄 거 아닐랑가요?"

"어휴, 김 씨 아저씨! 그게 아파트 경비를 담당하는 사람이 할 말이에요, 무책임하게? 그러니까 미리 잡아놨어야죠!"

깐깐하기로 유명한 102동 동대표 아줌마가 김 씨에게 삿대질까지 하며 면박을 줬다. 곁에 선 주민들 몇이 동조하듯 고개를 끄덕거리자, 김 씨는 어쩔 줄 몰라 하며 입으로 쩝쩝 소리만 냈다.

"안녕하세요, 무슨 일로 다들 모여 계세요?"

내 인사에 김 씨가 구세주라도 만난 것처럼 반색하며 다가와 물었다.

"천사 청년 왔능가! 오늘은 딴 때보다 일찍 조깅 댕겨오는 모양이네? 잘됐네, 그럼 지비가 봤을 수도 있었어. 혹시 아침에 나갈 때 노숙자 못 봤능가?"

"아, 그 사람 찾으시는 거였어요? 네, 봤어요. 짐을 싸는 것 같던데, 그새 정리하고 떠났나 보네요."

"하이고, 놓쳐브렀네! 우짠당가, 분명히 그놈이 제일 수상헌디…."

김 씨가 오른 주먹으로 왼 손바닥을 찍으며 아쉬워하자, 옆에 서 있던 여자가 침착하게 의견을 냈다. 윤진이 엄마였다.

"그래도 좀 뒤져보면 흔적 같은 거 남아 있지 않겠어요? 왜, 그 DNA라든가."

"오메, 여가 쓰레기장인디, 암만 경찰이어도 여서 어케 그걸 찾는다요?"

"저번에 우리 윤진이가 그러던데, 그 남자가 무슨 개를 죽여서 묻었다던데요? 거기엔 뭐가 좀 남아 있지 않을까요?"

윤진이 엄마의 말에 모두 고개를 끄덕이며 맞장구를 쳤다. 유전인가? 윤진이 가진 호기심의 근원이 저기였던 모양이다. 맞다, 거기에 노숙자의 DNA가 남았을 것이다. 그걸로 놈은 더욱 확실하게 범인으로 특정되겠지. 하늘이 돕는다는 게 이런 거다.

나도 모르게 입꼬리가 살짝 올라가던 찰나, 누군가 내 어깨를 건드리며 말했다.

"아이고, 미남 청년, 운동 진짜 열심히 했나 봐! 세상에, 여기 땀 흐르는 것 좀 봐."

102동 동대표 아줌마가 손등으로 내 목덜미의 땀을 훔쳤다. 움찔해서 급히 뒤로 물러섰지만, 그녀는 능글맞은 표정으로 '엄마 같은 사람이 땀 좀 닦아준 건데 웬 극성이냐'라는 듯 웃을 뿐이었다. 이럴 땐 어쩔 수 없다. 빨리 자리를 뜨는 게 상책이다. 게다가 어차피 이곳에서의 볼 일은 이미 다 끝났다.

"아하하, 네네. 오늘은 평소보다 좀 더 열심히 뛰어서요. 전 그럼 이만 씻으러 올라가 보겠습니다."

재빨리 몸을 돌려 그 자리를 벗어났다.

이제 이 아파트와도 안녕이다. 예상치 못했던 변수 때문에 계획에 없던 작업이 잇달았다. 그 바람에 1년 가까이 지켜봤던 원래의 목표를 포기해야 하는 게 아쉬웠지만, 한곳에서 세 번을 채우면 떠나기로 한 규칙을 지켜야 안전하니까. 게다가 '사람'이 아닌 '생명'으로 치면 그 숫자는 진즉 넘긴 상황이니, 더 위험해지기 전에 이곳에서 사라져야 했다.

　　지난 3일, 10여 년에 걸쳐 경기도 일대를 돌며 연쇄살인을 저지른 범인이 검거되었다.
　　어린 소녀의 실종을 수사하던 경찰이 수상한 노숙자의 행적을 확인하기 위해 유기견의 사체를 조사하던 중, 개의 치간에 남아 있던 특수 섬유 조직이 범인의 소지품에서 나온 것으로 밝혀지면서 덜미가 잡혔다.
　　범인의 첫 범행은 아버지를 사고사로 위장해 죽인 사건으로 추정되며, 현재까지 모두 열세 건의 살인을 자백한 것으로 알려졌다. 그러나 경찰은 범인이 거주했던 지역들에서 발생한 비슷한 미결 사건에 대해서도 역시 혐의가 있다고 보고 후속 조사를 진행 중이다.
　　범인의 과거 이웃 주민들은 인터뷰에서 그를 '호감이 가는 좋은 사람이었다', '친절한 청년이었다'라고 증언하거나, '첫인상부터 범죄자 같았다', '그럴 줄 알았다'라는 식의 상반된 의견을 내놓았다. 특히 전자의 증언을 한 이들은 범인이 절대 살인을 저질렀을 리 없다며, 진범을 잡지 못한 경찰이 사실을 호도하고 있다고 비판하기도 했다.
　　사실 이러한 현상은 일반적인 것으로, 범죄 심리학자들은 대부분의 사이코패스 살인자들이 자신의 범죄를 은폐하기 위해 오히려 사람들과 우호적인 관계를 쌓고 살아가며, 겉으로는 상당히 좋은 사회성과 대인관계를 위장⋯.

홍선주
2020년 〈G선상의 아리아〉로 《계간 미스터리》 신인상을 받았고 2022년 〈인 투 더 디퍼 월드〉로 고즈넉 메타버스 공모전에 당선되었다. 장편으로 《나는 연쇄살인자와 결혼했다》를 펴냈고, 단편으로 〈푸른 수염의 방〉, 〈자라지 않는 아이〉, 〈능소화가 피는 집〉, 〈비릿하고 찬란한〉 등이 있다. '어떻게?'보다는 '왜?'를 좇으며, 기억이 인간을 만들어가는 과정을 우연과 운명의 드라마로 풀어내고 있다.

로드킬

여실지

1

나는 몸부림쳤다. 온몸이 부서지는 듯한 고통에 입이 저절로 벌어졌다. 입안에 흙냄새가 나고 썩은 벌레가 씹혔다. 몸을 일으키려고 안간힘을 썼지만, 뒤틀린 팔다리는 미동도 하지 않았다. 늑골이 부러졌는지 숨 쉬기도 괴로웠다. 있는 힘을 짜내어 외마디 비명을 질렀지만, 쌕쌕거리는 바람 소리만 울렸다.

허공을 덮은 나뭇가지들은 밤하늘보다도 더 시커멨다. 숲속의 밤은 냉동고 같았다. 얼음처럼 차가운 흙바닥에 닿은 등이 타들어가는 듯 화끈거렸다. 몸이 바들바들 떨렸다. 어쩌다 이런 산기슭에서 나뒹굴게 되었는지 한참 기억을 더듬었지만, 생각이 뚝뚝 끊겨 좀처럼 이어지지 않았다. 시선 끝에 앙상한 나뭇가지가 말라비틀어진 노파의 손가락처럼 어느 한 점을 가리켰다. 나는 고개를 돌려 그 점을 바라보았다.

흰색 BMW가 굵은 나무를 박고 서 있었다. 내 차였다. BMW는 구겨진 종잇장처럼 보닛이 찌그러지고 문짝이 떨어져 나가 있었다. 나는 멍하니 바라보았다. 문짝이 떨어져 나간 자리는 마치 이가 빠진 시커먼 공동 같았다.

지우는? 지우는 어떻게 됐지?

저기, 저 안에 지우가 갇혀 있을지도 모른다. 나는 눈을 가느다랗게 뜨고 시커먼 차 안을 들여다보았다. 사람의 형체는 어디에도 보이지 않았다. 어딘가에 시신이 나뒹굴고 있을지도 모른다. 아니면 차체 밑에 깊숙이 틀어박혀 있을지도.

좀 더 자세히 들여다보려고 몸을 움직였지만 찌르는 듯한 통증에 신음만 새어 나왔다. 나는 사지가 비틀어지고 고개가 꺾인 기괴한 모습으로 누워 겨우 숨만 헐떡였다. 물리적 충격을 버티지 못하고 산산이 부서진 몸뚱이가 야속하게 느껴졌다.

아, 프러포즈.

반지를 줘야 하는데. 영원히 행복하게 해주겠다고 맹세해야 하는데.

지우는 이미 죽었을지도 모른다. 차체가 저리 박살 났으니 작고 나약한 지우의 몸도 성할 리 없다. 저 안에 파묻힌 건 지우만이 아니었다. 반지도 내 사랑도 함께 묻혔다.

눈물이 흘렀다. 죽은 연인에 대한 상실감 때문인지, 시린 밤에 홀로 맞이하는 죽음이 무서워서인지, 아니면 예측하지 못한 사고가 억울하고 분해서인지 알 수 없었다.

몸에서 빠져나간 수분이 얼어붙어 더 춥게 느껴졌다. 꼴사납게 이가 딱딱 부딪혔다. 얼굴근육마저 얼어버려 내 꼴은 한 마리의 박제된 짐승 같았다. 눈꺼풀이 무겁다. 이대로 잠들면 죽어버릴지도 모른다. 나는 심호흡했다. 하얀 입김이 검은 하늘 위로 피어오르다가 사라졌다. 나는 잠들지 않기 위해 기억을 더듬었다.

2

차 앞 유리 위로 빗물이 구불구불 흘러내렸다. 와이퍼가 물기를 걷어낼 때마다 흐릿한 시야가 깨끗해졌지만, 그때뿐이었다. 나는 와이퍼를 끄고 흘러내리는 빗줄기를 물끄러미 바라보았다. 곧 조수석 문이 열리고 육중한 덩치가 올라탔다.

"아이고, 사장님, 잘 지내셨습니까? 날이 추워야 겨울이지, 장마철도 아니고 며칠째 비가 내리니, 원."

내뱉는 숨에서 담배 냄새가 묻어났다. 나는 짧게 인사를 하고 창문을 내렸다. 맞바람에 차가운 공기가 들어왔다. 덩치는 육중한 몸을 부르르 떨었다. 짧은 환기를 마치고 난 뒤 다시 창문을 올렸다.

나는 본론부터 물었다. 덩치가 난처한 듯 품에서 사진과 자료를 꺼냈다.

사진을 받아 보는 동안 덩치는 내 반응을 살폈다.

"이게 다입니까?"

덩치는 기다렸다는 듯이 대답을 쏟아냈다.

"아, 예, 예, 그게 다입니다. 한 달 동안 따라다녀 봤지만, 나온
게 없습니다. 무슨 애들도 아니고. 집, 학교, 집, 학교, 그렇게만
돌아다니더라고요. 동호회 회식도 잘 안 가고 사람들과 적당히 잘 지내는
모양입니다. 주위 평판도 좋고요. 아! 다음 주에 배드민턴 시합이 있다고
요즘엔 매일 배드민턴장에 나가고 있습니다. 젊은 사람이라 지병도 없고
건강 상태도 무척 양호합니다. 사과 알레르기가 있다는 정도? 술도 안
마시고, 담배도 안 피우고. 아무리 학교 선생이라지만, 참 재미없게 사는
인간이더구먼요."

"만나는 친구도 없습니까?"

"아유, 없어요. 사내놈이 술도 마시고 그래야 친구가 있죠. 몇 번 여자를
만나기는 했는데, 그것도 애인 사이도 아니고 무슨 선배라고 부르더라고요.
두 시간 정도 앉아 있다가 둘이 밥도 안 먹고 헤어졌어요."

나는 사진을 찬찬히 살펴보았다.

"둘만 만났나요? 다른 사람은 없었습니까?"

"예, 예. 잠깐 키 큰 여자 하나가 왔다 갔어요. 한 번인가 두 번 정도?
왔다가 금방 가더라고요. 남녀가 둘이 만나서 뭔가 하겠지 싶어 사진도
많이 찍었는데, 그게 다입니다."

덩치는 내가 보는 사진을 힐끗 보더니 숨을 후, 하고 내뱉으며 말을
이어갔다.

"저기, 사장님, 제가 돈 받고 하는 일이라 그냥 하기는 했지만, 사장님이
생각하시는 그쪽은 아닌 것 같습니다. 거, 좋은 게 좋은 거니까 오해는
푸시고…."

나는 재킷 안주머니에서 봉투를 꺼내어 건넸다.

"돈 받고 하시는 일이니까 그냥 하던 대로 하세요."

덩치는 봉투를 받아 들더니 마지못해 입맛을 다셨다.

"사장님, 저희는 위험한 짓은 안 합니다."

"위험한 짓은 시키지도 않습니다."

"계속 따라다닙니까?"

덩치가 눈치를 보며 물었다.

"네, 계속해주세요."

덩치가 머쓱한 듯 인사를 하고 차 문을 열었다.

"아!"

내 말에 덩치는 다시 몸을 돌렸다.

"그리고 앞으로 저 만날 때는 담배는 피우지 말고 오세요.
부탁드리겠습니다."

덩치는 자기 입을 막더니 죄송하다고 말하고 자리를 나섰다.

나는 사진을 물끄러미 바라보았다. 사진 속 그녀는 커피 잔을 들고 밝게
웃고 있었다.

3

그녀는 친구가 없다. 아니, 친구가 필요 없다고, 나만 있으면 된다고 했다.
거짓말이다.

그녀는 나 몰래 친구와 어울려 다니면서 나를 기만했다. 거기다가 오늘은
중학교 동창에게 애인을 소개해주겠다며 기어코 나를 이 자리에 불러냈다.
그녀 말로는 중학교 때 같은 반이었고, 한동안 연락이 뜸했다가 최근에
우연히 다시 만나게 되었다 했다. 어릴 때 잠깐 스쳐 지나간 인연을 예비
신랑에게 소개하는 의도가 뭘까.

그녀는 거짓말쟁이다.

나와 한 처음들도 실은 처음이 아니었다. 나중에 알게 된 사실이지만,
나와 사귀는 중에도 옛 애인과 끊임없이 연락을 주고받았다. 같은 학교
교사라는 이유로 얼마나 질척대는 관계를 유지하는지 나는 알고 있다.
지금도 그녀는 달뜬 표정으로 휴대폰 화면을 바라보고 있다.

그러나 나는 그녀의 달콤한 거짓말에 속절없이 당할 수밖에 없다.
사랑이라는 게임에서 패자는 언제나 더 많이 사랑하는 쪽이니까. 만약 내가
그녀의 전부라면, 친구가 떠넘긴 고양이를 키우지도 않았겠지. 그 고양이를
준 친구 이름이…?

"안녕하세요? 이수연이에요."

어느새 중학교 동창이라는 여자가 테이블 옆에 와 있었다. 나는 인사를 하기 위해 일어섰다. 여자는 키가 크고 살집이 있었다. 지우가 서로를 소개해주고 난 뒤 우리는 자리에 앉아 처음 만난 사람들 특유의 대화를 이어갔다.

여자는 공무원 시험을 준비한다고 했다. 말이 좋아 공시생이지, 여자 나이 서른에 결혼도 안 하고 취직도 못한 공시생이면 백수나 다름없지 않나. 여자는 꼭 끼는 재킷이 불편했는지 연신 어깨를 돌리며 미간을 찡그렸다.

나는 이 여자가 마음에 안 들었다. 시큰둥한 표정도 몸에 안 맞는 재킷도, 지우의 중학교 동창이라는 관계도. 여자가 왜 남자처럼 머리를 짧게 쳤는지, 또 귀걸이는 왜 한쪽에만 하는지 도무지 이해할 수 없었다.

혹시 그쪽?

틀림없다. 살면서 만날 기회도 없고 같은 공간에서 숨 쉬는 것도 불쾌한 존재. 내 입이 더러워질까 봐 차마 입에 담지 못할 단어가 떠올랐다. 결혼을 앞두고 소개해주고 싶다는 친구가 하필 그거라니.

"키가 크시네요."

나는 웃으며 적당히 한 마디 건네고는 최고급 코스 요리를 골랐다. 어차피 맛은 모를 테니 비싼 줄만 알면 된다.

지우의 휴대폰이 울렸다. 슬쩍 내 눈치를 보는 낌새로 보아 그 남자가 틀림없다. 당장 휴대폰을 뺏어 던져버리고 싶었지만, 나는 그렇게 사납고 우악스러운 짓은 하지 않는다. 게다가 초면인 사람과의 자리에서는 예의를 지켜야 한다. 나는 교양 있는 사람이니까.

지우가 전화 받느라 자리를 비우는 동안 나는 여자에게 물었다.

"지우가 남자들한테 인기가 많나 봐요?"

"왜요? 질투하세요?"

유치한 반문에 나도 모르게 코웃음이 나왔다.

내 감정은 질투 따위가 아니다. 내 사람에 대한 책임과 사랑이다. 넘어진 연인을 일으켜 세워주는 고된 사랑이 아니라 처음부터 넘어지지 않게 돌부리를 치워주는 선제적이고 효율적인 사랑이다. 자연의 섭리 그 자체다. 남자의 사랑을 모르는 여자가 알 리 없지.

여자는 포크로 스파게티 면을 돌돌 말아 자기 입에 넣었다.

"지우가 다정다감한 성격이라 그래요. 그러니까 초등학교 교사를 하죠. 저는 어린애들 뒤치다꺼리하기 싫어서 못할 거예요."

입에 음식을 물고 우물거리며 말하는 모습에서 천박함이 느껴졌다. 나는 치밀어오르는 불쾌감을 누르기 위해 헛기침을 하고 물을 마셨다.

"왜 그러세요? 어디 안 좋으세요?"

여자가 들고 있던 숟가락과 포크를 내려놓으며 물었다.

"아닙니다. 지우를 잘 아시네요."

나는 억지웃음을 지었다. 여자가 내 눈을 빤히 바라보았다. 평범한 갈색 홍채. 한국인 대부분의 눈동자 색깔이다. 어디서나 볼 수 있는 흔한 눈동자.

여자는 입꼬리를 올리며 옅은 웃음을 내뱉었다.

"그 정도는 동네 꼬맹이도 알 거예요."

뭘 안다고. 나는 비웃으며 말없이 양상추 잎사귀를 포크로 찍었다. 지우가 미안한 듯 웃으며 돌아왔다.

"무슨 전화를 그렇게 오래 해? 조 선생?"

여자가 물었다.

그 남자다. 조민우, 28세, 청주교대 졸업, 군필, 수지 상현동 거주.

지우는 살짝 내 눈치를 보는가 싶더니 대수롭지 않은 일이라는 듯 말했다. 새로 생기는 영재학급을 맡게 되어서 조언을 구하는 내용이라고 했다. 표면적인 이유겠지.

"야수는 잘 지내지?"

"응. 잘 지내. 가끔 가출하는데 멀리는 못 나가서 꼭 잡혀들어와."

둘은 귀엽다며 웃었다. 여자들은 어처구니없는 데서 웃음을 터뜨린다. 나는 두 시간 정도 둘의 대화에 적당히 맞춰주었다.

여자는 역까지 태워다 주겠다는 제안을 거절하고 지하철역을 향해 잰걸음으로 사라졌다. 지우는 여자가 작은 점이 되어 사라질 때까지 계속 바라보았다. 나는 목에 맨 넥타이를 풀고 셔츠 윗단추를 풀었다.

"고양이를 준 게 저 친구야?"

나는 감춰두었던 불쾌감을 드러내며 물었다.

"응, 내가 얘기 안 했나?"

"쓸데없이 아는 척은…."

나는 시동을 걸며 작게 속삭였다.

"응? 뭐라고?"

"아냐."

차가 골목을 빠져나와 강변북로를 타고 달렸다.

"널 질투하는 것 같더라."

나는 말을 툭 내뱉었다.

"어? 수연이가? 걘 그런 거 안 해."

"좀 예민한 것 같기도 하고. 공시생이라서 그런가. 친구도 별로 없지?"

"왜 그런 식으로 말해? 속이 얼마나 깊은 앤데."

"그냥 내 느낌이 그래. 넌 교사고 남편 될 사람은 사업가니까, 얼마나 부럽겠어. 질투할 만하지. 화낼 것도 없어. 세상은 구별 짓고 사는 거야. 너랑 나는 이쪽, 그 친구는 저쪽."

지우가 침묵했다.

그 침묵이, 그 앙다문 입술이 미치도록 나를 달아오르게 했다. 나는 차를 세웠다. 블랙박스 전원을 뽑고 조수석을 눕혔다. 나는 벨트를 풀고 반항하는 두 손을 위로 잡아 뒷좌석 손잡이에 고정했다. 공기를 찢는 소리가 울렸다. 지우의 뺨이 발그레해졌다. 얄팍한 옷자락 속에 있던 하얀 속살이 드러나자 지우는 입술을 꽉 깨물었다.

나는 이 순간을 제일 좋아한다. 피가 입술을 적시면서 아래도 함께 젖어간다. 내 손가락이 훑고 지나는 살갗마다 솜털이 곤두섰다. 까만 눈동자가 애원하듯 나를 바라본다. 나는 왼손으로 두 눈을 가렸다. 조막만 한 얼굴이 내 손안에 덮였다. 그녀의 말캉하면서도 단단한 귓바퀴를 입으로 애무하며 속삭였다.

"사랑해."

나는 지우의 젖은 입술을 빨았다. 딸기향 립글로스에 비릿한 쇠 맛이 배어 있었다. 차체가 요란하게 흔들렸다. 나는 진동에 리듬을 맞추며 하얀 몸 안으로 파고 들어갔다.

4

짐승의 본능은 놀랍고도 신기한 면이 있다. 자기를 미워하는 사람도,
죽을 위험에 처하는 상황도 기가 막히게 알아차린다. 사람보다 낫다고나
할까.

처음에는 겁만 주려고 했다. 문을 열어두었으니 알아서 도망치겠지
싶었다. 하지만 녀석의 가냘픈 목을 잡고 보니 비틀어버리고 싶은 충동이
일어나 나도 모르게 힘이 들어갔다. 녀석은 내 손등을 할퀴었다. 그 바람에
흠칫 놀란 나는 녀석을 놓아버렸다. 손등을 보니 빨간 두 줄이 보였다. 내가
손등을 보는 동안 녀석은 현관문 밖으로 도망쳤다. 깊이 파인 상처에서
피가 흘렀다.

한참 후에 지우가 들어왔다.

"늦었네?"

"어, 같은 학교 선생님이 응급실에 실려 가는 바람에 대신 영재학급 수업
준비하고 왔어."

"응급실?"

"응. 어제 배드민턴 시합에서 나눠준 매실주스를 먹고 쇼크가 왔대. 사과
알레르기가 있는데, 매실주스에 사과 농축액이 들어간 줄 모르고 먹었다고
하더라."

"저런, 큰일이네!"

지우는 옷을 갈아입고 나서는 주위를 둘러보며 고양이를 찾았다. 가출
청소년도 아니고 뻔질나게 집을 나간다며 소란을 피웠다.

"그러니까 자꾸 도망가는 고양이를 뭐 하러 키워."

"수연이가 길에서 새끼 고양이를 주웠는데, 맡길 데가 없다고 해서 어쩔
수 없었어. 그나저나 야수를 또 어디서 찾지?"

"걱정하지 마. 알아서 들어오겠지."

나는 소파에 기대어 눈을 감았다. 훈련하면서도 텅 빈 기분이 들었다.
어두운 심연 속으로 빨려 들어간 듯 체온이 점점 떨어지고 신체 감각이
사라져갔다. 채워지지 않는 공허감에 휩싸인 기분이었다. 나는 까무룩 잠이
들었다.

손등에 촉촉한 감촉이 느껴지는 바람에 잠에서 깼다. 지우가 내 손등에 포비돈을 발라주고 있었다. 나는 발작적으로 지우의 손을 뿌리치고 목을 조른다. 검붉은 포비돈이 벽지에 튄다. 얼룩이 마치 핏자국 같다. 지우가 텅 빈 눈으로 나를 빤히 바라본다.

"깼어? 상처가 났길래…."

지우가 걱정스러운 표정으로 나를 바라보았다. 아, 저 까만 눈동자. 아무것도 비치지 않는 새카만 눈동자가 나는 좋다.

"괜찮아."

나는 지우의 허리를 잡고 내 무릎에 앉혔다. 내 입술로 지우의 목을, 쇄골을, 젖가슴을 차례로 애무하면서 몸을 밀착시켰다. 따뜻한 체온이 느껴졌다. 지우가 약병을 떨어뜨렸다. 지우의 입에서 아, 하고 짧은 감탄사가 터져 나왔다. 약병을 주우려는 듯 몸을 아래로 기울이자 나는 그녀의 양 손목을 꽉 잡고 더 끌어당겨 바닥에 눕혔다. 지우의 입술에 내 입술을 포갰다. 바닥에 검붉은 액체가 작은 웅덩이를 만들며 서서히 퍼져갔다. 세상에 우리 둘만 있는 듯, 나는 우리 사이에 아무것도 끼어들 수 없도록 하나가 되려고 애썼다. 지우는 두 눈을 질끈 감고 나를 받아들였다.

지우는 영원히 내 것이다. 나는 우리의 사랑을 기록으로 남겼다. 앞으로도 우리의 아름다운 사랑을 낱낱이 기록하고, 두고두고 간직할 것이다.

열띤 행위 뒤에 갈증이 찾아왔다. 나는 냉장고를 열어 생수를 꺼내 병째로 벌컥벌컥 마셨다. 냉기에 살갗이 식자 어떤 생각이 불현듯 떠올랐다. 침대 쪽을 돌아보니 지우가 곤히 잠들어 있었다. 나는 옷을 입었다. 생수병을 하나 챙겨 들고는 잠든 지우를 뒤로하고 나왔다.

쌀쌀한 새벽 공기에 정신이 맑아졌다. 예감이 좋다. 녀석을 찾는 일은 참 쉬웠다. 녀석은 아파트 복도 끝에 몸을 웅크리고 있었다. 어린 몸으로는 밋밋한 시멘트벽을 타고 올라 도망치기에 역부족이었던 모양이다.

나도 모르게 웃음이 비어져 나왔다. 묘한 설렘. 그것은 새로운 장난감이 생긴 듯한 흥분과 비슷한 느낌이었다. 나는 생수병 뚜껑을 돌려 땄다. 한 손으로 짐승 어미처럼 녀석의 뒷덜미를 붙잡고 생수를 부었다. 녀석이

성수를 맞은 악마처럼 버둥거리자 물방울이 여기저기 튀었다. 나는 물을 다 쏟아붓고 나서 녀석을 난간 밖으로 떨어뜨렸다. 손수건을 꺼내 손의 물기를 닦으며 주차장으로 향했다.

오랜만에 상쾌한 아침이었다.

5

며칠째 미열이 계속되었다. 목덜미가 뻣뻣하고 머리까지 지끈거렸다. 목덜미를 주무르다 혹 같은 작은 알갱이가 만져졌다. 염증이 생긴 건지 림프샘이 부은 건지, 불쾌한 뭔가가 거슬렸다. 병원에 갔더니 무슨 박테리아에 감염된 것 같다고 항생제를 처방해주었다.

아, 그날….

고양이가 할퀸 상처가 떠올랐다. 동물은 온갖 더러운 병원체의 온상이다. 그래서 고양이를 키우지 말라고 했건만.

지우의 입에서 헤어지자는 소리가 나왔다. 결혼 준비하느라 지쳐서 그러냐고, 나는 기분 전환 삼아 주말에 강원도 여행을 가자고 했다. 거래처 사장과 골프 약속도 취소하고 고급 펜션을 예약했다. 1캐럿 다이아몬드 반지도 사서 조수석 글러브박스에 넣어두었다. 미뤄두었던 프러포즈도 할 계획이다.

지우는 헤어져달라고 울며 매달렸다. 지우를 뿌리치며 뭐가 문제냐고 소리쳤다. 지우는 말도 안 되는 이유를 늘어놓으며 이별을 구걸했다. 내 말만 잘 들으면 된다고 얘기했지만, 감정이 격해진 지우는 말귀를 알아듣지 못했다. 지우는 좋은 여자지만, 나를 괴물로 만든다.

나는 배려심이 많은 사람이다. 얼굴은 때리지 않는다. 지우는 학교 선생님이니까. 학생들 앞에 서는 그녀의 입장도 생각해주어야 한다.

약을 먹어도 미열과 두통이 여전했지만, 나는 지우의 아파트로 향했다.
지우를 달래주고 주말여행 준비도 같이할 계획이다. 아파트 복도를
지나면서 난간 아래로 고개를 내밀어보았다. 녀석이 떨어진 자리다. 12층
높이. 떨어지면 사람은 대부분 죽는다.

고양이는 목숨이 아홉 개라지. 다시 만나면 반가우려나.

나는 피식 웃고는 지우네 현관으로 향했다.

도어록을 열고 들어갔더니 불청객이 와 있었다. 그 여자였다. 식탁
의자에 앉아 있던 여자는 나의 등장에 놀랐는지 주춤거리며 일어섰다.
하지만 곧 자기 집인 양 자연스럽게 행동했다. 오히려 어색한 쪽은 나였다.
나는 내 몸에 이물질이 들어온 듯한 위화감이 들었다. 여자는 지우가 좀
전에 잠들었다며 많이 힘들어한다고 얘기했다.

쓸데없이 참견하긴. 아들러가 그랬다지. 돌보기 좋아하는 사람은 상대를
의존하게 해서 자신이 중요한 인물임을 실감하고 싶은 거라고. 나는 와줘서
고맙다고 말했다.

"제가 있으니, 친구분은 이제 가셔도 됩니다."

"수연이에요. 친구분이 아니고, 이수연."

존재감을 확실히 드러내시겠다?

이수연은 매일 지우를 찾아와 나와 헤어지라고 부추기는 모양이다.
백수나 다름없으니 시간이 남아돌겠지. 벌레를 겨우 떼어놨더니 이제는
거머리가 들러붙은 셈이었다. 조민우는 아나필락시스 쇼크로 입원했지만,
장시간 기도 폐쇄로 중환자 신세가 되었다.

"네, 수연 씨. 고마웠어요. 들어가 보세요."

이수연은 집에 갈 생각은 하지 않고 전기포트에 물을 담아 전원을 켰다.
익숙한 듯 찬장에서 커피믹스를 꺼내고 머그잔도 두 개 꺼냈다. 오늘 아침
청소 아주머니가 아파트 입구 화단에서 얼어 죽은 야수를 발견했다는
이야기도 늘어놓았다. 죽은 지 며칠 지난 것 같다며, 누가 일부러 물을
뿌렸는지 얼음조각이 군데군데 박혀 있었다고 했다. 나는 잠자코 듣기만
했다.

"누가 그랬을까요?"

이수연이 나를 빤히 쳐다보았다.

"글쎄요, 누가 그랬는지, 참."

"어떤 미친놈이 그랬는지 참 잔인하죠?"

도발하는 눈이다.

"수연 씨는 그 미친놈이 저라는 겁니까?"

이수연이 손에 든 커피믹스 봉지를 꽉 쥐었다. 반응을 떠보려고 던진
말이 되돌아올 줄은 몰랐던 모양이다. 체격에 맞지 않게 손이 살짝 떨렸다.
감정을 먼저 드러내서 초조한 모양이었다.

재미있네, 이 여자. 아니, 이수연.

나는 식탁 의자를 빼고 앉아 이수연을 찬찬히 훑어보았다. 찬장 위로
올라온 머리 높이로 보아 키는 168센티미터 정도, 나보다 10센티미터 정도
작다. 팔뚝과 둔부의 살집으로 보아, 체중은 65킬로그램 정도. 어쩌면 더
나갈지도 모르겠다.

"고양이가 죽은 일은 저도 안타깝습니다. 좋든 싫든, 제 아내가 될 사람이
아끼고 사랑했던 동물이니까요. 하지만 수연 씨는 고양이를 못 키우겠다고
지우에게 떠넘기지 않았습니까? 고양이가 죽은 원인을 저에게 돌릴 만한
자격이 있는지 모르겠군요."

이수연은 아무런 대꾸도 하지 못했다. 어차피 제3자는 옆에서 훈수나
두고 감정 소모만 할 뿐이다. 책임도 없고 책임질 수도 없지만, 정작
결정적인 순간에는 책임을 회피하는 사람들이니까.

"친구와 결혼할 사람한테 무례하신 건 아닌지, 자기 행동을
돌아보셔야겠습니다. 지우는 제가 잘 챙기겠습니다. 그만 돌아가시죠."

나는 손을 들어 정중히 문을 가리켰다. 이수연은 말문이 막힌 듯 입을
벌린 채 나를 노려보았다.

"오빠가 죽였잖아!"

앙칼진 목소리의 주인공은 지우였다. 어느새 내 뒤에 지우가 나타나
서 있었다. 나는 조금 놀랐다. 지우는 저렇게 천박하게 소리 지를 수
있는 여자가 아니었다. 이수연에게서 물든 게 틀림없다. 나는 이맛살을
찌푸렸다.

"지우야…."

"오빠가 냉장고에 있던 생수를 갖고 나가서 뿌렸잖아!"

"지우야, 진정해. 그 얘기는 수연 씨 집에 가고 나서 하자."

"싫어! 조 선생이 그렇게 된 것도 오빠 짓이지?"

나는 짐짓 놀라 이수연 쪽을 힐끔 바라보았다. 이수연이 슬그머니 손을 뒤로 감추었다. 뭔가가 있다. 나는 어이없다는 듯 웃으며 지우를 바라보았다.

"조 선생이 누군데?"

지우가 미친 듯이 소리 지르며 달려들었다. 나는 반사적으로 지우의 목을 움켜잡았다. 지우의 가느다란 목이 한 손에 들어왔다. 컥컥 소리를 내며 뒷걸음치는 지우를 밀쳐 넘어뜨린 다음 이수연 쪽을 쳐다보았다. 이수연이 휴대폰 카메라로 나를 찍고 있었다. 내가 이수연에게 달려들자 이수연은 잽싸게 피하더니 식탁 뒤쪽으로 가면서 전화 통화를 시도했다.

"여보세요? 경찰이죠? 여기….."

나는 이수연이 싱크대 위에 꺼내둔 머그잔으로 그녀의 머리를 내리쳤다. 잔이 깨지는 소리와 함께 지우가 날카로운 비명을 질렀다. 이수연은 그대로 푹 고꾸라졌다. 지우는 이수연의 이름을 부르며 기어갔다. 지우가 이수연을 끌어안으며 정신 차리라고 외치는 동안 나는 이수연의 휴대폰을 빼앗아 식탁 모서리에 내리쳤다. 액정이 깨지고 깨진 조각이 이리저리 튀었다. 지우는 이수연을 끌어안은 채 나를 쳐다보았다. 땀과 눈물에 젖은 얼굴이 너저분해졌다.

"가자, 지우야."

나는 뒷좌석에 이수연을 실었다. 역시 예상보다 무게가 더 나갔다. 나는 가쁜 숨을 들이마셨다가 내쉬었다. 지우는 눈물을 줄줄 흘리며 덜덜 떨었다. 나는 지우를 꽉 끌어안았다. 작은 몸이 품 안에 들어왔다. 지우가 버둥거리며 나를 밀쳐냈지만, 나는 더 꽉 끌어안았다. 어린아이 달래듯 쉬쉬 소리를 내며 지우를 조수석으로 밀어 넣었다. 안전띠를 채우고 꽉 조여 고정한 다음 지우의 턱을 잡고 입술을 포갰다. 터진 입술에서 피가 나왔다. 내 피인지 지우의 피인지 알 수 없었지만, 그건 중요하지 않았다. 나는 두 손으로 지우의 얼굴을 감쌌다. 지우의 젖은 눈이 경멸하듯 나를 바라보았다. 지우가 고개를 빼려고 힘을 주자 나는 더욱더 세게 움켜쥐고

머리 받침대에 머리를 짓이겼다. 몇 번 버둥대던 지우는 힘이 빠졌는지
고분고분해졌다. 나는 다정하게 젖은 머리칼을 넘겨주었다.

"그러니까, 너는 나한테 헤어지자고 하면 안 돼."

7

내 차는 숲이 우거진 오솔길을 달렸다. 인적이 드물고 한적한 산간
도로였다. 잎이 다 떨어졌지만, 우거진 나뭇가지가 둥글게 맞닿아 마치
터널을 지나는 기분이었다.

"결혼 준비하느라 힘든 거 알아. 그래서 기분 전환 겸 강원도에 가려고.
내일 베트남 쪽 거래처 사장과 골프 약속이 있었지만, 그것도 취소하고
가는 거야. 널 위해서."

그동안 미뤄두었던 프러포즈도 할 계획이지만, 이 얘기는 하지 않았다.
아껴뒀다가 깜짝 놀라게 할 생각이다. 지우는 창밖만 바라보았다. 차창
밖으로 펼쳐지는 풍경을 보면서 기분이 나아지는 듯 보였다.

나는 슬쩍 뒷좌석을 곁눈질했다. 축 늘어진 몸뚱이가 묵직해 보였다.
예상치 못한 일이지만, 어떻게든 이수연을 처리해야 한다. 차라리
잘된 일인지도 모르겠다. 거머리 같은 이수연도 눈엣가시였으니까.
도착하기 전에 적당한 장소에 묻어버릴까. 산 채로 묻어도 괜찮겠지만,
그전에 숨통을 끊어줘야 덜 괴롭겠다는 생각이 들었다. 미리 죽이는 건
싫다. 부패가 시작되면 냄새가 나니까. 귀찮은데 어디 벼랑 같은 데서
떨어뜨릴까. 머리가 지끈거린다. 석연치 않지만, 당분간은 고요하고
평화로운 여정에 집중하기로 마음먹었다.

하지만 평화는 곧 깨지고 말았다. 느닷없이 나타난 청설모 때문이었다.

그 회색 물체는 도로 전방 나무 기둥에 붙어 있었다. 먼저 발견한 사람은
지우였다. 지우는 그런 걸 잘도 알아챘다.

녀석은 나무에서 쪼르르 내려와 잠시 갈팡질팡하더니 도로로
뛰어들었다. 길을 건너는 녀석의 속도와 내 차의 속도가 절묘하게
맞아떨어져 한 점에서 만난 것이다. 작은 두개골이 팍, 하고 터지는 소리가
녀석의 외마디 비명처럼 울렸다. 지우에게서 숨이 턱 막힌 듯한 신음이

새어 나왔다. 내 차는 속도를 늦추지도 않고 그대로 가던 길을 달려갔다.

순식간에 벌어진 일이었다.

흑백영화처럼 주위가 온통 회색빛으로 변해버렸다. 마치 뒤통수에 눈이 달린 듯 지나온 길을 훑고 지나자 도로 위에 뭉개진 작은 회색 털 뭉치가 보였다. 조그만 핏자국이 검은 아스팔트 위에 번지고 나는 둔기로 뒤통수를 맞은 듯 아찔했다.

뭉개진 청설모는 어느새 노란 줄무늬고양이로 바뀌었다. 내가 보는 모습이 전방인지, 후방인지, 아니면 또 다른 시공간인지 알 수 없었다. 까마귀가 날아와 고양이 사체를 쪼아 먹고 날아가 버리고 날벌레들과 하얀 구더기가 득실댔다. 날이 어두워졌다가 밝아지고, 별이 떴다가 사라졌다. 몸에 전기가 흐르듯 온몸에 전율이 흘렀다. 모든 무대 조명이 꺼진 듯 사방이 컴컴해졌다가 눈앞이 밝아졌다. 이 모든 일이 매우 짧은 시간에 일어났다가 사라졌다.

흐느끼는 소리가 귓가에 계속 맴돌았다. 정신이 든 나는 소리가 난 쪽을 바라보았다. 지우가 겁에 질린 듯 커다란 눈망울로 나를 바라보았다.

오늘 참 다양한 표정을 보여주는군.

계속되는 미열에 시야가 좁아진 탓인지 지우 주위에 검은 갈무리가 번져 보였다. 반짝이지 않는 까만 눈동자가 나를 닮았다. 섬뜩한 기분이 들었다. 나는 주먹을 날렸다. 얼굴은 때리지 않는다는 주의지만, 어쩔 수 없었다. 소리가 멈추자 나는 차를 갓길에 세웠다. 타이어에 묻은 핏자국을 확인하고 나자 저절로 눈살이 찌푸려졌다.

나는 조수석 문을 열었다.

"운전해."

지우가 말없이 내려 운전석으로 갔다.

지우가 운전하는 동안 나는 조수석 좌석을 뒤로 젖혔다. 잠시 눈을 붙일 생각이었다. 좌석 뒤에 이수연의 발이 걸렸다. 나는 혀를 찼다.

쓸데없이 키가 커서는….

나는 손을 뻗어 좌석 밑으로 이수연의 발을 떨어뜨렸다. 좌석을 뒤로 젖히고 눕자 안전띠가 조여들었다. 안전띠를 풀어 길이를 늘여보려 했지만, 지우의 체구에 맞춰졌는지 잘 늘어나지 않았다.

그때 갑자기 지우가 핸들을 틀었다. 목을 삐끗한 듯 통증이 밀려왔다.

지우는 울먹거리며 전방에 죽은 고양이 사체가 보여 피해 가느라
그랬다고 말했다. 나는 몸을 세우고 앉아 버럭 소리를 질렀다. 어차피
피떡이 된 타이어인데 뭐 하러 피해 가냐고 윽박질렀다. 그건 나답지 않은
행동이었다. 타이어가 더러워지는 것은 나도 싫다.

"눈을 뜨라고!"

운전할 때는 앞을 똑바로 보라며 다그쳤지만, 지우는 바보처럼 울기만
했다.

그리고 나서 몇 분 뒤, 나는 차 밖으로 튕겨 나갔다.

8

톡톡 두드리는 진동에 정신이 들었다. 날이 밝아졌지만, 숲은 아직
어두웠다. 피비린내와 날짐승의 배설물 냄새가 진동했다. 까마귀 너덧
마리가 내 팔에 달라붙어 살점을 쪼아 먹고 있었다. 나는 소스라치게 놀라
소리를 지르며 고개를 좌우로 휘저었지만, 마음만 앞설 뿐 미동도 할 수
없었다.

마치 길 한복판에서 죽은 동물 사체에 날아든 파리 떼처럼, 녀석들은
내 피 냄새를 맡고 몰려들었다. 녀석들의 수는 점점 늘어갔다. 녀석들은
시커먼 날개를 펼치고 내 몸뚱이 위를 빙빙 돌며 거리낌 없이 날아다녔다.
그중 식탐이 있는 몇몇은 주위에도 아랑곳하지 않고 뼈가 드러난 붉은
살점을 연신 뜯어먹었다.

기억났다.

도로 한복판에 죽은 고양이 사체를 피하다가 나무를 들이받고
낭떠러지로 떨어진 것이다. 빌어먹을 고양이 때문에. 내가 왜 핸들을
틀었을까. 어차피 타이어는 더러워졌을 텐데, 괜한 짓을 했다.

아아, 아니지….

운전은 지우가 했지. 그리고 이수연이…, 뒷좌석에 있던 이수연이 나를
덮친 다음 조수석 문을 열어 밀어버렸다. 나는 산비탈 아래로 굴러떨어지고
차는 저 나무를 박은 것이다.

이수연의 숨통을 미리 끊어놨어야 했다. 부패한 냄새가 얼마나 난다고,

어차피 다 죽을 텐데. 회한이 사무친 탄식에 나는 입이 절로 벌어졌다.

저벅저벅.

어디선가 발걸음 소리가 났다. 사람인지 짐승인지 알 수 없는 소리였다.

푸드덕, 날갯짓 소리와 동시에 짐승들이 흩어졌다.

저벅, 저벅, 저벅, 저벅.

엇박자로 들리는 발걸음 소리가 점점 가까워졌다.

하나가 아니다.

발걸음 소리에 고개를 돌리려 했지만, 이제는 고개도 돌아가지 않았다.

'살려주세요! 사람 살려요!'

목소리도 입안에서만 맴돌았다. 내 옆에 섰는지 인기척이 느껴졌다.

"죽었네."

"응."

귀에 익은 여자 목소리였다.

"가자."

"잠깐만."

여자 하나가 자기 얼굴을 내 얼굴 가까이에 바싹 들이밀었다. 그녀의
눈과 내 눈이 마주쳤다. 깊이를 알 수 없는 까만 눈동자. 텅 빈 동굴 같은
까만 눈동자에 내 얼굴이 비쳤다. 턱이 벌어진 채 동공이 열려 있는
모습이었다.

여실지
2022년 《계간 미스터리》 여름호에 〈호모 겔리두스〉로 신인상을 받으며 등단했다. SF, 미스터리, 스릴
러, 호러 장르를 넘나들며 재미와 의미를 담는 작품을 쓰고자 한다.

타임캡슐

홍정기

1

인천지법 형사15부(박창현 부장판사)는 방화치사 및 존속살해 혐의로 기소된
견○○ 씨(18세)에게 징역 25년을 선고했다. 앞서 견 씨는 지난 1월 10일 인천
부평구에 위치한 다세대 주택에서 술에 취해 잠든 아버지 B씨(55세)를 두고
방에 불을 질러 숨지게 한 혐의와 불이 건물에 번져 위층에서 잠을 자던 모자
C씨(33세)와 D군(10세)을 숨지게 한 혐의로 재판에 넘겨졌다.

그녀는 사건 당일 "주방에서 불이 치솟았다"라며 119에 신고했으며, 화재
발생 뒤 조사에 나선 경찰은 견 씨의 손에 묻은 인화성 물질과 인근 슈퍼에서
인화성 물질을 구매하는 폐쇄회로를 포착, 심문을 통해 범행 일체를
자백받았다. 경찰은 평소 학대를 일삼는 아버지 B씨의 폭력을 이기지 못한
견 씨가 충동적으로 불을 질렀다고 전했다.

매일 아침 루틴처럼 현관 앞에 놓인 조간신문을 펼친 나는 신문에 박힌
이름 석 자에 온몸이 감전된 것처럼 소름이 돋았다.

설마 하는 생각으로 대수롭지 않게 넘기려 했지만, 목구멍 안쪽에 생선
가시가 걸린 듯 쉴 틈 없이 신경을 자극했다. 과연 우연의 일치일까. 견 씨가
한국에서 매우 희소한 성씨이기 때문만은 아니었다. 지금껏 애써 무시했던
의혹이 이 기사를 읽는 순간 다시금 깨어났기 때문이다.

의심을 잠재울 방법은 하나밖에 없었다. 직접 확인해보는 수밖에….

이른 아침부터 어딜 가냐는 엄마의 물음에 대충 얼버무리고 자전거에

몸을 실었다. 요란하게 울리는 휴대폰을 무시하고 유년 시절에 살았던
아파트를 향해 자전거 페달을 밟았다.

어스름했던 거리는 떠오른 태양 아래 환하게 밝아 있었다.

나는 자전거를 아무렇게나 내팽개치고 뒷산으로 뛰어 올라갔다.
숨을 할딱이며 구릉지 소나무에 도착하니 그새 중천에 뜬 해가 따갑게
내리쬐었다.

옷소매로 이마에 흥건한 땀을 닦아냈다. 귀가 따갑도록 귀뚜라미가
울어대는 산속에서 준비해간 삽을 땅에 힘껏 꽂았다.

여러 차례 삽질하고 나니 삽 끝에 딱딱한 무언가가 닿는 느낌이 들었다.
그제야 어릴 적 기억이 틀리지 않았음을 깨달았다. 자신감이 붙은 삽은
더욱 힘차게 땅을 파냈다. 마침내 땅속에 묻혀 있던 것이 드러났다.

맞았다. 기억은 정확했다.

나는 삽을 집어던지고 냅다 엎드려 주변의 흙을 손으로 훑어냈다. 그리고
조심스레 플라스틱 용기를 들어 올렸다.

"하아…."

플라스틱 안에 가득한 내용물을 보니 이제껏 잊고 있던 감정이 북받쳐
올라왔다. 추억과 걱정이 뒤얽힌 복잡한 심경에 나도 모르게 한숨이 새어
나왔다.

2

"준비는 다 했어?"

은기의 물음에 나는 어깨를 으쓱하고 손에 든 모종삽을 들어 보였다.

"물론이지."

"오케이, 좋아. 가보자고."

나는 경쾌하게 앞장서는 은기를 뒤쫓았다.

한도아파트 1층에서 만난 우리는 서둘러 어두컴컴한 복도를 지나 정문
밖으로 향했다. 정문을 나서자마자 4월의 따사로운 햇살이 우리를 감쌌다.
눈부신 햇빛에 한껏 눈을 찡그린 나는 가슴이 두근대기 시작했다.

이게 뭐라고. 머릿속엔 벌써 수년 뒤의 내 모습이 그려지는 것 같았다.

발단은 며칠 전이었다.

우리 집에 놀러 온 은기가 제집인 양 소파에 앉아 리모컨을 만지작거릴 때였다.

"충호."

"응. 왜?"

"우리도 해보자."

"뭘?"

"저거."

딴생각에 잠겨 있던 내가 고개를 돌리자 은기가 TV를 손가락으로 가리키고 있었다. TV에서는 철 지난 한국 영화가 방영 중이었다.

"대체 뭔데 그래?"

중얼거리며 화면을 보니 웬 남녀가 언덕 위 커다란 소나무 아래서 뭔가를 열심히 파묻고 있었다. 파묻은 자리에 손으로 돌무더기를 쌓는 장면을 보고 나서 되물었다.

"뭘 파묻는 건데. 시체?"

자칭 '명탐정 코난' 은기는 어이없다는 표정으로 나를 쳐다보더니 입을 열었다.

"시체를 저렇게 아기자기하게 파묻겠냐."

하긴 둘 사이는 커플로 보였고 돌무더기에 온갖 정성을 들이는 모습이었다.

"그럼… 설마 아기?"

"이런, 미친…."

나는 은기의 입에서 욕설이 튀어나오기 전에 먼저 선수 쳤다.

"큭큭. 농담이야. 농담! 이딴 오래된 영화는 언제부터 보고 있던 거야. 참나. 딴생각하느라 못 봤어. 그냥 알려줘."

은기가 한껏 진지한 표정으로 말했다.

"타임캡슐."

"타임캡슐?"

어디선가 들어본 적이 있는 말이었다. 머릿속으로 되뇌자 불현듯 떠오르는 것이 있었다.

"아! 미래의 나에게 전하고 싶은 물건과 편지를 땅속에 파묻는 거?"

그제야 은기가 만족스러운 얼굴로 고개를 끄덕였다.

"맞아. 재미있을 것 같지 않아? 우리도 해보자."

은기의 눈이 반짝였다.

매일 사람 죽이는 미스터리만 보는 녀석인데 이럴 때면 영락없이
순진무구한 초딩이다. 저 기대 가득한 표정. 거부해야 소용없다는 걸 잘
알고 있었다. 나는 쓴웃음을 지으며 억지로 고개를 주억거렸다.

기다리던 토요일.

은기는 부리나케 아침을 먹고 우리 집으로 찾아왔다. 녀석의 배낭이
불룩하게 솟아 있었다. 온라인 쇼핑몰에서 영화에 나왔던 것과 같은 모양의
달걀형 캡슐을 구매했단다. 달걀형 캡슐이라지만 모양만 달걀이지, 크기는
타조 알보다도 컸다.

타임캡슐을 묻을 장소도 이미 정해두었다. 작년 여름 은기가 연쇄 고양이
살인마 경비 아저씨에게 죽을 뻔했던 그곳.

아파트 뒷산 구릉지에 있는 커다란 소나무 아래였다.

은기를 따라 아파트 1층 출입구를 나서자 햇빛이 쏟아져 들어와 시야가
온통 하얗게 변했다. 서서히 눈이 익숙해지자 아파트 입구에 우두커니 서
있는 은기가 보였다. 은기의 시선을 따라가자 입구 가까이에 주차된 파란색
용달차가 눈에 들어왔다. 장롱과 서랍장 몇 개. 그리고 단출한 살림살이가
그물망으로 고정돼 있었다.

누가 이사 왔나.

용달차 머플러에서 새어 나오던 검은 연기가 멎었다. 이어서 운전석 문이
열리고 국방색 탱크톱을 입은 우락부락한 아저씨가 내렸다. 아직 4월이라
쌀쌀한데 아저씨는 벌써 한여름이었다. 탱크톱 아저씨가 짐칸 고리에
묶인 그물망 매듭을 푸는 사이 조수석 문이 열리고 지팡이를 짚은 머리가
희끗희끗한 노인과 양 갈래로 머리를 땋은 소녀가 차례로 내렸다.

멈춰 선 은기의 얼굴을 슬쩍 봤다. 은기의 시선이 소녀에게 고정돼
있었다.

"왜? 아는 애야?"

"아, 아니. 그냥. 누굴 좀 닮은 거 같아서."

"누구?"

내 물음에 잠시 머뭇거리던 은기가 답했다.

"전지현."

"픕!" 나도 모르게 웃음이 터져 나왔다. "너 아직도 〈엽기적인 그녀〉에서 못 빠져나오고 있는 거냐?"

아무 말 못하는 녀석의 볼이 발그레 물들었다.

녀석은 언제나 이랬다. 생각지도 못한 것에 꽂혔고 한번 꽂히면 무조건 직진이었다. 우연히 채널을 돌리다 얻어걸린 철 지난 영화 〈엽기적인 그녀〉속 장면에 꽂혀 타임캡슐을 묻자고 하더니, 이번엔 막 이사 온 소녀가 영화 속 주인공인 전지현과 닮았다고?

나도 모르게 하늘을 보며 손바닥으로 이마를 짚었다.

아, 벌써 피곤해지는 건 왜일까.

"안녕."

예상치 못한 목소리에 깜짝 놀라 앞을 보니 전지현을 닮았다는 소녀가 서 있었다. 은기가 대놓고 쏘아대는 강렬한 시선을 의식한 것이리라.

은기가 어색하게 손을 흔들었다.

"아, 안녕."

엉겁결에 나도 따라 인사했다.

가까이서 본 소녀는 솔직히 전지현과는 거리가 있어 보였다. 역시 영화에 눈이 뒤집힌 은기만의 착각이었다. 물론 예쁘지 않은 건 아니었다. 호기심 가득한 눈으로 우리를 바라보는 소녀는 특유의 생기발랄함이 얼굴에 가득 서려 있었다. 오밀조밀한 이목구비에 커다란 눈망울과 새하얀 치아. 나도 모르게 침을 꼴깍 삼켰다.

"그게 뭐야? 어디 가?"

"이, 이거. 삽이야, 삽."

손에 든 삽으로 허공에다 땅 파는 시늉을 했다. 뭐지? 내가 왜 이렇게 오버하는 거야? 현타가 오는 것 같았다. 때마침 은기가 말을 보탰다.

"뒷산에 타임캡슐 묻으러 가는 길이야. 오늘 이사 온 거야?"

소녀가 고개를 끄덕이며 말했다.

"응. 난 열한 살, 이레. 너네는?"

"우리도 열한 살. 난 충호, 이쪽은 은기야."

"반가워. 근데 타임캡슐이 뭐야?"

이레의 물음에 은기가 설명하기 시작했다. 이레의 눈이 호기심으로 반짝거렸다. 귀를 기울이는 이레에게 내가 슬쩍 물었다.

"괜찮다면 우리랑 같이 갈래?"

"정말? 그래도 돼?"

1초의 망설임도 없이 이레가 반겨 물었다. 나와 은기는 힘차게 고개를 끄덕였다.

"뭐 캡슐에 아직 공간이 있으니까 네 물건까지는 충분할 거야."

은기의 말에 내가 덧붙였다.

"스무 살 성인이 되는 날 꺼낼 거야. 캡슐에 담을 의미 있는 물건을 가져와. 우린 미리 준비해왔어."

"그래? 알았어. 조금만 기다려봐."

이레는 몸을 돌려 후다닥 용달차로 뛰어갔다. 씨름 선수 뺨치는 덩치의 아저씨 둘이 서랍장 양 끝을 잡아 내리고 있었다. 아저씨들과 마찬가지로 인상이 험상궂은, 머리가 희끗희끗한 할아버지는 주차장 맞은편 의자에 앉아 먼 산을 바라보고 있었다.

잠시 후 용달차에 실린 짐을 뒤적거리던 이레가 양 갈래 머리칼을 휘날리며 우리 쪽으로 달려왔다.

"헉헉. 가져왔어."

이레의 손에 길쭉한 오레오 화이트쿠키 상자가 들려 있었다.

설마 과자를 넣은 건 아닐 테고. 상자 안에 무엇이 들었는지 궁금했지만, 캡슐을 다시 여는 날 공개하기로 했으니 스무 살이 되는 날까지는 참아야만 했다.

"그럼 가볼까?"

은기가 전장을 향해 돌격 명령을 내리는 장군처럼 뒷산을 향해 손가락을 치켜들었다. 앞장서는 은기를 따라 아파트 뒷문으로 향했다.

내가 용달차 옆을 지나가던 찰나였다.

마침 용달차 짐칸에 걸터앉아 담배를 피우고 있던 탱크톱 아저씨가 나를 빤히 쳐다봤다. 매서운 눈빛에 소름이 쭈뼛 돋았다. 눈길을 피하려 했지만, 정면으로 눈이 마주쳐 움찔했다. 서둘러 시선을 아래로 내리자 담배를 쥔 팔뚝이 보였다. 볕에 탄 팔에 단단한 근육이 박혀 있었고 세로로 뻗은 힘줄이 불거져 있었다.

"어디 가는데?"

살짝 가래가 끓는 걸쭉한 목소리. 순간 발이 땅바닥에 달라붙었다.

뭐, 뭐라고? 왜 내게 그런 걸 묻는 거지.

심장이 방망이질 쳤다. 혼란스러운 상태에서 입을 떼려던 찰나, 등
뒤에서 들리는 목소리에 순간적으로 고개를 돌렸다.

"친구들이랑 놀다 올게, 아빠."

정신이 아득해졌다. 아… 아빠라고? 저 덩치가?

그제야 상황이 이해됐다. 아저씨는 나를 노려본 것이 아니었다. 내
뒤를 따르던 이레를 쳐다본 것이었다. 저 이글거리는 눈이 딸을 바라보는
눈빛이었다니.

"할아버지 혼자 계시니까, 금방 다녀와라."

한마디를 내뱉은 아저씨는 이야기가 끝났다는 듯 코를 길게
들이마시더니 길바닥에 퉤 하고 뱉었다.

고개를 끄덕이는 이레의 표정이 잠시 굳었다 풀어지는 것 같았다. 서둘러
발걸음을 재촉해 용달차에서, 아니 아저씨에게서 멀어진 우리는 아파트와
뒷산을 경계 짓는 철문을 지났다. 뒷산으로 통하는 탁 트인 흙길에는
겨우내 꽁꽁 얼었던 땅에 무르고 푸르른 새싹들이 올라오고 있었다.

"아버지 운동하셔?"

내가 조심스럽게 묻자 이레가 대수롭지 않게 대답했다.

"아니, 건설 노동자야. 건설 현장이 있는 곳이면 어디든 가서 한 달이고
두 달이고 공사가 끝날 때까지 일하다가 와."

"아, 그렇구나."

내가 고개를 끄덕이자 이레가 다시 입을 열었다.

"함께 짐을 나르던 아저씨는 아빠랑 같이 일하는 친한 삼촌이야."

그때 은기가 눈치 없이 끼어들었다.

"엄마는?"

"엄마는 내가 아주 어릴 때 집을 나갔대."

역시 대수롭지 않은 듯한 이레의 말에 나는 아무 말도 할 수가 없었다.
은기도 급히 할 말을 찾는 것 같았다. 우리의 난처한 표정을 본 이레가
덧붙였다.

"괜찮아. 하도 어릴 때라 엄마에 대한 기억도 없어. 근데 아직 멀었어?"

"조, 조금만 더 가면 돼. 한 15분 정도?"

옆에 있는 은기도 빠르게 고개를 끄덕였다.

구름 한 점 없는 하늘은 눈부시게 푸르렀다. 그 하늘에 닿을 듯 가지를
뻗은 커다란 소나무 아래 우리는 쪼그려 앉아 있었다.

땀을 뻘뻘 흘리며 힘겹게 판 구덩이에 나와 은기는 노란색 타임캡슐을
조심스레 내려놓았다. 캡슐은 자로 잰 듯 정확하게 구덩이에 들어맞았다.
갭슐 안에는 이레의 과자 상자를 포함해 세 개의 상자가 들어 있었다.
각각의 상자 안에는 미래의 자신에게 보내는 소중한 물건과 편지를 담았다.

"자, 이제 묻는다."

소매로 이마의 땀을 훔치며 내가 묻자 흙투성이의 은기와 이레가
의미심장한 눈빛을 보냈다.

동의의 의미로 이해한 내가 가장 먼저 삽으로 흙을 떠 구덩이에 던졌다.
플라스틱 타임캡슐에 흙이 떨어져 후드득 소리가 났다. 이어서 은기와
이레가 돌아가며 흙을 떠서 던졌다. 분위기는 사뭇 엄숙했다. 외국 영화 속
조직 보스의 장례식 장면이 연상됐다.

흙으로 덮고 발로 단단하게 땅을 고르고 나서야 의식이 끝났다. 그제야
우리의 표정이 풀어지고 미소를 띨 수 있었다.

"스무 살에 함께 꺼낸다고 했지?"

이레가 재차 확인하듯 내 어깨를 잡고 묻기에 나는 그렇다고 답했다.

미소를 머금은 이레는 스무 살의 그날을 상상하는 것 같았다. 잔뜩 흙이
묻은 볼에 발그레 홍조가 피었다. 그런 이레의 옆얼굴을 보자 갑자기
가슴이 두근거리기 시작했다. 갑작스러운 몸의 변화에 내 시선은 갈 곳을
잃고 허둥댔다. 그러다 문득 올려본 하늘에 기분이 상쾌해졌다.

스무 살의 난.

은기는.

그리고 이레는 어떤 모습을 하고 있을까?

당연하지만, 캡슐을 묻고 며칠이 지나 이레는 천안초등학교로 전학했다.

선생님의 소개를 받아 교단에 선 전학생 이레를 보고 나는 곧바로 뒤에 앉은 은기를 향해 고개를 돌렸다. 은기의 입꼬리가 한껏 올라가 있었다. 나도 저런 어벙한 표정을 지었을까. 아이들에게 인사를 하던 이레도 나와 눈이 마주치자 한쪽 눈을 찡긋거렸다.

또다시 얼굴에 열이 오르고 심장이 나대기 시작했다.

이레와 같은 반이 되었지만 이사 왔던 그날처럼 친하게 지내는 일은 없었다.

굳이 우리와 친할 이유가 없었다. 붙임성 있는 성격에 귀여운 외모로 반 여자아이들이 너도나도 단짝이 되길 원했기 때문이다. 우리에게는 차례가 오지 않았다고나 할까.

그저 멀리서 바라보는 정도. 그나마 마주치면 인사나 하는 정도에 만족해야 했다.

뭐, 그때의 난 그 정도가 최선이었다.

은기와 함께하는 소년 탐정단 놀이에 시간이 쏜살같이 지나갔다.

통학로를 온통 수놓던 벚꽃이 지고 창문을 열어놓으면 선생님 말씀이 들리지 않을 정도로 매미가 시끄럽게 울어대는 여름이 왔다. 그동안 이레를 바라보는 내 감정에는 '걱정'이라는 감정이 추가되었다.

이레의 출결 상태는 그다지 좋지 않았다.

잦은 무단결석. 그리고 다시 등교하는 날이면 어김없이 몸에 반창고를 붙이고 나타났다. 봄에는 몰랐던 사실인데 이레는 절대 반소매 옷을 입지 않았다. 장마철 습기로 숨이 턱턱 막히는 7월에도 언제나 긴소매 옷을 고집했다. 체육 시간이 되면 홀로 교실을 빠져나가 두꺼운 긴팔 체육복으로 갈아입은 후 돌아왔다. 원래 여학생들은 남학생들이 모두 교실을 나간 뒤 갈아입는데 이레는 따로 화장실에서 갈아입는 듯했다. 여자아이들은 그런 이레의 행동을 그다지 신경 쓰지 않았다.

가끔 치마를 입고 올 때면 무릎과 정강이에 난 퍼런 멍 자국이 시선을 잡아끌었다.

덜렁대는 성격 탓일까. 아니면 다른 이유가 있는 것일까. 친구들과 명랑하게 웃는 얼굴 뒤에는 내가 모르는 아픔이 있는 걸까. 가끔 멍하니 창밖을 바라보는 이레의 옆얼굴을 훔쳐볼 때면 나도 모르게 한숨이 새어 나왔다.

어릴 적 집을 나간 엄마. 오래도록 집을 비우는 아빠. 그리고 홀로 이레를 돌보는 할아버지.

같은 아파트, 같은 반이어도 아는 건 딱 그 정도였다.

생각하지 않으려 해도 자꾸 마음이 갔다. 궁금했다. 눈길이 갔다. 침대에 누우면 온갖 잡생각이 몰려들어 나를 괴롭혔다.

그러던 어느 날, 마침내 기회가 찾아왔다.

긴 장마가 끝나고 모처럼 하늘이 갠 금요일이었다.

여름방학을 며칠 앞두고 하교 시간에 담임선생님이 통신문을 나눠주었다. 나는 통신문을 가방에 쑤셔 넣고 선생님이 나가면 바로 튀어 나갈 준비를 했다. 그런데 선생님은 할 말이 있는 듯 통신문 한 장을 손에 든 채 우리를 둘러봤다.

"이레랑 친한 사람이 누구지?"

선생님의 물음에 어수선하던 교실이 한순간에 조용해졌다. 이레는 화요일부터 결석 중이었다. 아이들은 고개를 획획 돌리며 누가 손을 들지 살폈다.

"아, 아니지."

선생님은 교탁으로 시선을 내리더니 질문을 바꿨다.

"이레랑 같은 아파트에 사는 친구?"

나는 어깨에 두르고 있던 가방끈을 도로 풀었다. 순간 손을 들어야 하나 말아야 하나 망설이는데 등 뒤를 두드리는 은기의 손가락이 느껴졌다.

"우리잖아. 손들어."

나직이 속삭이는 은기의 말. 지가 들면 될 것을…. 마지못해 천천히 손을 들었다. 선생님이 턱으로 나를 가리켰다.

"아, 충호. 충호는 잠깐 선생님 보고 가. 자, 그럼 여러분은 다음 주에 봐요."

선생님의 말을 끝으로 교실은 다시 와자지껄해졌다. 여기저기 의자 끌리는 소리가 이어지고 아이들이 우르르 교실을 빠져나갔다. 나와 은기가 교탁 옆 책상 앞에 서자 선생님이 고개를 들었다.

"아, 왔니? 너희가 가서 이 통신문 좀 전해줘."

나는 통신문을 받아 들며 물었다.

"이레는 왜 안 나오는 거예요?"

"몸이 아프다더구나."

"많이 아픈가요?"

내가 묻자 선생님은 쓴웃음을 지었다.

"솔직히 나도 잘 모르겠어. 너희들이 가보고 알려줄래?"

선생님이 모르다니. 그게 말이 되는 건가. 선뜻 이해가 가지 않았으나 머릿속 생각을 입 밖에 내지는 않았다. 우리는 꾸벅 인사를 하고 교실을 빠져나왔다.

"아, 덥다 더워."

은기가 티셔츠를 손끝으로 붙잡고 펄럭거렸다.

"이레네 집으로 바로 갈 거지?"

내가 고개를 끄덕이자 은기가 인상을 찌푸렸다.

"땀을 흘렸더니 몸이 끈적거려. 불쾌해."

"근데 친구 집에 처음 찾아가는데 빈손으로 가긴 좀 그렇지 않냐?"

가방을 뒤적이자 네모반듯하게 접힌 만 원짜리가 나왔다. 비상금으로 갖고 있던 돈이었다. 문득 시선이 느껴져 고개를 드니 은기가 고개를 쭉 내밀고 나를 빤히 쳐다보고 있었다.

"왜, 왜 그래? 얼굴에 뭐 묻었어?"

은기의 올라간 입꼬리가 실룩거렸다.

"너···."

"뭐, 왜?"

"너 걔 좋아하지?"

순간 뒤통수를 얻어맞은 것처럼 멍하니 서 있는데 은기가 확신에 차 말했다.

"내가 네 뒷자리 아니냐. 보기 싫어도 보이던데. 네가 쉬는 시간뿐만 아니라 수업 중에도 이레를 힐끗대는 게··· 크크크. 요 녀석!"

은기가 손가락을 들이대며 킬킬거렸다. 얼굴이 불에 덴 듯 화끈거렸다.

모르긴 몰라도 새빨갛게 물들었을 것이다. 부인할까 잠시 고민했지만 눈치 빠른 탐정 은기를 속일 수 없다는 것을 깨달았다. 한참을 망설이다 어쩔 수 없이 인정했다.

"그… 뭐… 그래."

은기는 뭐가 그리 신나는지 주먹을 쥐고 어퍼컷 자세를 취했다.

"짜식. 순진하기는."

나는 질 수 없다는 듯 말했다.

"너도 전지현 닮았다고 좋아했었잖아."

은기는 두 팔을 쭉 펴더니 머리 뒤로 엑스자로 교차시켰다.

"전시현을 닮았다고 했지, 좋아한다고 한 적은 없는데? 그리고 그렇게 그늘진 애는 내 취향이 아냐."

그늘졌다고? 항상 웃는 얼굴로 친구들과 함께 있는 모습을 본 나는 은기의 말이 선뜻 이해되지 않았다.

"자." 은기가 꾸깃꾸깃한 5천 원을 선심 쓰듯 내밀었다. "내 돈도 보태주마."

은기는 하얀 이를 드러내며 환하게 웃고 있었다.

우리는 아파트 입구에 있는 마트에 들러 과자를 한 봉지 가득 샀다. 처음 만난 날 이레가 가져왔던 오레오 쿠키를 포함해 카스타드, 오예스, 초코파이와 후렌치파이 그리고 1.5리터짜리 델몬트 오렌지주스를 샀다.

"뭘 좋아할지 몰라 다 준비했어, 이거냐?"

은기의 말에 웃음이 터졌다. 그렇게 농담도 하고 장난도 치면서 왔건만 막상 이레가 사는 402호 앞에 서니 조금 긴장이 됐다. 봉지를 들고 있는 나 대신 은기가 초인종을 눌렀다. 철문 안쪽으로 멜로디가 새어 나왔다. 하지만 안에서는 아무런 기척이 없었다.

"아무도 없는 거 아냐?"

"그럴 리가." 내가 철문에 귀를 바짝 댔다. "희미하게 TV 소리가 들리는 거 같은데."

고개를 갸우뚱거린 은기가 철문을 가볍게 두드렸다.

"계세요? 아무도 안 계세요? 이레 친구인데 이레 만나러 왔어요."

문을 두드리는 소리가 복도에 울렸다. 옆집에 민폐를 끼치는 것 같아 내가 은기의 어깨를 붙잡았다. 돌아보는 은기에게 고개를 가로저었다.

"아무도 없나 봐."

은기의 얼굴에 실망감이 비쳤다. 우리가 돌아서려던 그때였다.

문 안쪽에서 쿵쿵거리는 발소리가 들려왔다. 이어서 굳게 닫혀 있던 문이 열렸다.

"아, 안녕하세요."

순간적으로 인사가 튀어나왔다.

고개를 빠끔히 내민 건 기다리던 이레가 아니었다. 언제 갈아입었는지 겨드랑이가 노랗게 변색된 러닝셔츠 차림에 미간을 잔뜩 찌푸린 할아버지가 우리를 내려다보고 있었다. 흰자위 가득한 눈을 보고 있자니 절로 오금이 저려왔다. 할아버지는 다짜고짜 손바닥을 번쩍 들었다. 위협을 느낀 나는 냅다 허리를 숙이고 말했다.

"이레와 같은 반 친구인데요, 선생님 심부름으로 찾아왔어요."

다행히 뒤통수 강타는 없었다. 다만 돌아오는 대답도 없었다. 고개를 슬쩍 들고 할아버지 안색을 살폈으나 희번덕거리는 눈은 그대로였다. 그러다 할아버지의 탁한 눈동자가 아래로 떨어졌다.

"에?"

눈동자는 분명 비닐봉지를 향해 있었다. 손에 든 과자 봉지를 들어 보이자 할아버지는 거두지 않은 손으로 냅다 봉지를 낚아챈 후 문 뒤로 사라졌다. 멀어지는 발소리 사이로 방정맞은 웃음소리가 들려왔다.

전혀 예상치 못한 상황. 나와 은기는 서로 마주 보기만 한 채 아무 말도 할 수 없었다. 분명 정상적인 모습은 아니었다. 은기의 얼굴은 딱딱하게 굳어 있었다.

"들어가 보자."

내가 미처 말릴 틈도 없이 은기가 반쯤 열린 문을 열고 들어갔다. 은기를 따라 신발을 벗고 거실로 들어서자 생각지도 못한 광경에 나도 모르게 숨을 삼켰다.

커튼을 치지 않아 어두컴컴한 거실을 유일하게 밝히고 있는 TV 화면. 우리와 등을 지고 소파에 앉아 허겁지겁 과자 봉지를 뜯는 할아버지. 거실 바닥에 굴러다니는 소주와 맥주병들. 언제부터 있었는지 모를 젓가락이 꽂혀 있는 국물 가득한 컵라면 용기. 온갖 과자 봉지와 쓰레기들이 거실과 탁자에 그대로 방치돼 있었다. 퀴퀴한 악취가 코를 찔러 고개를 돌리자

싱크대에 그릇들이 한가득 쌓여 있었다. 썩어가는 음식 찌꺼기 위로 파리들이 들락거렸다.

가만히 서 있는데도 겨드랑이에 땀이 배어났다. 숨 막히는 더위와 불쾌한 습기.

이레는 이런 곳에서 사는 건가.

복잡한 감정이 소용돌이쳤다. 그때 살짝 열린 방문 안에서 이레의 목소리가 들렸다.

"안녕."

우리는 일제히 방으로 고개를 돌렸다. 방 안 그림자 속으로 이레의 실루엣이 보였다.

"들어가도 돼?"

은기의 물음에 이레가 작게 고개를 끄덕였다.

"응. 들어와."

나는 무언가에 홀린 듯 거실보다 더 어두컴컴한 방으로 들어갔다.

"방 안이 너무 어두워. 불 좀 켤게."

"어! 안 돼!"

이레가 황급히 소리쳤으나 뒤따라 들어오던 은기가 한발 앞서 전등 스위치를 올렸다. 갑자기 환해진 불빛 때문에 일시적으로 시야가 보이지 않았다. 양 눈 안쪽을 지그시 누르고 다시 뜨자 방 한가운데 이레가 두 손으로 얼굴을 가린 채 서 있었다. 눈이 부셔서 그렇다고 보기에는 뭔가 부자연스러웠다.

"왜 그래? 무슨 일인데…?"

내가 머뭇거리며 묻자 얼굴을 가리고 있던 이레의 손이 천천히 내려갔다.

"헉!" 나도 모르게 탄식이 새어 나왔다. 이레의 왼쪽 눈 주변이 시퍼렜다. "어떻게 된 거야? 누가 그랬어?"

그러나 내 걱정과는 반대로 이레의 파란 눈이 초승달 모양으로 변했다. 혀를 쏙 내밀더니 이레는 멍 자국을 이렇게 설명했다.

"거실에 동전을 떨어뜨렸는데 정신없이 찾다가 탁자 모서리에 눈을 찧었어. 어찌나 아프던지 순간 별이 보이더라고. 헤헤."

애써 웃음 짓는 이레 앞에서 우리는 같이 웃을 수가 없었다.

저 말을 믿으라는 건가.

"그래서 결석한 거야?"

"응. 그땐 정말로 눈알이 터지는 줄 알았거든. 헤헤. 다행히 눈은 정상인데 보다시피 이렇게 멍이 들었지 뭐야. 괜히 오해를 살 거 같기도 하고. 선생님한텐 그냥 몸이 안 좋아서 결석한다고 얼버무렸어."

"할아버지는 언제부터 그런 거야?"

은기가 굳은 얼굴로 물었다. 이레의 얼굴에 희미하게 남아 있던 미소가 사라졌다.

"너도 알았구나. 하긴 집 안이 이 꼴이니 눈치 못 채는 게 더 이상할지도 모르겠네."

이레는 이마에 내려온 머리칼을 쓸어 올렸다.

"올해 초부터 조금씩 나빠지기 시작했는데, 지금은 자주 그러셔. 나도 못 알아볼 때도 있고."

은기도 남 일 같지 않은지 한숨을 내쉬었다.

"너 혼자서 힘들겠다."

"돌봄 서비스 같은 걸 신청해보지 그래."

이레는 체념한 듯 고개를 저었다.

"내가 아니면 다른 누구도 못 건드리게 하셔. 그렇다고 요양원에 모실 형편도 안 되고⋯."

그때 갑자기 문밖에서 듣기 힘든 욕설이 쏟아졌다.

"야 이 쌍년아! 남편이 왔는데 밥상 안 차려놓고 어딜 싸돌아다니는 거야! 이 망할 여편네 다리를 분질러서 기어 다니게 만들어야 돼. 쩝. 씨팔. 개 같은 년. 쩝쩝."

나와 은기의 얼굴이 사색이 됐다. 이렇게 심한 욕은 태어나 처음이었다. 할아버지의 노기 띤 음성은 좀처럼 잦아들지 않았다. 소리치면서도 과자를 입에서 떼지 않는지 뭔가를 씹어 삼키는 소리와 욕설이 한데 뒤섞여 있었다.

이레는 푸념하듯 감정이 실리지 않은 말투로 말했다.

"가끔 저러셔. 젊었을 적에 할머니랑 사이가 안 좋았나 봐. 나랑 할머니를 혼동하시기도 하고⋯ 그래도 매일 신문도 보고 책도 읽으셔."

놀란 가슴을 진정시키려 애써 노력했다. 이레는 이런 일상을 살고 있었나. 슬쩍 눈치를 살피는데 이레의 눈가에 눈물이 고여 있었다. 그 눈물을 보니 심장을 바늘로 찌르는 것 같은 아픔이 밀려왔다.

나는 한참을 망설이다 조심스럽게 입을 뗐다.

"혹시… 네 눈의 멍 말이야. 할아버지가 그런 거니?"

이레의 어깨가 조금 움찔했다. 그 모습을 지워내듯 나를 노려보며 단호하게 쏘아붙였다.

"그런 소리 할 거면 집에 가!"

나는 침을 꿀꺽 삼켰다.

"미, 미안… 난 그냥…."

입으로는 사과했으나 마음이 영 편치 않았다.

눈가의 시퍼런 멍. 늘어만 가는 반창고들. 긴소매를 고집하는 이유. 다른 이유는 떠오르지 않았다. 학대받고 있는 게 분명했다.

마음과 달리 방 안의 분위기는 내 말 한마디로 차갑게 식어버렸다. 어쩔 줄 몰라 하던 그때. 화장실에서 쪼르르 물줄기가 떨어지는 소리가 들려왔다. 할아버지의 소변 소리였다.

"잘됐다. 이 틈에 내가 얼른 과자라도 가져올게."

갑자기 은기가 벌떡 일어나더니 과자를 가져오겠다며 방을 나가버렸다.

아, 의리 없는 놈. 나만 두고 가버리다니….

"하하, 저 녀석. 아까부터 계속 배고프다고 칭얼대더니."

머리를 긁적이며 실없는 소리를 지껄였다. 아예 벽으로 고개를 돌려버린 이레한테서 찬바람이 쌩 불었다. 나는 이레와 둘만 있는 것이 영 불편해 고개를 돌려 은기를 눈으로 좇았다. 거실 바닥에 즐비한 부비트랩들을 피해 쏜살같이 걸어간 은기는 그새 탁자 앞에 서 있었다. 체육은 젬병이지만 이럴 때 은기의 몸놀림은 상상을 초월한다.

탁자 위에는 이미 할아버지가 까서 드신 포장지 잔해들과 과자 부스러기가 즐비했다. 실망스러운 표정을 짓던 은기가 눈빛을 반짝였다. 허리를 숙이더니 아직 손대지 않은 노란색 오예스 상자를 집어 들었다. 상자의 윗면을 뜯고 낱개로 포장된 오예스 한 봉지를 꺼내기에 방으로 가져올 줄 알았건만, 녀석은 그 자리에서 봉지를 뜯고 과자를 입으로 가져가는 것이 아닌가.

녀석은 곧바로 오예스를 한입 크게 베어 물었다. 곧이어 세상을 다 가진 듯한 표정을 짓는데, 기가 찰 노릇이었다. 이어서 남은 오예스를 입으로 가져가는 모습을 보다 화들짝 놀랐다. 녀석의 뒤로 용변을 마친 할아버지가 비척거리며 다가가고 있었다.

"음, 음. 크흠."

나는 평소 하지도 않던 헛기침을 했다. 눈치 빠른 녀석도 그제야 할아버지가 다가오는 것을 알아챘는지 남은 오예스를 허겁지겁 입에 쑤셔 넣고 손바닥으로 입을 틀어막았다. 하지만 문제는 다음부터였다.

미친 듯이 저작운동을 하며 슬금슬금 뒷걸음치던 은기의 발에 할아버지가 걸린 것이다. 가뜩이나 걷는 것이 불편한 할아버지는 그대로 중심을 잃었다. 그대로 두면 분명 탁자에 몸을 부딪칠 타이밍이었다.

아이고, 망했다.

지켜보던 내가 엉덩이를 들썩이던 찰나. 은기가 가까스로 넘어지려는 할아버지의 왼팔을 감았다.

"후유…."

나는 안도의 한숨을 내쉬었다. 다시 한번 은기의 빠른 순발력이 대형 사고를 막을 수 있었다.

"괜찮으세요, 할아버지?"

은기가 걱정스레 물었지만 할아버지는 신경질적으로 팔을 빼더니 그대로 소파에 앉아 TV에 시선을 고정했다.

"할아버지, 그럼 쉬세요."

냉대에 익숙한 듯 은기는 어색하게 손을 털며 방으로 돌아왔다. 거실에서 벌어진 상황을 보지 못한 이레는 영문을 모르겠다는 표정을 지었다. 어느새 내 옆에 앉은 은기의 이마로 땀방울이 흘러내렸다.

녀석도 많이 긴장했구나. 참나. 그래 맛은 있었냐?

입가에 묻은 초콜릿 자국을 보니 실소가 나왔다.

"근데 뭐 하러 왔어?"

"아, 통신문."

이레의 말에 그제야 찾아온 용건이 떠올랐다. 서둘러 가방을 뒤져 통신문을 전해주었다. 이레는 말없이 통신문을 눈으로 훑었다. 그런 이레를 보며 멍하니 앉아 있는데 은기가 조용히 옆구리를 찔렀다. 고개를 돌리자 은기가 머리를 까딱이며 문밖을 가리켰다.

나는 소리 없이 입 모양으로 물었다.

'가자고?'

은기가 지체 없이 고개를 끄덕였다. 그리고 손날로 목을 긋는 시늉을 했다.

분위기는 싸해졌고 방문 목적도 달성했으니 이쯤에서 빠지자는 말이었다. 아쉽지만 은기의 말이 맞았다. 괜히 쓸데없는 말을 꺼냈다고 후회하던 참이었다. 망설이는 나 대신 은기가 먼저 말을 꺼냈다.

"통신문도 전해줬으니까, 우린 이만 가볼게."

은기의 말에 통신문을 읽던 이레가 고개를 들었다.

"그래. 찾아와줘서 고마워." 이레는 한결 나아진 표정으로 말했다.

"그리고 과자도."

살짝 웃음 짓는 이레. 하지만 여전히 눈두덩의 멍 자국은 내 마음을 착잡하게 만들었다.

방을 나온 나는 곧바로 현관으로 가서 신발을 신었다.

"할아버지, 안녕히 계세요."

고개를 들어보니 은기가 소파 옆에 서서 인사를 하고 있었다. 녀석은 무섭지도 않나 보다.

역시 할아버지는 아무런 대꾸도 하지 않았다. 겨드랑이를 긁으며 무심하게 TV를 바라볼 뿐이었다. 한참을 서 있던 은기도 결국 포기하고 돌아섰다.

그런 은기의 얼굴은 딱딱하게 굳어 있었다.

이레의 집에서 나온 우리는 바로 헤어지지 않고 아파트 주차장 옆에 있는 작은 놀이터에 갔다.

단 두 개뿐인 그네에 나란히 앉아 멍하니 하늘의 구름을 바라봤다. 저 멀리서 새카만 먹구름이 밀려오는 것을 보니 곧 비가 쏟아질 것 같았다.

나는 손바닥으로 얼굴을 거칠게 비볐다.

머릿속이 복잡했다. 목 부위가 늘어난 후줄근한 긴팔 티셔츠를 입은 이레의 모습이 지워지지 않았다. 심장이 터질 것 같았다. 쓰레기 더미에서 당장이라도 구출하고 싶었다.

"정말 아닐까?"

나도 모르게 마음속 의문을 입 밖으로 내뱉었다.

"본인이 아니라잖아."

내 말의 의도를 알아챈 은기가 냉정하게 대답했다.

"그럼 그 멍 자국은 뭔데…?"

"정말로 탁자에 부딪힌 것일 수도 있지."

아, 이런 감정 없는 놈.

더 이상의 대화는 부질없을 것 같아 입을 다무는데 은기가 덧붙였다.

"혹시라도 다음에 방문하게 되면 과자 선택을 잘해야겠어."

검지를 세우고 눈빛을 빛내는 은기를 보니 평화주의자인 나조차 구타
게이지가 빠르게 차오름을 느낄 수 있었다. 정수리에서 연기가 피어오르는
것 같았다. 나는 애써 화를 참아내며 되물었다.

"뭐, 뭐라고?"

그러나 엄격, 근엄, 진지하게 대답하는 은기의 말에 나는 한참 동안 말을
이을 수 없었다.

4

"야, 오줌 마렵냐?"

안절부절못하는 나를 보며 은기가 농담을 던졌다.

하지만 대꾸할 마음의 여유가 없었다.

월요일 아침이 되었지만, 이레의 자리는 여전히 비어 있었다.

멍 자국이 희미해지기 전까진 오지 않으려는 걸까.

아니면….

나는 잡생각을 떨쳐내려는 듯 애써 고개를 흔들었다.

복잡하고 심란한 하루하루가 지나갔다.

목구멍에 가시가 걸린 것 같던 불편함도 시간이 지나자 조금씩
사라져갔다. 하지만 수요일, 결국 우려하던 일이 벌어지고 말았다.

점심시간이 끝나고 시작된 국어 수업. 감기려는 눈을 힘겹게 치켜뜨고
수업을 듣던 나는 앞문에서 들리는 노크 소리에 정신이 번쩍 들었다.
열심히 칠판에 글을 쓰시던 선생님은 분필을 내려놓고 앞문으로 향했다.

처음 보는 낯선 남자와 이야기를 나누던 선생님은 갑자기 고개를 돌려 내쪽을 바라봤다. 아니, 정확히 나를 바라봤다. 뭔가 불길한 느낌이 스멀스멀 올라왔다.

선생님은 나와 은기를 교실 밖으로 불러냈다. 영문을 모르겠다는 표정의 은기와 복도로 나가보니 키가 크고 건장한 체격의 남자가 우리를 기다리고 있었다.

"네가 충호, 네가 은기니?"

나는 겁에 질린 목소리로 작게 대답했다. 남자는 간단히 몇 가지를 물어본 뒤 우리를 교실로 보내주었다.

이레의 집에 찾아갔던 날짜와 시간.

거기서 무슨 일이 있었는지, 언제 나왔는지.

그리고 무엇을 사 갔는지.

그것만으로도 충분했다. 내가 한 짓을 은기가 눈치채기에는 말이다. 은기를 똑바로 볼 수가 없었다. 등 뒤에서 씩씩대는 은기의 콧소리가 들릴 정도였다.

며칠 뒤, 이레는 결석한 상태로 전학을 갔다. 물론 402호에서도 이사를 나간 뒤였다.

죄책감에 시달렸으나 이레를 위해 필요한 일이었다며 자위했다. 더 이상 가정폭력에 시달리지 않을 이레의 모습만을 상상했다.

은기와의 관계는 틀어졌지만, 시간이 약이라고 생각했다. 서먹한 몇 달이 지나고, 나는 정식으로 은기에게 사과했다. 은기도 나의 사과를 받아주었다. 다시 예전의 관계로 돌아가기까지는 금방이었다.

죄책감을 묻어둔 채, 그렇게 평화로운 나날이 이어지는 듯했다.

겨울방학이 시작되기 전까지는.

은미와 지숙의 대화를 듣기 전까지는 말이다.

둘은 반에서 목소리가 크기로 유명한 아이들이었다. 이레가 있었을 때도 친하게 지내던 콤비로 말을 쏟아내는 속도와 양이 다른 아이들과는 차원이 달랐다.

그날은 물감으로 상상화를 그리는 미술 시간이었다. 실수로 셔츠에 물감을 쏟은 지숙이 좀처럼 옷을 갈아입지 않으려 하자 은미가 농담처럼 건넨 말이 내 귀에 박혔다.

"너도 이레처럼 팔에 큰 반점이라도 있냐? 왜 그렇게 셔츠에 집착해?"

뭐라고?!

머릿속이 마구 뒤엉켰다. 나는 잘못 들었나 싶어 은미를 붙잡고 물었다.

"이레 팔에 커다란 반점이 있었다고?"

은미는 뭐가 문제냐는 듯 고개를 끄덕였다. 다시 묻는 내 목소리가 떨리고 있었다.

"그, 그래서 한여름에도 긴팔 옷을 입었던 거야?"

"그래, 그렇다니까."

귀찮아하는 은미의 어깨를 다잡았다.

"그럼 매일 붙이고 다니던 반창고는? 다리에 난 상처와 멍들은?"

내 표정을 보고 살짝 겁먹은 은미가 서둘러 대꾸했다.

"걔 시력이 안 좋아. 잘 안 보이는데도 죽어도 안경을 안 쓰더라고. 그러니 다리에 상처가 많을 수밖에."

겨드랑이에 배어나온 땀이 옆구리를 타고 주르륵 흘러내렸다.

뒤통수를 얻어맞은 충격에 입을 벌리고 서 있자 은미가 손가락을 자기 머리 옆에 대고 빙글빙글 돌리며 자리를 피했다.

그날 눈 주위에 있던 멍이 정말로 탁자에 부딪혀서 생긴 멍이라는 거야?

그럼… 그럼 난… 난 대체 무슨 짓을 한 거야….

등골에 소름이 돋았다.

주변의 시끄럽던 소음이 한순간 사라지고 '삐' 하는 경고음이 머릿속에 울려 퍼졌다.

5

'그게 무슨 말이냐? 이 심각한 상황에서 과자 타령이라니.'

내 말에 그네에 앉아 있던 은기는 이렇게 대답했다.

'너, 할아버지가 손도 안 댄 과자 봤지?'

나는 노란색 과자 상자를 떠올리며 대답했다.

'아, 이번에 새로 나온 신상 오예스?'

'그래. 할아버지가 다른 과자는 전부 허겁지겁 드셔도 왜 신상 오예스는

손도 안 댔는지 알아?'

나는 영문을 몰라 고개를 가로저었다.

'거기에 땅콩이 들었기 때문이야.'

나는 가당치도 않다는 표정을 지으며 대꾸했다.

'그렇겠지. 그러니까 오예스 피넛버터지.'

'어휴. 이 바보 멍청아. 할아버지는 땅콩 알레르기가 있다고.'

나는 신기한 듯 은기를 쳐다봤다.

'뭐? 그걸 어떻게 알았는데?'

'할아버지가 화장실에 간 사이에 내가 허겁지겁 오예스를 먹었잖아.'

'그랬지. 그러나 할아버지가 네 발에 걸려 넘어져 그대로 돌아가실 뻔했고.'

'가까스로 내가 할아버지를 붙잡아서 다행히 아무 일도 없었지. 그런데 그때 내 손에 온통 오예스가 묻어 있었거든. 그 손으로 할아버지를 붙잡아 부축했고.'

'그런데?'

'그 집을 나오기 전 인사를 드리려고 할아버지 옆에 섰는데.' 나는 할아버지 옆에서 한참을 서 있던 은기를 떠올렸다. '내가 부축했던 겨드랑이와 어깨 부분을 계속 긁더라고. 자세히 보니까 눈에 띌 정도로 빨갛게 부풀어 올라 있었어. 과자에 들어간 땅콩 성분 정도로 그렇게 알레르기 반응이 나타날 정도였으니, 아마 드셨으면 정말 위험했을 거야.'

분명 현관에서 본 할아버지는 겨드랑이를 긁고 있었다.

'네 말대로라면 정말 큰일 날 뻔했네.'

'치매니까 더 위험한 거야. 정신이 없더라도 스스로 땅콩 알레르기를 기억하고 오예스는 아예 건드리지도 않았지만, 만약 포장지를 뜯어서 드렸다면 큰일이 났을지도 몰라.'

나는 은기의 말을 부정했다.

'에이, 설마. 땅콩버터 냄새가 진동할 텐데 그걸 모르겠어?'

은기는 잠시 나를 빤히 쳐다보더니 입을 뗐다.

'넌 모르겠구나.'

'뭘?'

'치매 환자는 땅콩버터 냄새를 못 맡아.'

142

'응… 으응?'

'알츠하이머성 치매나 파킨슨 치매의 경우 발병 초기부터 후각
기능이 떨어져 냄새를 잘 맡지 못해. 알츠하이머는 100퍼센트, 파킨슨은
90퍼센트가 후각 상실을 경험하지. 그런데 치매의 경우에는 특정 냄새를
맡지 못한대. 그게 바로 땅콩버터 냄새야. 외국에서는 땅콩버터 테스트로
치매 환자를 조기에 구별하기도 한대.'

전혀 예상치 못한 말에 멍하니 있자 은기가 덧붙였다.

'사실 우리 할머니도 치매가 오기 전에는 땅콩버터 냄새를 정말
싫어하셨거든. 그런데 치매에 걸린 뒤에는 국회샌드를 그렇게 드시더라.
전혀 냄새를 못 맡은 거야.'

말을 마친 은기의 얼굴은 시무룩해져 있었다.

수년 만에 타임캡슐을 다시 보니 그날의 대화가 생생하게 떠올랐다.

그 당시 시무룩한 은기와는 달리 내 머릿속은 복잡하게 돌아가고 있었다.
이레를 구해낼 방법이 떠오른 것이다. 그날 나는 밤새 고민했고 마침내
결론을 내렸다.

다음 날 이른 아침. 아무도 모르게 쪽지를 적어 402호 현관문 안쪽에
밀어 넣었다. 물론 쪽지를 읽은 뒤에는 변기 물에 내려달라는 당부도 잊지
않았다.

이레는 쪽지 내용대로 우리가 사 갔던 오예스 피넛버터 포장지를 까서
탁자 위에 올려놓고 집을 비웠을 것이다. 물론 할아버지는 아무것도 모른
채 오예스를 드시고 변을 당했을 것이다.

포장지에 묻은 이레의 지문을 지우고 할아버지의 지문만 묻혀놓으면
치매에 걸린 할아버지가 스스로 오예스를 먹고 죽은 것이 된다.

학교에 찾아온 경찰이 우리에게 사실관계만 물은 것을 보면 사고사로
판단했음이 틀림없다. 지금 생각해보면 얼마나 위험하고 무모한
짓이었는지 뼈저리게 느껴진다.

이유야 어떻든 내 쪽지로 한 사람의 생명이 사그라졌으니 말이다.

천안초등학교를 졸업하고 나는 부모님을 따라 다른 곳으로 이사했다.
몸이 멀어져도 우린 영원한 친구라 부르짖었지만, 중학생이 되고 정신없는

학교생활이 시작되면서 은기와도 자연스럽게 멀어졌다.

사실 반신반의했다. 스무 살을 1년 앞둔 지금도 그 타임캡슐이 묻혀 있을까?

나는 떨리는 손으로 캡슐 안의 상자를 하나씩 꺼냈다.

첫 번째 상자를 열자 해적판 만화 〈명탐정 코난〉 1권이 들어 있었다. 나도 모르게 피식 웃었다. 은기의 상자일 것이다. 이어서 서툴게 접은 종이를 펴자 삐뚤빼뚤한 글씨가 눈에 들어왔다.

'스무 살의 나는 진짜 명탐정이 되어 있겠지? 어떤 사건이든 해결해줘!'

아련히 떠오르는 추억에 눈물이 고였다. 갑자기 은기가 너무나 보고 싶었다.

나는 눈물을 훔치고 다음 상자를 열었다. 상자 안에는 포켓몬 스티커가 고이 담겨 있었다.

'스무 살의 난 닌텐도 스위치로 원 없이 포켓몬 게임을 했으면 좋겠다.'

실소가 터져 나왔다. 이런 얼토당토않은 편지를 써놓았다니. 유년 시절의 난 이렇게 유치했던가.

이제 마지막 상자가 남았다.

길쭉한 오레오 쿠키 상자. 상자는 제법 묵직했다.

나는 심호흡을 한 뒤 떨리는 손으로 뚜껑을 열었다. 상자를 기울여 내용물을 손에 받으려던 순간.

나는 깜짝 놀라 급히 손을 뒤로 뺐다.

땅바닥에 떨어진 것은 다름 아닌 과도였다. 과일을 깎는 주방용 과도.

놀란 마음을 추스를 새도 없이 기울어진 과자 상자에서 쪽지 한 장이 나풀나풀 떨어졌다.

나는 무릎을 굽혀 쪽지를 주워들었다.

글자가 눈에 들어온 순간 얼굴에 핏기가 싹 가셨다.

간결하게 쓰인 반듯한 글씨가 내 망막을, 머릿속을, 가슴을 파고들었다.

'스무 살의 견이레에게. 아직도 할아버지가 널 때리고 있다면 더 이상 주저하지 마. 이 칼로 꼭 할아버지를 죽여줘.'

그동안 나를 괴롭혀왔던 이레에 대한 의구심은 이 쪽지 한 장으로 모조리 풀렸다. 그리고 당시 은기는 모든 것을 간파하고 있었다는 사실도 깨달았다.

은기는 이레가 학대받고 있다는 사실을 몰랐을 리 없다.

학대받는 이레를 구할 방법이 있었지만 자칫 할아버지가 죽을 수도 있는 위험한 방법을 빙 둘러 내게 이야기한 것이다. 치매 할머니를 돌봤던 은기는 차마 같은 병을 앓고 있는 이레의 할아버지를 해칠 수가 없었을 것이다. 대신 이레를 짝사랑하던 나라면 그녀를 위해 결단을 내릴 것으로 생각한 것이다.

"하하. 이런 망할 놈."

허탈한 웃음이 터져 나왔다.

녀석은 결과에 대한 죄책감을 내게 떠넘긴 것이다.

은기의 의도대로 휘둘렸지만 왠지 화가 나지 않았다. 이레에게 건넨 쪽지는 정말로 밤이 새도록 고민하고 내린 결정이었기 때문이다.

사실 은기보다는 이레에 대한 안타까움이 주체할 수 없이 밀려왔다. 이레는 구했지만, 그녀의 인생은 구할 수 없었음에 비탄의 감정이 차올랐다.

할아버지에서 아버지로 대를 이은 학대의 굴레.

더 이상 학대를 참지 못해 스스로 불을 지른 이레.

그리고 아무 이유 없이 화마에 휩쓸려 숨진 모자….

갑자기 불어온 바람에 손안의 쪽지가 하늘 높이 떠올랐다.

구름 사이로 멀어져가는 쪽지가 물결치듯 일렁였다.

두 볼을 타고 흐르는 뜨거운 물줄기.

그제야 내가 울고 있음을 깨달았다.

홍정기
네이버 블로그에서 '엽기부족'이란 닉네임으로 장르 소설을 리뷰하고 있는 리뷰어이자 소설가. 추리와 SF, 공포 장르를 선호하며 장르 소설이 줄 수 있는 재미를 쫓는 장르 소설 탐독가. 2020년 《계간 미스터리》 봄여름호에 〈백색 살의〉로 신인상을 받으며 등단했고, 2022년에 연작단편집 《전래 미스터리》와 단편집 《호러 미스터리 컬렉션》을 발표했다.

코로나 시대의 사랑

김형규

외로움이야말로 만악의 근원이다. 역사학 박사 과정이던 예전 남자
친구는 히틀러도 외로워서 전쟁을 벌이고, 스탈린도 외로워서 대숙청을
하고, 마오쩌둥도 외로워서 대약진운동을 시작했을 거라고 말한 적이 있다.

"이상희 변호사님이시죠? 미래일보 김덕련 기자라고 합니다.
트라이앵글타워 사건을 취재하고 있는데, 몇 가지 여쭤보려고요."
　재택근무를 하는 중이다. 코로나 때문에 매주 이틀씩 재택근무를 한다.
재택근무 날은 한결 마음이 편하다. 사람들과 어울리기를 썩 좋아하지
않아서다. 아니, 사실은 싫어해서다.
"가처분 사건을 맡고 계신 걸로 아는데요. 엘제이아이가 가처분으로 뭘
요구하는 건가요?"
"피케팅 때문에 소음이 크고 통행에 방해가 돼서 업무에 지장을
초래하니까 피케팅을 금지해달라는 거예요."
"노동자들이 헌법상 노동3권을 행사하는 건데 그걸 금지할 수 있나요?"
"직접 근로계약을 맺고 있는 사업주의 사업장이라면 문제는 간단한데,
이번 사건처럼 용역업체를 통한 간접고용의 경우는 일률적으로 말하기가
어려워요. 법원은 기본적으로 간접고용 노동자들도 자신이 일하는
사업장에서 쟁의행위를 할 권리가 있다고 보고 있어요. 원청도 일정한
범위에서 수인할 의무가, 그러니까 참을 의무가 있다는 건데요. 그 일정한
범위라는 게 문제예요. 정당한 쟁의행위인지 아닌지는 법정에 가서야
판가름 나는 거죠."
"이번 사건은 어떤가요? 법원이 가처분 신청을 받아들일까요?"

"그건 모르죠."

"어림잡아 퍼센티지로 말한다면요?"

"몰라요. 판사가 판단할 문제라서."

"속 편하시네요."

비아냥거리는 말투다.

"진짜로 모르는 거예요. 피케팅의 원인과 목적이 뭔지, 원청에 어느 정도 책임이 있는지, 소음을 얼마나 발생시키는지, 통행 방해가 있는지, 업무에 어떤 지장을 얼마나 초래하는지 등을 다 살펴봐야 해요. 그런데 전 아직 사건 파악도 제대로 못 한 상태고요. 그리고 저희는 승패를 퍼센트로 말씀드리지 않습니다. 최선을 다할 뿐이에요."

화를 내는 대신 빠른 말투로 설명하지만, 그는 내가 화를 내고 있다고 생각할지도 모르겠다.

"죄송합니다. 제가 법률 쪽은 잘 몰라서…."

그가 곧바로 태도를 바꿔 사과한다.

"궁금한 게 생기면 또 연락드려도 될까요? 이번 사건을 계속 취재해보고 싶어서요."

미래일보는 극우까지는 아니지만 중도 보수쯤 되는 성향의 일간지라서 전화로 인터뷰하는 것조차 껄끄럽다. 부디 다시 전화가 걸려오지 않기를 바라지만, 한편으론 노조의 싸움이든 재판이든 언론 보도는 큰 힘이 된다. 미래일보처럼 영향력 있는 중앙 언론사라면 더 그렇다. 조합원들은 기사에서 힘을 얻고, 투쟁이 널리 알려져서 지지도 모을 수 있고, 판사도 적잖이 영향을 받는다. 판사도 사람이고 뉴스를 보니까.

국내 굴지의 재벌 엘제이아이 그룹은 본사 사옥인 트라이앵글타워의 청소 업무를 회장의 사촌누나가 소유한 수지기업이라는 용역업체에 위탁했다. 수지기업은 10년 넘게 수의계약을 통해 업계 평균보다 훨씬 많은 용역비를 받았고, 덕분에 사촌누나는 매년 50억~60억 원의 배당금을 챙길 수 있었다.

수지기업을 통해 간접고용된 청소 노동자들은 정확히 그해의 최저임금을 받았다. 회사는 점심시간을 1.5시간으로 쳐서 주 5일 동안

37.5시간을 근무한 것으로 보고, 남은 2.5시간을 두 주 모아서 격주로 5시간씩 무급 토요일 근무를 시켰다. 청소 노동자 아주머니들은 휴게실이 따로 없어서 화장실이나 입주업체의 탕비실에서 식사를 하고 짬짬이 휴식을 취했다. 특별수당이나 격려금 같은 것은 관리자들의 뒷주머니로 들어갔다. 대개 60세 정년을 넘긴 아주머니들은 해마다 재계약을 하기 때문에 그런 편법과 갑질을 묵묵히 감내하는 수밖에 없었다.

노조가 생기자 무급 토요일 근무와 수당 횡령 같은 문제는 곧바로 해결됐다. 그러나 노조가 단체협약과 임금 협약 체결을 요구하자, 수지기업은 몇 달간 교섭을 질질 끌면서 결렬을 유도했다. 아주머니들은 매일 점심시간과 저녁시간에 1층 로비에서 '단체교섭에 성실히 임하라', '생활임금 보장하고 정년을 연장하라', '진짜 사장 엘제이아이가 나와라' 등의 문구가 적힌 피켓을 들고 침묵시위를 시작했다. 엘제이아이는 법원에 업무방해금지 가처분을 신청했다. 아주머니들은 산별노조 법률원인 우리 사무실에 사건을 맡겼고, 내가 담당 변호사로 지정됐다.

가처분 사건은 싱겁게 끝났다. 법원은 아주머니들이 정당한 쟁의행위를 하고 있으므로 수지기업은 물론이고 원청인 엘제이아이에게도 수인할 의무가 있다고 판단했다. 수지기업은 별수 없이 다시 교섭 테이블로 나왔다. 노조와 수지기업은 기본 합의를 체결했고, 다음 주인 11월 말부터 단체협약 체결을 위한 집중 교섭에 들어가기로 했다.

집중 교섭이 있는 날도 재택근무를 하고 있다. 노조 법률원 소속이라고 해도 변호사와 현장의 거리는 멀기만 하다. 변호사들은 사건을 수행하느라 바빠서 정작 현장에는 잘 가보지 못한다. 그래도 코로나만 아니라면 상황 파악도 할 겸 한 번쯤은 들렀을 텐데 시국이 시국이니만큼 엄두가 나질 않는다.

몇 달 전 새로 이사한 아파트는 열 평 남짓할 뿐인데도 짐이라고 할 만한 것이 별로 없어서 그런지 휑하기만 하다. 텅 빈 벽이 안쓰러워서 그림이라도 하나 사서 걸어두고 싶었지만 한 달 두 달 계속 미루고만 있다. 발코니가 앞 동과 바짝 붙어 있어서 암막 커튼을 쳐두었더니 낮에도 불을 켜지 않으면 밤처럼 깜깜하다.

저녁 8시쯤 업무를 마무리하려는 참에 두 번째 전화가 걸려온다.

"교섭이 결렬됐어요."

노조보다 먼저 기자에게 소식을 듣는다.

"엘제이아이가 수지랑 청소 용역 계약을 종료한대요."

예상치 못한 일이다. 물론 수지기업은 엘제이아이 그룹이 소유한 다른 여러 빌딩의 청소 용역도 맡고 있으니 트라이앵글타워 하나를 잃는 것만으로는 큰 손해가 아닐 수 있다.

"이제 어떻게 되는 건가요? 아주머니들이 일자리를 잃는 건가요?"

"아직은 몰라요. 청소 업계에는 고용승계 관행이라는 게 있어요. 용역업체들은 자체 청소 인력을 갖고 있지 않기 때문에 새로 용역 계약을 따내도 신규 채용을 하지 않고 기존에 일하던 사람들을 그대로 승계하거든요."

"법으로 규정된 건가요?"

"아뇨. 법으로 정해진 건 아니라서 관행이라고 하는 거예요. 하지만 거의 백 퍼센트 그래요. 그래서 용역 계약 종료만으로 해고될 거라고 예단하기는 일러요. 충분히 우려되는 상황이긴 하지만요."

상황이 급박하게 돌아간다. 하지만 우선은 지켜보는 수밖에 없다.

발코니에 나가서 암막 커튼을 조심스레 열어본다. 앞 동의 집들은 모두 불을 환하게 켜고 있다. 성냥갑처럼 차곡차곡 쌓인 거실마다 식사하거나 소파에 앉아서 텔레비전을 보는 사람들의 모습이 또렷하다. 누가 이쪽으로 고개를 돌리는 것 같아서 화들짝 놀라 커튼을 닫는다.

오늘은 밤 9시가 넘어서 전화가 걸려온다.

"어쩐 일이세요? 이 시간에."

"너무 늦었나요? 하하하. 죄송합니다. 그냥 변호사님이랑 통화를 하고 싶어서요."

"네? 왜죠?"

당황스럽다. 대충 둘러대고 전화를 끊으려 한다.

"제가 지금 다른 일을 하고 있어서요. 급한 일 아니면 내일 낮에 통화하시죠."

"흐흐. 농담이었습니다. 기사를 쓰다가 의견을 구할 게 있어서요."

그래도 무례하다. 늦은 시간에 무턱대고 전화라니.

"취재를 좀 해보니까 엘제이아이가 수지기업에 일감을 몰아주고 업계 평균보다 상당히 많은 용역비를 줘왔더라고요."

"그건 알고 있어요."

"이게 공정거래법상 부당지원행위에 해당하진 않을까요?"

"저희도 검토해봤는데, 공정거래법 위반으로 보기는 어려울 것 같아요."

"그런가요? 그래도 그런 사실 자체를 기사로 내보내는 데 법적인 문제는 없겠죠?"

"직접 취재하신 내용이니, 확인된 사실관계를 중심으로 쓰시면 문제는 없을 거예요. 만약 명예훼손에 해당하더라도 진실한 사실이고 공공의 이익에 관한 것이면 위법성이 조각되거든요."

"고맙습니다. 이렇게 아무 때고 물어볼 변호사님이 계셔서 너무 좋네요. 하하."

아무 때고라니…. 지나칠 정도로 거리낌이 없다. 나 같으면 이 시간에 전화 걸 생각은 하지도 못할 거고 이렇게 천연덕스럽게 능청을 떨지도 못할 거다.

엘제이아이와 수지기업의 특수관계에 관한 덕련의 기사가 여러 포털사이트의 주요 뉴스에 종일 올라와 있다. 엘제이아이는 즉시 대응 성명을 낸다. 특혜는 없었지만 오해를 피하기 위해 회장의 사촌누나가 소유한 수지기업의 지분 전량을 매각하겠다는 내용이다.

"특수관계를 스스로 인정하는 셈 아닌가요? 회장 사촌이 지분 매각하는 걸 왜 엘제이아이가 발표합니까? 하하."

오늘도 전화는 9시쯤 걸려온다. 반쯤은 포기한다. 용무가 없는 것도 아닌데다, 일찍 전화하면 안 되겠냐는 말이 입에서 쉽게 떨어지질 않는다. 성격 탓이다. 소심한 데다 자존감이 낮아도 너무 낮다.

"변호사님은 왜 노조 법률원에서 일하게 되셨어요? 고생은 고생대로 하고 돈은 많이 안 준다고 들어서요."

업무를 벗어난 질문이다.

"네?"

"그냥 궁금해서요. 하하."

"그러는 기자님은 왜 이 사건을 취재하고 있는데요? 그것도 잘나가는 미래일보 다니시면서요."

"사실은 대학 다닐 때 학생운동 비슷한 걸 했었거든요. 그러다 취직할 때가 되니까 남들처럼 살고 싶진 않고, 그렇다고 사회운동 쪽으로 갈 용기까진 없어서 기자가 된 거예요. 그땐 나쁜 놈들 나쁜 짓 하는 것도 다 까발리고, 어려운 사람들도 도울 수 있겠다고 생각했는데, 순진한 생각이었죠. 하하. 얼마 전까지 경제부에 있었는데요. 대기업 신제품이랑 오너들 선행이랍시고 흉내 내는 거 홍보하는 기사만 주야장천 써댔어요. 이번에 사회부로 옮기자마자 트라이앵글타워 사건이 터졌는데 이건 꼭 쓰고 싶더라고요. 데스크한테 사표 쓴다고 협박해서 겨우 허락받았습니다. 흐흐."

잘 웃는다. 그리고 어쩌면, 좋은 사람일 수도 있겠다. 그렇다고 뭐가 달라질 건 없겠지만.

"특별한 이유는 없었어요. 변호사 시험 붙고 여기저기 지원했는데 제일 먼저 연락 온 데가 법률원이었어요. 규모가 작아서 더 좋기도 했고요."

"작은 곳이라서요?"

"전 그랬어요."

사람이 싫고 무섭지만, 외롭다고 느낄 때도 있다. 오래 사귀었던 남자 친구는 어느 날 아무 말도 없이 사라졌다. 왜 그랬을까. 이유라도 말해줬으면 좋았을 텐데. 나빴다. 그것도 아주 많이. 마음을 열었지만, 상처만 남았다.

트라이앵글타워의 새로운 청소 용역업체로 선정된 회사가 인터넷 구인 사이트에 '○○명' 규모의 신규 채용 공고를 낸다. 기존의 청소 노동자들을 고용 승계하지 않겠다는 의미다.

노조는 전면파업에 들어간다. 연말이 가까워지고 있다. 아주머니들은 로비를 점거하고 24시간 농성을 시작한다. 노동가요를 부르고 구호를 외친다. '노동조합 가입하니 집단해고 노조파괴, 진짜 사장 엘제이아이가

고용승계 보장하라!', '비정규직도 인간이다, 노동3권 인정하라!'

대개 덕련의 기사에서 읽은 것들이다. 현장의 상황은 노조에서 전화나 메신저로 알려주는 것보다 덕련의 기사가 훨씬 생생하게 전해준다. 덕련은 전면파업이 시작된 날 아예 농성장에 합류한다. 아주머니들과 같이 먹고 같이 자면서 기사를 쓴다.

"식사랑 샤워 같은 건 어떻게 해요? 세탁은요?"

"밥은 도시락 먹고, 샤워는 못하죠. 화장실에서 세수만 간단히 해요. 속옷 같은 것도 화장실에서 빨고요. 로비에 빨랫줄 걸고 아주머니들 속옷 쫙 널어놓으니까, 엘제이아이 쪽 사람들이 기겁하던데요. 하하."

"회사에서 들어가 보라고 한 거예요?"

"당연히 제가 들어온다고 했죠. 흐흐. 지난번 기사가 나름 특종이고, 다른 기사들도 클릭 수가 제법 나왔으니까 데스크도 별말 못하더라고요. 그나저나 법적으로 대응할 방법은 전혀 없는 건가요? 아주머니들은 물러날 생각이 없어 보이세요."

"원하청이 서로 용역 계약을 갱신하지 않기로 한 거고, 새로 들어오는 용역업체도 법적으론 고용승계 의무가 있는 게 아니라서요. 결국은 부당노동행위, 그러니까 사측이 노동조합 활동을 방해하거나 노조를 파괴하려는 목적에서 그런 행위를 했다는 걸 밝혀야 하는데, 그것도 만만치가 않아요. 법원은 사용자가 부당노동행위 의사를 가지고 있다는 사실을 노동자나 노조에서 입증하라고 하고 있거든요. 입증 책임을 노동자와 노조 측에 지우고 있는 거죠."

"의사를 입증하라니, 아니, 사람 마음이 그렇게 쉽게 겉으로 드러나 보이는 건가요?"

"그래서 우리끼리는 부당노동행위가 유니콘처럼 상상 속 동물 같단 얘기도 해요. 워낙 인정받기가 어려워서요. 노동청이나 검찰도 수사에 적극적이지 않고요."

"이번은 명백하잖아요. 노조 만드니까 용역 계약 종료하고, 고용승계 거절해서 다 해고하고…."

그의 목소리가 높아진다. 미래일보 기자한테 이런 소리를 듣다니 조금은 우스운 상황이다.

"저희도 법리랑 사실관계를 꼼꼼히 살펴보고 있어요. 어떻게든 걸어봐야죠."

"네…, 잘 부탁드려요."

마치 노조 간부라도 되는 것 같다. 하긴 농성장에 들어간 지 벌써 사흘째다.

"낮에는 집회만 하면서 보내나요?"

"어떻게 종일 집회만 하나요. 춤도 추고, 게임도 하고, 사는 이야기도 하고 그래요. 아주머니들은 집에 안 가니까 남편이랑 자식들 끼니 안 챙겨도 되고 빨래랑 청소 안 해도 돼서 너무 편하고 좋으시대요. 하하."

엘제이아이는 무시로 일관한다. 아마도 용역 계약 기간이 만료되는 12월 31일을 기다리고 있을 거다. 용역 계약이 종료되면 트라이앵글타워는 원청 사업장이 아니게 되고, 엘제이아이는 원청의 수인 의무에서 벗어날 수 있기 때문이다. 그러면 아주머니들의 농성은 정당한 쟁의행위가 아니라 단순한 불법점거가 된다.

엘제이아이는 정확히 12월 31일 자정을 기해서 로비의 모든 출입문을 봉쇄하고 전기와 난방을 끊는다. 아주머니들은 냉골에서 벌벌 떨며 밤을 새운다.

출입문이 봉쇄되면서 도시락 반입도 차단된다. 1월 1일 아침이 밝자 아주머니들을 돕기 위해 달려온 노동자와 학생들이 로비로 들어가는 회전문을 있는 힘껏 밀어보지만, 엘제이아이는 수십 명의 경비 용역을 동원해 막아낸다. 회전문을 사이에 두고 양측의 대치가 계속된다.

"상희 씨! 저 새끼들이 전기랑 난방을 끊더니, 이제 도시락이랑 초코파이까지 들고 나르는데요. 인권위에 긴급구제 같은 거라도 넣을 수 없나요?"

상희 씨, 라는 호칭에 당황해서 그가 하는 말을 이해하는 데 한참이 걸린다. 왜 이름을 부르냐고 따지는 말이 목젖까지 치밀어 오르지만 차마 내뱉지 못한다. 대신 엉겁결에 전화를 끊어버린다. 다행히 전화는 다시 걸려오지 않는다.

몇 시간의 대치 끝에 노동자와 학생들이 회전문에 어린아이 하나가 간신히 지나갈 만한 틈새를 만들고 먹을거리와 음료수를 밀어 넣었다.

그런데 경비 용역들이 그걸 가로채서 도망친 것이다. 그 장면은 텔레비전 뉴스에도 나왔다. 미래일보만이 아니라 거의 모든 언론이 거대 재벌이 새해 벽두에 고령의 비정규직 노동자들에게 저지른 만행을 보도했다.

"아까는 전화를 왜 그렇게 끊었어요?"

밤 10시쯤에야 전화가 걸려온다. 나는 대답하지 않는다.

"엘제이아이가 또 가처분을 걸어왔어요."

"들었어요. 그치만 이번에도 잘 막아주실 거잖아요. 흐흐."

"이번은 달라요. 용역 계약이 종료돼서 로비를 점거할 권리를 주장하기 어려운 상황이에요."

"상희 씨."

또 이름을 부른다.

"상희 씨가 막아줘야 해요. 아주머니들은 삶을 걸고 싸우고 있어요."

나는 이번에도 대답하지 않는다. 이름을 불러서 그런 건 아니다.

엘제이아이는 폭발적으로 쏟아진 언론 보도 때문인지 한발 물러난다. 이튿날부터 로비의 출입 통제를 풀고 전기 공급과 난방을 재개한다.

하지만 본격적인 공격은 이제야 시작이다. 가처분 신청에 이어서 몇 건의 고소를 추가로 제기한다. 도시락 반입 과정에서 벌어진 몸싸움을 폭행과 업무방해로, 계열사 제품에 대한 불매운동을 업무방해와 명예훼손으로 고소한다. 엘제이아이의 요청에 따른 것이겠지만, 지하상가 입주 상점들도 소음으로 영업에 지장을 받고 있다며 고소 대열에 합류한다.

법률원도 별도의 대응 팀을 꾸린다. 두 명의 변호사가 더 붙고 대표변호사도 합류해서 총괄을 맡는다. 여기까지 온 이상 우리도 사활을 걸어보기로 한다. 만약 이번 가처분 신청이 인용된다면, 다른 간접고용 사업장에서도 노조가 만들어질 때마다 용역 계약 종료를 통한 노조 파괴가 반복될 수 있다.

선임인 유변은 상대적으로 난도가 높은 법리 구성 부분을, 1년차 신입인 이변은 행위 태양 부분을, 중간 연차인 내가 부당노동행위 부분과 고소장 작성을 맡는다. 대표는 교향악단의 지휘자처럼 세 명의 변호사가 나누어 작성할 서면의 목차를 짜고 전략을 고민한다. 1월 들어 코로나 확진자가 하루 천 명을 넘나들면서 재택근무가 전면화됐기 때문에, 모든 회의와 소통은 화상 회의 프로그램과 메신저를 통해 이루어진다.

"처음엔 어색했는데 금방 익숙해지더라고요. 사무실에 있을 때보다 사람들이랑 더 가까이 있는 거 같았어요."

"저도 그래요. 상희 씨랑 통화할 때마다 바로 옆에 있는 거 같거든요."

얼굴이 확 달아오르는 게 느껴진다. 선을 심하게 넘는다.

"연대단체들이 한끼연대라고, 모금 운동을 시작했어요. 농성하는 아주머니들 식비를 대겠다고요. 불매운동도 확산되고 있대요. 엘제이아이 전자랑 자동차 매장마다 1인 시위도 벌어지고 있고요."

"엘제이아이랑 사회 전체가 싸우는 모양새네요."

"꼭 그렇지만은 않아요. 제 기사에 달린 댓글만 봐도, 용역 계약이 끝났는데 계속 일하게 해달라는 건 정규직 시켜달라는 거 아니냐, 비정규직이 어디 감히 정규직을 넘보냐, 노조가 떼법으로 억지 부리고 있다, 이런 쓰레기 같은 글들이 가득해요."

"엘제이아이가 댓글부대 같은 걸 돌리고 있는지도 모르잖아요. 너무 신경 쓰지 마세요."

"비정규직 혐오, 노조 혐오가 심해진 건 맞는 거 같아요. 다들 비정규직한테 무슨 해코지라도 당했나요? 비정규직 근로 조건이 개선되고 고용 안정이 보장되면 자기들한테 털끝만큼이라도 피해가 오나요? 인터넷만이 아니에요. 회사에서도 그런 말 하는 사람들이 많아요. 대학 다닐 때 운동하던 친구들도 언젠가부터 확 달라졌고요. 사방이 벽으로 꽉 막힌 거 같은 느낌이 들 때가 있어요. 외롭단 생각도 들고요."

그의 말이 틀리지 않았다. 그런데 그 같은 사람도 가끔은 외로울 때가 있는 건가.

"거기 많이 춥진 않아요?"

"괜찮아요. 전기장판 바닥에 깔고 침낭에 들어가면 아주 따뜻해요."

전화를 끊고 나서 환기를 시키려고 발코니 창문과 유리문을 조금 열었더니 새어드는 바람에 암막 커튼이 아주 살짝 팔락인다.

"왜 밤마다 전화하는 거예요?"

마음속에 차오르던 질문을 기어코 던진다. 참을 만큼 참았다.

"왜 전화를 하냐고요? 전화하면 안 되는 건가요?"

"이상하잖아요. 우린 얼굴도 모르는 사이예요. 일 때문이라면 낮에 전화하셔도 되잖아요."

그가 잠시 숨을 고르고 있는 것이 스마트폰을 통해 전해진다.

"낮에는 여기 일정 때문에 통화가 어렵고요, 상희 씨도 일하느라 바쁘시잖아요. 그리고 얼굴은 나중에 알면 되는 건데…. 암튼 그건 그렇고 오늘 가처분 재판 아니었나요? 재판은 어떻게 됐어요?"

정말이지 능청스러움을 당해낼 수가 없다.

"분위기가 좋진 않았어요. 더 큰 문제는, 재판장이 행위 태양에 대해 묻질 않는 거예요. 보통 이런 가처분 사건에서는 행위 태양이 가장 주된 쟁점이거든요. 소음을 어떻게 얼마나 발생시켰느냐, 인원은 몇 명이나 되는가, 몸싸움은 없었는가, 그런 거요. 그리고 하는 말이, 용역 계약이 종료된 뒤에 용역업체 근로자들이 대체 어떤 권리에 기해서 원청 사업장에서 쟁의행위를 할 수 있다고 주장하는 건지 자기도 궁금하다면서, 보충 서면으로 써서 제출해보래요. 기한도 사흘밖에 주지 않았어요."

"원래 그 정도밖에 안 주나요?"

"보통은 한두 주 주는데, 빨리 끝내려고 하는 거 같아요. 아주 불리한 상황이에요."

"우리 계획은 뭐예요?"

계획 같은 건 없다. 재판장이 물어본 건 재판장만큼이나 나도 진심으로 궁금하다.

"일단 가용한 법리를 총동원해보기로 했어요. 양으로 밀어붙이고, 그래서 생각보다 단순하게 볼 사건이 아니고, 가처분이 아니라 본안으로 심리해야 하는 사건이니까, 쉽게 인용 결정을 내려서는 안 된다는 취지로 설득해보려고요. 그리고 오늘 너무 화가 났던 게… 엘제이아이 측 대형 로펌 변호사가요, 글쎄 아주머니들이 제대로 씻지 않아서 비위생적이고 그래서 코로나 시국에 보건상의 위험을 심각하게 증대시키고 있다고 주장하더라고요. 기가 막혀서."

"아니 어떻게 그런 말을… 흐흐. 근데 제대로 못 씻는 건 사실이긴 해요. 원래 자기 냄새는 자기가 잘 못 맡는 법인데, 언젠가부터 저한테서 냄새가 나는 게 느껴지더라고요. 그래도 방역수칙은 철저히 지키고 있어요. 확진자가 한 명이라도 나오면 그날로 파업이고 농성이고 다 접어야 하니까요."

그의 기사에 이런 인터뷰가 실렸다.

'우리같이 청소하는 사람들도 트라이앵글타워에서 일하는 노동자인데, 비정규직이라고 얼마나 괄시를 해대는지. 그리고 웃기는 게요, 아침에 여기 직원들이 막 출근하잖아요. 양복 차려입고, 수천 명이 우리가 농성하는 로비를 거쳐서 들어가거든요. 근데 그 사람들은요, 최대한 우릴 안 보려고 하거나, 봤다가도 못 볼 거라도 본 것처럼 잽싸게 눈을 돌려요. 보이지 않는 데 있어야 하는 건데, 바닥에 굴러다니는 쓰레기처럼 말끔히 치워져 있어야 하는 건데, 그런 청소 노동자들이 대한민국의 최고 대기업을 다니는 자기들 출근길에 보란 듯이 나와 있으니까⋯.'

대응 팀은 비상체제에 돌입한다. 이기기 쉽지 않고, 솔직히 이길 방법이 있는지도 모르겠다. 늘 그랬듯 최선을 다할 뿐이라고, 자꾸 비관적인 쪽으로 기우는 마음을 다잡는다.

보충 서면 마감 전날 밤, 메신저 창에는 네 명의 변호사와 송무국장이 들어와 있다. 변호사들은 각자 맡은 부분을 한 장씩 완성하는 대로 올리고 대표의 피드백을 받는다. 새벽 2시가 넘고 3시가 지난다. 며칠째 제대로 잠을 자지 못했더니 커피를 아무리 들이부어도 쏟아지는 졸음을 이길 수 없어서 한겨울에 찬물로 샤워한다. 머리부터 발끝까지 온몸이 덜덜 떨리고 정신이 번쩍 든다. 머리를 대충 말리는 척만 하고 질끈 묶고서 책상 앞에 앉는다.

새벽 5시, 대강의 초안이 취합된다. 서면 분량만 100쪽이 훌쩍 넘는다. 소명 자료까지 합치면 600쪽이 넘는다. 대표가 온라인 회의를 소집한다. 다크서클이 거멓게 내려앉은 얼굴들이 노트북 모니터 속에 격자 모양으로 자리 잡는다. 대표가 도입부와 결론을 쓰는 동안 내가 서면 전체를 훑으면서 용어와 표현을 통일하기로 한다. 소명 자료를 정리하는 작업은 송무국장이 오전 중에 해주기로 한다. 대표와 나를 제외한 인원은 일단 취침하고 아침 10시에 다시 접속하기로 한다.

이렇게 사건 하나에 함께 밤을 새우면서 달려보는 건 처음 있는 일이다. 몸은 힘들어도 대표도 다른 변호사들도 조금은 신이 나 있는 것 같다.

"고생 많았어요."

"좀 피곤하긴 하네요."

"보충 서면도 냈으니까, 이제 결과만 기다리면 되는 거네요."

"그쵸."

"그럼 농성장 한번 안 와보실래요?"

"네?"

"실은 데스크가 그만 나오래요. 할 만큼 했다고요."

"아…, 이제 나오셔야 하는군요."

"그래서, 오실 거예요? 안 오실 거예요?"

망설여진다. 현장에 한번은 가봐야 하지 않을까…. 하지만 밤을 꼬박 새우기도 했고, 고소장이랑 다른 사건 서면들까지 준비할 것이 산더미다. 무엇보다 그를 실제로 만나기가 부담스럽다. 아무 사이도 아닌데 뭐 하러, 아무 사이도 아니니까 더더욱.

"어제 잠을 하나도 못 자서… 고소장도 마저 써야 하고요. 죄송해요."

거절하기로 한다.

재판부가 최대한 신속하게 절차를 진행한 만큼 결정도 빨리 나올 거다. 당장 내일 나올 수도 있다. 가슴이 갑갑하다가, 그래도 잘될 거라는 기대를 품었다가, 그럴 리가 없다는 좌절감으로 이어진다.

암막 커튼 때문에 시간이 잘 가늠되지 않는다. 노트북 화면 귀퉁이를 보니 오후 4시가 다 돼간다. 오늘은 웬일로 낮에 전화했네, 싶다. 농성장에서 나간다니 이제 전화를 하지 않을 수도 있겠다. 시원섭섭하다가, 이상하게도, 마음이 살며시 물컹거린다.

전화는 사흘 뒤에 걸려온다. 밤 10시 무렵이다.

"상희 씨."

"아, 네. 잘 나오셨어요?"

"나왔는데요, 다시 들어왔어요."

"네?"

"이탈자가 발생했어요. 열두 명이 오늘 저녁에 한꺼번에 사라졌대요. 전화도 안 받고, 문자 보내도 답이 없고요."

"지치실 만도 하겠네요. 체력적으로도 힘드실 거고, 집에 돌봐야 할 가족도 있으실 거고요. 그리고 돌아오실지도 모르잖아요."

"엘제이아이 쪽에서 돈을 주고 나오라고 했다는 얘기가 있어요."

순간 어안이 벙벙하다가 여러 생각이 한꺼번에 머릿속을 훑고 지나간다.

"증거가 있나요?"

"아직요. 워낙 민감한 문제라 기사는 못 내고 있는데, 상황을 보려고 다시 들어온 거예요. 사라진 분들 가운데 분회장님도 계세요."

분회장은 현장 상황을 확인하느라 통화도 여러 번 했던 사이다. 언론 인터뷰에서도 자주 보았는데, 괄괄한 목소리의 강단 있는 아주머니였다.

"근데 그 한끼연대 모금한 거 있잖아요. 얼마 모였는지 아세요?"

"얼마나요?"

"무려… 8천만 원! 아주머니들이 찔끔찔끔 우세요. 웃다가 우세요. 입금액이 거의 만 원, 2만 원씩이래요. 수천 명이 돈을 보낸 거죠. 학생들이랑 다른 노조랑 지지 방문도 하루에 몇 팀씩 다녀간대요. 지나가다 들렀다면서 음료수 한 박스 놓고 가는 분들도 계시고요."

"고맙네요."

"가처분도 분명히 좋은 결과가 나올 거예요."

"저도 그러길 빌어요. 부당노동행위 고소장은 내일 노동청에 접수할 거예요. 이것도 기사로 내주세요. 엘제이아이한테 상당한 압박이 될 거예요."

"네. 그리고 상희 씨, 혹시요, 가브리엘 가르시아 마르케스의 《콜레라 시대의 사랑》이란 소설 읽어보셨어요?"

그 책이라면 책장 어딘가에 꽂혀 있을 거다.

"예전에 사두긴 했는데 읽진 못했어요."

"제가 요즘 그 책을 읽고 있는데요. 이런 구절이 나와요. 상사병은 콜레라와 증상이 동일하다."

"그게 무슨…."

"실은 제가 열이 좀 많이 났거든요."

"네? 괜찮은 거예요?"

"괜찮아요. 엊그제 PCR 검사받았는데 음성 나왔어요. 열도 내렸고요. 근데 책을 읽다 보니까, 제 증상이 상사병이 아닌가 싶더라고요. 흐흐흐."

코로나에 가슴이 철렁했다가, 상사병에 한 번 더 가슴이 철렁한다.

전화는 전처럼 매일같이 걸려온다.

"상희 씨, 뭐 하고 있어요?"

"그냥 이것저것요."

나는 우리가 할 이야기는 트라이앵글타워 이야기뿐이다, 라고 마음먹는다.

"이탈하셨던 분 중에 한 분이 돌아오셨어요."

"정말요?"

"그리고 진짜 진짜 충격적인 사실!"

"돈을 받았대요?"

"정답! 2천만 원 받았대요. 비밀유지하고 농성 중단하겠다는 각서를 쓰라고 했는데, 돈만 먼저 받고 각서는 아직 안 보냈대요. 엘제이아이가 어지간히 급했나 봐요. 각서 원본이랑 계좌이체 내역까지 있어요."

"맙소사."

머리칼이 쭈뼛 선다. 조합원 매수는 부당노동행위 의사를 밝힐 결정적인 증거가 될 수 있다.

"노조 통해서 자료 받을게요. 당장 제출해야겠어요. 시간이 없어요."

"엄청 유리한 자료인가 봐요."

"엄청요. 그런데 그분은 왜 돌아오셨대요?"

"몇 년 함께 일하고 몇 달 함께 싸운 동료들한테 미안해서 마음이 너무 불편하셨대요. 대단하신 거예요. 아시겠지만 2천만 원이면 이분들 연봉이거든요."

노조에 급히 연락해서 각서와 계좌이체 내역을 사진으로 전달받고, 송무국장에게 전자소송으로 제출해달라고 부탁한다. 부디 재판부 마음을 흔들어주기를, 기도한다.

조합원 매수 증거를 제출한 날부터 사흘째 되는 날, 송무국장이 메신저에 PDF 파일을 하나 올린다. 가처분 사건 결정문이다. 숨이 턱 하고 막힌다. 차마 클릭하지 못한다. 심호흡을 대여섯 번쯤 하고 나서야, 눈을 찔끔 감고 마우스 버튼을 클릭한다.

결정문 첫 페이지의 '주문'은 일부인용이다. 재빨리 스크롤바를 내려서 '판단'으로 이동한다. '채권자와 용역업체 사이의 관계, 청소 근로자들의 근로 조건 및 근로 내용에 대한 채권자의 개입 정도 및 방법, 용역 계약 종료의 시기와 그 과정, 그 이후 단체교섭 결렬의 과정, 근로 계약 종료에 의한 해고 등 일련의 과정에 비추어보면, 채무자들이 그동안 진행해온 쟁의행위는 주체, 목적, 시기, 절차 면에서 모두 정당한 것으로 보이는바, 채권자로서는 채무자들의 피케팅, 구호 제창, 선전 활동 등 쟁의행위를 수인할 의무가 있다.'

만세! 나는 의자에 앉은 채로 두 주먹을 쥐고 폴짝폴짝 뛴다. 행간을 읽어보면 부당노동행위가 있었다는 취지까지 포함돼 있다. 미친년처럼 웃음이 실실 나온다. 이겼다, 이긴 거다. 메신저 창이 시끄러워진다. 이모티콘을 마구 쏘아대며 자축하고 서로를 격려한다.

"상희 씨가 이길 줄 알았다니까요. 흐흐. 축하해요."

"모두 함께한 일이에요. 덕련 씨까지요."

"저야 뭐, 제 일을 한 건데요."

"저도 그런데요?"

우리는 함께 웃는다. 오랜만에 맘 편히 웃어본다. 마음의 긴장이 확 풀어진다.

"상희 씨."

"네에."

그가 잠시 뜸을 들인다.

"우리 얼굴 한번 볼래요? 그냥 편하게요."

뭐라 답해야 할지 모르겠다. 진심으로 모르겠다. 두 개의 마음이 엇갈린다.

메신저 창에 메시지가 하나 뜬다. 송무국장이다. '엘제이아이 대리인한테서 연락이 왔어요. 급한 일이니 빨리 전화 좀 달래요.'

"아… 제가 지금 급한 일이 생겨서, 나중에 얘기해요."

전화를 끊으려 한다. 핑계만은 아니다. 일 먼저 처리하고, 이따 전화해서 뭐든 대답해야겠다고 생각한다.

"상희 씨, 아니 이상희 변호사님!"

"네?"

"아무튼 정말 잘 해냈어요."

엘제이아이 측은 합의 의사를 전해왔다. 임금협약과 단체협약을 체결하고, 노조 사무실과 휴게시설을 제공하고, 임금 인상과 정년 연장 요구를 수용하는 대신, 트라이앵글타워에는 새로 채용돼서 일하는 분들이 있으니 그룹 계열사의 다른 빌딩으로 옮기는 조건이다. 이 정도면 백기 투항이나 다를 바 없다. 조합원 매수 사실이 발각되고 가처분 사건에서 패소한 것이 결정적이었을 거다.

노조에 전화해서 엘제이아이 측 제안을 전달한다. 덕련에게도 알려주어야 하지 않을까 싶었지만, 아직 대답을 정하지 못해서 전화를 걸지 못한다. 엘제이아이의 제안에 대해서는 노조를 통해 금방 알게 되겠거니 한다.

며칠이 지나도록 전화는 걸려오지 않는다. 싸움이 끝나서 전화할 일이 없어진 건지, 아니면 내가 대답을 안 해서 거절의 의미로 받아들인 건지, 그것도 아니면 합의 제안이 들어온 걸 알려주지 않아서 기분이 상한 건지 알 수 없다.

하지만 밤 9시가 되고, 10시가 되면 어쩐지 전화가 기다려진다. 스마트폰을 자꾸만 들여다본다.

끝이 보이지 않는 재택근무. 처음에는 사람과 부대끼지 않아도 돼서 좋기만 했는데 이젠 지겨운 마음도 든다. 바깥 날씨가 궁금해서 발코니에 나가서 암막 커튼을 활짝 걷어본다. 눈이 많이 온다는 예보가 있었는데 진짜로 함박눈이 쏟아지고 있다. 앞 동의 불빛이 모두 따뜻한 색감이다. 사람들의 얼굴도 평화롭고 포근해 보인다. 부러운 마음이 들지 않는다면 거짓말이다.

암막 커튼을 걷어둔 채로 침실로 가서 불을 끄고 침대에 몸을 누인다. 잠이 오지 않는다. 머리맡에 둔 스마트폰을 켠다. 액정에서 터져 나온 불빛에 순간 침실이 환해진다. 부신 눈을 깜박이며 그와의 통화 목록을 열어본다.

그는 거의 하루에 한 번씩 전화를 걸었다. 스무 번도 넘게 걸었다.

나는?

한 번도 걸지 않았다.

일어나서 불을 켜고 거실의 책장으로 향한다.《콜레라 시대의 사랑》을 꺼내서 표지에 적힌 책 소개 글을 읽는다. 사랑 이야기다. 첫 페이지를 펼친다. 소설은 이렇게 시작한다. '그것은 어쩔 수 없는 일이었다.'

그건 어쩔 수 없는 일이었다. 그도 나도 외로웠고 연대할 사람이 필요했다. 트라이앵글타워의 청소 노동자들이 그랬던 것처럼. 그러나 사랑 이야기는 아니다. 세상에 이런 사랑은 없을 테니까.

코로나 시대라면 다를 수 있으려나.

나는 다시 스마트폰을 켜고 통화 목록을 한참이나 바라본다.

김형규
학부에서 동양사를, 대학원에서 러시아 현대사와 시베리아의 역사를 공부했다. 대학에서 강의했고, 여러 분야의 책을 기획, 편집, 집필, 번역하기도 했다. 2021년 〈대림동 이야기〉로 《계간 미스터리》 신인상을 받았다. 지금은 변호사로 일하며 틈틈이 소설을 쓰고 있다.

어떻게

영화사에
우리 소설을 팔 것인가

할리우드에 IP를 판매한 영화제작자 김은영 교수

인터뷰 진행 ★ 김소망

추계예술대학교 문학·영상대학 영상비즈니스과 교수. 삼성전자 전략기획실(가전부
문) 광소프트사업팀(Nices)과 삼성영상사업단 영화사업부에서 한국영화 투자·관리
를 담당했으며, 서울단편영화제를 기획했다. 극영화 〈거울 속으로〉(2003), 〈사랑니〉
(2005), 〈뜨거운 것이 좋아〉(2007) 등을 제작했으며, 〈MIRRORS〉(2008, 미국 리젠시 프
로덕션)의 코프로듀서였다. 〈아시아영화의 역량과 상생의 비전〉(2020, 영화진흥위원회)과
〈Cinematic Competence of Asia and Vision for Co-prosperity〉(2020, 영화진흥위원회)
를 책임연구했으며, 《영화 비즈니스 입문》(2014, 커뮤니케이션북스)과 《영화 카피》(2015,
커뮤니케이션북스)의 저자다. 주요 논문으로 〈영화관객 연구: 텍스트결정론에서 소비의
맥락까지〉(《영화연구》 42, 2009), 〈로셀리니의 '이탈리아 여행'(1953) 분석〉(《영화연구》 47,
2011) 등이 있다. 현재 울주산악영화제 집행위원이자 부산국제영화제 마켓(ACFM; Asian
Contents & Film market) 운영위원이다.

기획 단계부터 영상화를 고려하는 소설 출간이 더 이상 낯설지 않다. 매력적인 이야기에 대한 수요는 폭발적으로 늘었고 넓게 본다면 100자 트위터 글이나 커뮤니티에 농담으로 떠도는 게시물도 영화화, 드라마화될 수 있는 세상이 되었다. 원천 IP(Intelletual Property)의 확장이란 작가와 출판사에 매혹적이며 불가피한 영역이 되었다.

이런 상황에서 2022년 10월, 부산국제영화제에 원천 IP 세일즈마켓인 '부산스토리마켓'이 출범했다. 기존의 영화 세일즈마켓을 스토리마켓으로 전환할 것을 제안한 추계예술대학교 영상비즈니스과 김은영 교수를 온라인상에서 만나 IP 확장을 꿈꾸는 출판사가 알아야 할 점, 갖춰야 할 전략을 물었다. IP 확장이 출판 산업의 유일한 돌파구는 아니겠지만, 적극적으로 영리한 시도를 꾀하는 출판사들이 늘어 출판계가 다양한 방면의 돌파구를 스스로 만들어나가길 바라며 질문을 준비했다.

안녕하세요.

> 안녕하세요. 김은영입니다. 현재 교수로 재직 중이고 영화 〈거울 속으로〉, 〈사랑니〉, 〈뜨거운 것이 좋아〉를 제작한 프로듀서였습니다. 〈거울 속으로〉의 리메이크 판권을 할리우드의 리젠시프로덕션에 판매하기도 했습니다.

영상비즈니스과는 다소 생소한데 무엇을 배우는 학과인가요?

> 영화 프로듀서가 되는 데 필요한 역량을 배우는 학과라 할 수 있습니다. 저는 영화를 포함해 콘텐츠 비즈니스 전반을 가르치고 있습니다. 스토리 개발과 그것을 비즈니스로 연결하는 플랜 등 기획·개발 과정, 개인의 창작활동, 비전을 가이드하고 있죠.

이름만 들었을 땐 예술학과보다 경영학과에 소속된 학과 같아요.

> 맞습니다. 추계예대가 다른 과는 다 예술학사인데 영상비즈니스과만 경영학사예요. 영화 비즈니스에는 100년 동안 유지되어온 매우 정교한 영역들이 있어요. 대다수 영화전공 과정에서는 그 부분들이 상대적으로 중요하게 다뤄지지 않았던 거죠. 1990년대 초 대기업에서 영화 사업을 기획하면서 할리우드의 성공 전략을 이해하고 영화 비즈니스 전 영역을 경험했습니다. 한국 영화가 급성장하던 2000년대 초 프로듀서 역할이 중요해졌고, 대학에서도 비즈니스를 중시하는 경향이 나타났습니다. 덕분에 저도 교수가 된 거죠.

처음에 영화 일은 어떻게 시작하시게 되었나요?

음악에 관심이 많아서 대학생 때 음악과 관련된 일을 했었고요. 음악에 관한 글을 쓰다가 삼성전자에 입사했어요. 1990년대 초반에는 한국 전자회사들이 일본의 소니나 마쓰시타 그룹의 사업 방향을 많이 학습할 때였는데, 그 회사들이 미국의 메이저 스튜디오들을 거액으로 매수하자 삼성전자도 비슷한 고민을 한 거죠. 영화 사업에 뛰어들기 위해 한국에서 어떻게 하는 게 좋을지 검토하기 시작한 겁니다. 저는 삼성전자에 이어 삼성영상사업단의 영화사업부에 배속돼서 한국 영화 투자 일을 맡았어요.

영화를 비즈니스 측면에서 접근하는 학생들은 요즘 어떤 콘텐츠에 흥미를 느끼나요?

아무래도 프랜차이즈 영화에 관심이 많아요. 셜록이나 마블 유니버스 같은 경우죠. 스토리 확장이 가능하고 플랫폼 전략으로 성공의 가능성을 확 끌어올릴 수 있는가에 관심이 많습니다.

학생들은 시리즈물에 열광해요. 셜록 홈스를 예로 들면, 로버트 다우니 주니어가 주연한 영화 〈셜록 홈스〉, 홈스의 여동생이 주인공인 스핀오프 〈에놀라 홈스〉, 심지어 최근에 본 드라마 〈이레귤러스〉는 원작에 잠깐 나오는 베이커 스트리트의 10대 부랑아들이 주인공이더군요. 비즈니스를 공부하는 사람들은 이런 쪽에 더 관심을 두게 됩니다. 이런 요소는 CJ 등 투자사가 투자 결정을 할 때 중요하게 여기는 포인트 중의 하나이기도 해요. 투자자가 시리즈화의 가능성에 주목한 것은 꽤 오래되었습니다.

국내 IP 원천 콘텐츠의 구성비를 보면 웹툰과 방송이 제일 높아요. 이 두 가지가 36퍼센트이고 출판이 17퍼센트, 영화나 애니메이션이 10~12퍼센트예요(한국콘텐츠진흥원, 〈이야기 IP 성공사례 조사분석 연구〉, 2021. 12. 28, 67쪽). 웹툰이나 웹소설에 매우 집중돼 있다는 뜻이죠. 출판은 20세기와 21세기에 하는 일이 별 차이가 없는데, 확실히 21세기에 IP의 지형이 달라진 겁니다. IP의 유형이 달라졌으니까요.

그 지점에 있어 IP 확장을 중요하게 여기는 장르소설 전문 출판사나 작가들에게 약간의 딜레마가 있는 것 같아요. IP 확장과 상관없이 순수한 창작을 하고 싶고 독자들에게도 그런 작품을 선보이고 싶다는 점과 다양한 영역의 IP로 확장될 가능성이 높은 창작물 사이에서 고민하는 지점 말이죠.

그럴 것 같아요. 무슨 글이든 습관적으로 영상화를 생각하게 돼요. 그런데 이건 결국 선택의 영역인 것 같아요. 우직하게 한쪽으로 가서 성공한 사람도 많고요. 출판사는 그 두 개의 선택을 각각 다른 방식으로 마케팅할 수밖에 없는 것 같습니다.

저는 미스터리, 스릴러 장르물을 많이 보는 편이 아닌데 넷플릭스가 저를 학습시켰어요. 나비클럽에서 출간한 미스터리 장르소설들도 읽어봤고 그중 몇 권은 좋아해요. 저는 프로듀서니까 영화화를 고려하며 읽게 됩니다. 단점들도 빨리 발견합니다. 단편소설 같은 경우는 영상화하기가 상당히 힘들어요. 처음부터 모든 걸 다시 시작해야 하거든요. 이야기를 완전히 새롭게 구축해야 하고, 고쳐야 할 부분이 무척 많은데 소설을 쓴 작가가 이 점을 어떻게 받아들일까 고민하게 되죠. 매력적이고 아름다운 원작의 DNA를 손상하지 않고 이야기를 좀 더 확장성 있게 끌고 가고 싶은 게 프로듀서의 본능입니다. 한편으로는 작가의 의도를 넘어서 스토리를 수정하며 자유롭게 기획·개발하기를 원하기도 합니다.

작년 10월에 열렸던 부산국제영화제의 '스토리마켓'이 선생님께서 제안하신 프로젝트라고 들었어요.

2021년 6월 부산국제영화제로부터 영화제 중장기 전략 수립을 의뢰받았어요. 후속연구로 마켓(ACFM)의 중장기 전략도 맡게 되었습니다. 코로나를 겪으면서 콘텐츠 마켓이 온라인과 오프라인에서 동시에 열리는 하이브리드 방식으로 바뀌었고, 마켓을 중장기적으로 어떤 식으로 재구조화하는 게 필요할지 고민하다가 스토리마켓을 제안하게 되었습니다. 2004년에 영화 〈거울 속으로〉를 75만 달러에 판매해본 경험이 있어서 IP의 중요성을 잘 알고 있었으니까요. 당시로서는 최고가로 판매된 IP였습니다. 〈미러〉(2008)라는 제목으로 개봉해 20세기 폭스가 배급하는 걸 경험하며 IP의 중요성을 일찍 깨달은 편입니다. 최근에는 〈오징어 게임〉이 세계적으로 히트했고 K-스토리에 대한 관심이 뜨거웠기 때문에 스토리마켓이 시기적으로 딱 맞는다고 생각했어요. 작년에 시범적으로 운영했는데 생각보다 크게 성공했습니다.

'스토리마켓'이 무엇인지 구체적으로 설명해주세요.

부산국제영화제의 스토리마켓에는 세 가지 방향이 있어요. 한국 스토리의 쇼케이스, 유럽이나 할리우드의 메이저 프로듀서들을 불러서 그 스토리를 구매하게 하는 것, 아시아에서 스토리를 보유하고 있는 출판사 또는 영화사, 그 누구든 마켓에서 팔 수 있게 하는 것입니다.

작년에는 서울 도서전이 큰 부스를 차려서 출판사들이 한데 모여 협상했는데, 올해에는 출판사들이 더 적극적으로 개별적인 부스를 차려 활동하지 않을까 기대합니다.

출판사들이 보유하고 있는 다양한 IP를 어떻게 확장하고 판매할 수 있을지 비즈니스 마인드를 갖춰 전략적으로 준비해야겠군요.

맞습니다. 작년에 일본의 카도카와 출판사의 경우에는 준비를 잘해서 왔어요. 워낙 큰 출판사이긴 하지만 우리나라에 번역된 모든 책을 갖고 왔고 그중에는 영화계 사람 몇이 달라붙었던 프로젝트도 있었어요. 미팅을 해야만 보여주는 프라이빗한 프로젝트들도 있었습니다. 또 나중에 저에게 메일도 보냈어요. 관심이 있으면 연락해 달라는 거죠.

나비클럽도 작년 스토리마켓에서 제작사들과 미팅했었죠? 이젠 상대방에게 몇 개의 프로젝트를 어떻게 패키징해서 보여줘야 하는지 생각해야 할 때입니다. 큐레이션을 해서 보여줘야 하는 거죠. 공개적인 프로젝트 외에도 따로 준비해야 하고, 미팅에서 만날 당사자에 대한 사전 학습도 필요합니다. 규모와 상관없이 출판사라면 이런 쇼케이스를 잘 활용하는 게 필요할 것 같아요.

IP 판매 계약이 출판 계약과 다른 점이 많아서 관련 가이드를 해줄 곳이 있다면 좋겠다는 생각이 듭니다.

공부해서 터득해야 해요. 굉장히 다양한 계약서를 경험해보면서 그것의 유불리를 따져가는 과정이 필요합니다. IP의 관점에서 〈오징어 게임〉과 〈이상한 변호사 우영우〉를 많이 비교하잖아요.

〈오징어 게임〉은 예외적인 성공을 거뒀고, 이 작품의 계약 관계가 그 당시 제작사에는 가장 탁월한 선택이었을 거예요. 그게 아니었다면 과연 넷플릭스가 그렇게 어마어마하게 마케팅을 지원하고 〈오징어 게임〉이 전 세계적인 콘텐츠가 될 수 있었을까요? 계약에 가장 좋은 방식이란 존재하지 않는다고 생각해요. 너무 힘들면 낮은 가격에라도 팔아서 먹고사는 게 중요해질 때도 있고요. 진짜 센 아이템을 팔면서 다른 하나를 얹어줄 수도 있는 거죠. 굉장히 다양한 방식의 계약이 있기 때문에 출판사가 유연하게 접근할 필요가 있다고 생각해요. 원하는 것이 돈인지, 영화화 그 자체인지, 돈이 안 되더라도 내가 원하는 대로 만들고 싶은지 우선순위를 결정해야 합니다.

본격적으로 IP 확장 비즈니스에 나서려고 준비하고 있는 출판사들에게 마지막으로
해주고 싶은 말씀이 있나요?

계약을 체결하는 상대와 IP를 활용할 매체를 잘 이해할 필요가 있습니다. 출판사의
경험만으로 파악하기엔 어려운 영역이므로, 그 차이를 인정해야 합니다. 스토리를
풀어가는 방식이 매우 다르다는 걸 인정하고 그 영역의 전문성을 갖춘 사람을 신뢰
해보는 것도 좋습니다. 작품이 유통되는 과정 자체가 완전히 다르기 때문이죠.
작은 출판사의 경우에는 더더욱 전략이 필요합니다. 내 IP에 관심을 가질 사람과 기
업이 누구인지, 그들이 어디에 있는지 파악하는 게 중요하고 그들에게 접근할 수 있
는 경로를 수단과 방법을 가리지 말고 찾아야 합니다. 이 일에 모범 답안은 없지만,
권리와 의무에 있어서 나는 하나도 손해 보지 않겠다는 마음이라면 비즈니스가 성
사되지 않습니다. 마음의 여유를 갖고 해보시는 게 좋을 것 같고 외국의 사례들도 찾
아보시면 도움이 될 거예요. 각자의 방식을 찾는 게 필요할 것 같습니다.

★인터뷰 전체 영상은 나비클럽 유튜브 채널에 곧 공개될 예정이다.
(www.youtube.com/@nabiclub)

김소망
평생 영화와 책 사이를 오가고 있다. 대학에서 영화 연출을 전공했고 현재 직업은 출판 마케터. 마케터
란 한 우물을 깊게 파는 것보다 100개의 물웅덩이를 돌아다니며 노는 사람과 비슷하다는 생각을 한다.
운 좋게 코로나 전에 다녀온 세계 여행 그 후의 삶을 기록한 여행 에세이 외전, 《세계 여행은 끝났다》를
썼다.

문학평론가. 2011년 《경향신문》 신춘문예로 등단하여 활동 중.
현재 부산가톨릭대학교 인성교양학부 조교수로 재직 중이다.

한국적 장르 서사와 미스터리 ③

—SF와 미스터리는 좋은 동거인이 될 수 있는가

★ 박인성

SF, 고유의 문법이 없는 장르

이 연재 기획의 첫 번째 의도는 '장르'에 대한 이해를 구조적으로 명확하게 제시하는 것이므로 장르의 구성 요소 세 가지를 반복적으로 언급하거나 활용하고 있다. 장르는 관습convention, 도상icon, 이야기 문법formula으로 형성되며, 이 세 가지가 효과적으로 결합할 때 자기만의 개성을 드러낸다. 당연히 특정 시대의 경향과 유행은 나름의 도상과 문법으로 발전하며, 그중에서도 시대가 바뀌어도 살아남은 도상과 문법은 다시 관습이 된다. 예를 들어 오늘날 웹소설의 판타지 장르에서 나타나는 '회귀·빙의·환생'과 같은 소재는 주류를 형성하는 이야기 문법으로 통용되지만, 판타지 장르 고유의 관습이라고 말하기는 어렵다. 이세계물에서 남용되는 '이세계 트럭'과 같은 도상 역시 마찬가지다. 하지만 특정 시대의 유행이 지속적으로 살아남아 관습이 되면, 그러한 관습은 다시 장르에 있어서 이야기를 구성하는 기준점이 된다. 장르란 결국 새로움을 거쳐 갱신되는 원칙들의 종합이다.

SF는 그런 의미에서 다양한 관습을 도상의 형태로 제시하는 장르다. 우주선, 광선검, 외계인, 타임머신에 이르기까지 SF는 강렬한 도상을 중심으로 오랫동안 유지되는 관습들을 구성해왔다. 예를 들어 〈스타워즈〉와 같은 텍스트가 SF 하위 장르인 스페이스 오페라에 미친 영향력은 절대적이다. 우리는 SF를 정확하게 규정하고 그 구성 요소를 구조적으로 설명할 수 없다고 할지라도, 〈스타워즈〉가 SF라는 사실을 경험적으로 인지한다. 이처럼 도상화된 관습들이 우리에게 SF를 인지적으로 전달하는 방식은 지극히 문화적인 경험의 축적에 의존한다. 따라서 'SF적 상상력', 'SF에 가까운'이라는 수식어가 근래 한국 문학에서 자주 등장하는 것도 우연은 아니다. SF처럼 보이는 도상만 가져온다고 해도 대부분의 독자들이 '엄밀한 SF'와 'SF적인 것'을 구분하기란 어려울 수밖에 없다.

엄밀한 SF를 규정하는 요소들은 언제나 하위 장르에 의해서만 구체화된다. 사이버펑크, 스페이스 오페라, 시간여행이나 외계인 침략과 같은 하위 장르들은 저마다 좀 더 확실한 관습들을 가지고 있으며, 고유의 이야기 문법을 갖고 있는 것처럼 보인다. 하지만 더 자세히 들여다보면 SF의 하위 장르에 속한 많은 작품이 실제로는 다른 장르와의 결합을 통해 구체화되며 개성을 발휘하는 경우가 많다. 대표적으로 윌리엄 깁슨의 《뉴로맨서》(1984) 같은 사이버펑크 작품들이 SF와 누아르 장르의 결합이라면, 일부 스페이스 오페라는 SF와 웨스턴 또는 멜로드라마 등이 결합하는 방식이다. 이처럼 SF는 나름의 확고한 관습적 도상을 제공하지만, 그 이야기 문법에서는 다른 장르의 이야기 문법을 전유함으로써 개성적인 하위 장르를 형성하는 데 익숙하다고 할 수 있다. 마찬가지로 이러한 장르 결합에 미스터리가 합류하는 것도 결코 어색하거나 낯설지 않다.

세계적인 추세이기도 하겠지만 최근 한국에서도 문학과 기타 문화 콘텐츠를 가리지 않고 SF와 미스터리를 결합하는 장르 결합 시도가 광범위하게 나타나고 있다. 이러한 경향은 오늘날의 장르 간 결합이 매우 자연스러운 것이며, SF라는 장르의 혼합적 성격을 고려할 때 더욱 받아들이기 쉽다. 무엇보다도 SF라는 미래 사회에 대한 광범위한 관습적 재현의 틀 안에서, 미스터리 특유의 이야기 문법이 결합함으로써 어떠한 이야기 구성이 새롭게 발생할 수 있는가에 대한 물음에는 두 장르 사이의 친화성에 대한 이해가 필요하다. 특히 이야기 문법의 영역에서 좀 더 자유로운 SF와 각종 세계관이나 허구적 상황에 있어서 너그러운 미스터리의 만남은 서로의 빈틈을 효과적으로 보완하게 된다.

다른 한편으로 미스터리는 단독 장르일 때보다 서브 장르로 활용될 때 가장 빛나는 장르가 아닌가 싶을 정도로, 다양한 장르 작품에 있어서 입구가 되거나 혹은 분위기를 구성하기 위한 액세서리처럼 활용되는 중이다. 이런 현상을 부정적으로만 볼 필요는 없다. 본격적인 미스터리 장르 입장에서는 입지가 좁아지는 것일지도 모르지만, 포괄적인 의미에서 보면 미스터리는 상당히 많은 현대 문화 콘텐츠에 흡수되어가고 있다. 이는 미스터리가 SF와는 반대로 관습이나 도상보다도 이야기 문법의 차원에서 단순하게 관습화되어 있으며 대중 독자에게 익숙한 장르이기 때문이다. 물론 우리가 알고 있는 클래식한 본격 미스터리는 관습과 도상에 있어서나 이야기 문법에 있어서 매우 엄격하고 치밀한 장르다. 하지만 본격 미스터리에서 벗어나는 포괄적인 의미의 변격 미스터리는 범죄와 수색이라는 큰 틀의 플롯을 전개하는 이야기 문법의 차원에서 넓은 장르적 변형과 적응을 수행해왔다.

SF와 미스터리가 결합하는 경우 자연스럽게 SF는 그러한 세계를 구성하는 관습과 도상을 효과적으로 제시하고, 이를 미스터리의 이야기 문법으로 전개해나가는 텍스트 전략을 활용하기 쉽다. 하지만 미스터리가 모든 형태의 SF 하위 장르와 효과적으로 결합한다고 말하기는 어렵다. SF 하위 장르와 미스터리의 하위 장르가 서로에게 요구하는 구성적 요소들이 효과적으로 존재할 때, 장르적 결합은 비로소 창작자와 독자 모두에게 의미 있는 텍스트를 생산할 수 있기 때문이다. 여기에는 당연히 특정 하위 장르가 두 장르를 결합하는 데 필요한 당위적 주제의 구성, 그러한 주제를 감당할 수 있는 세계관 및 텍스트의 규범, 그리고 관습과 도상으로부터 출발하지만 그것을 뛰어넘어 텍스트 자체의 내적 논리를 자신만의 주동의식으로 구체화할 수 있는 인물이 필요하다.

특정 장르와 장르의 결합이란 결코 눈대중으로 재료를 뒤섞어 우연히 도출되는 결과물일 수 없다. 두 장르의 요소가 하나의 텍스트 안에서 구조적으로 정밀하게 교차할 수 있도록 구성적인 의미의 텍스트적 중간 지대, 그리고 단순히 하나의 장르만으로 환원되지 않는 텍스트 고유의 개성적인 독립성을 확보해야 한다. 따라서 하위 장르가 가지는 주제적인 친화성과 유사성, 그리고 그러한 장르 내부의 세계에 통용되는 관습적인 논리들이 서로를 보완하기에 유리해야 한다. 우선 이 글에서는 SF 하위 장르 중 사이버펑크와 스페이스 오페라 장르에서 가능한 미스터리와의 결합 양상에 대해 다룰 것이다. 이는 아주 흔하게 나타나는 양상이고 대표적인 텍스트도 존재하는 만큼 이러한 전범을 통해서 새로운 장르적 갱신을 수행할 방법에 대해서도 좀 더 수월하게 논의할 수 있을 것이다.

사이버펑크는 하드보일드의 꿈을 꾸는가?

SF의 특정 하위 장르가 미스터리와 결합하는 대표적인 사례를 떠올릴 때, 필립 K. 딕의 《안드로이드는 전기양의 꿈을 꾸는가》(1968)와 리들리 스콧 감독의 영화 〈블레이드 러너〉(1982)를 빼놓고 생각하기 어렵다. 지극히 개인적인 취향의 영역에서 〈블레이드 러너〉와 함께 〈블레이드 러너 2049〉(2017)를 통해 SF와 미스터리의 결합 양상에 대해 이야기하고 싶다. 두 텍스트는 모두 포괄적인 사이버펑크 장르에 속하지만 그 내적인 이야기 문법으로 들어가면 두드러진 차이를 발견할 수 있다. 관습과 도상적으로는 동일한 세계관의 관습적 묘사를 수행하고 있음에도 불구하고, 이야기를 전개하는 방식과 그 의미화의 방식에서는 미스터리 내부의 다른 접근법을 활용하고 있기 때문이다.

우선 〈블레이드 러너〉는 초기 사이버펑크 장르의 관습화된 특징들을 확실하게 보여주고 있다. 이 텍스트는 포괄적으로는 SF의 도상을 가지고 있지만, 이야기 문법에 있어서는 우리가 익히 알고 있는 하드보일드 탐정 서사를, 그리고 시각화된 분위기mood에 있어서는 필름 누아르 양식에 속한다. 주인공 릭 데커드 역시 '블레이드 러너'라는 일종의 탐정-추적자로서, 미래 사회 내부에 잠입한 복제인간 '레플리칸트'들의 잠재적인 위협에 맞서 그들을 제거하는 임무를 수행한다. 무엇보다도 데커드가 고전적인 본격 미스터리의 탐정보다는 하드보일드 탐정에 가깝다는 것은 여러 가지 차원에서 환기되는 사실이다. 이는 사이버펑크의 미래 사회에 대한 인식과 재현이 단순한 디스토피아가 아니라 미국 사회가 대공황 전후에 맞이한 미증유의 성장 및 혼란과 닮아 있기 때문이다.

초기 하드보일드 탐정 소설의 핵심은 범죄를 단순히 비이성적 개인의 일탈 행위로 취급하는 것이 아니라, 근본적으로 난폭하고 추악한 행위로 인식한다는 점에 있다. 탐정은 단순히 범인의 정체를 마주하는 것이 아니라 급격한 경제 성장과 휘황찬란한 대도시화 과정에서 타락한 현대사회와 적나라하게 마주하기 때문이다. 여기서 범죄는 도시의 환경과 궁극적으로는 도시인 모두를 파고드는 만연한 사회적 구성물이다. 우리는 〈블레이드 러너〉에서도 미래 사회의 근본적인 타락을 거대한 도시의 시각적 구성물을 통해 경험한다. 아찔한 빌딩 위의 마천루에서부터 네온 불빛 아래 빗물에 젖어 진창이 된 어두컴컴한 골목길까지, 위험이 도사리는 사이버펑크의 세계관은 하드보일드 탐정이 마주하는 대도시의 뒷골목과 크게 다르지 않다.

그런 의미에서 데커드의 역할은 단순한 탐정이 아니다. 그는 레이먼드 챈들러 소설에 등장하는 필립 말로처럼 자신을 타락한 사회로부터 격리하고 싶어 하는 시대착오적이고 고립된 인간이다. 우리가 필립 말로를 통해서 확인할 수 있듯이, 하드보일드 탐정의 자기격리는 그가 갖추고 있는 지성이나 교양의 작용이 아니다. 오히려 그의 도덕적인 기준에서 용납할 수도, 이해할 수도 없는 시대적인 가치와 태도를 지닌 사회에 대한 철저한 거부라고 할 수 있다. 이처럼 〈블레이드 러너〉 속 주인공의 모습은 하드보일드 탐정 소설에서 마치 시대착오적인 서부 사나이가 트렌치코트를 입고 이 시대를 지나쳐 가는 것과 같다.

그런 의미에서 레플리칸트와 데커드가 묘한 동질감을 느끼며 교감하는 것은 운명적으로까지 보인다. 레이첼에 대한 데커드의 사랑의 감정은 물론이고, 지구로 잠입한 레플리칸트 6인의 리더라고 할 수 있는 로이 배티와의 미묘한 교감은 이 영화를 이해하는 데 핵심이 된다. 타락한 시대에 어울릴 수 없는 부적응자로서 데커드가 느끼는 기이한 고립감이 그들 사이의 교감을 가능하게 한 매개물이기 때문이다. 〈블레이드 러너〉에 대한 해석 가운데 데커드를 레플리칸트로 보는 시각도 있지만 그 진실 여부는 그다지 중요해 보이지 않는다. 타락한 미래 사회로부터 의식적으로 거리를 두기 위해서 시대착오적인 존재가 되기를 기꺼이 선택한다는 점에서 데커드는 인간 사회로부터 소외되고 격리되어야 하는 레플리칸트와 다르지 않은 존재이기 때문이다.

영화 전반에 흐르는 이러한 정서가 사이버펑크와 하드보일드 사이의 공감대를 구체적으로 보여주고 있다. 하드보일드에 등장하는 남성 주인공들은 이상화된 전근대적 세계나, 도시화 이전의 자연적 세계에 대한 낭만적 웨스턴 장르의 주인공들과 구별된다. 흔히 서부 개척기의 프런티어 신화에 향수를 느끼는 이상주의자는 문명화된 도시에 숨어든 잠재적 범죄자들이다. 예를 들어 최근의 게임 〈레드 데드 리뎀션〉(Red Dead Redemption 2, 2018)은 서부 개척시대가 종말을 고하는 1899년을 배경으로 보안관과 핑커톤 탐정사무소의 추적자들이 얼마 남지 않은 서부의 갱단을 추적해 소탕하는 과정을 다룬다. 이러한 추적으로 그들의 정체가 마을을 위협하는 무법자라는 사실이 폭로되고 전체 갱단이 파괴되는 과정이 구체화된다. 사실 이 이야기의 원형적인 작품은 〈내일을 향해 쏴라〉(1969)로, 시대 변화에 적응하지 못하고 몰락하는 갱단의 마지막을 다루는 과정과 흡사하다. 데커드의 역할은 문명화된 도시로부터 과거의 무법자들이 돌아오는 것을 막아내듯이, 고도로 발달한 미래 사회의 잠재적인 범죄자들을 막아내는 것이다. 문제는 하드보일드 탐정이 사실상 시대착오적인 존재라는 점에서 웨스턴의 무법자들과 닮아 있듯이, 데커드 또한 미래 사회에서 소외된 존재라는 점에서 레플리칸트와 닮아 있다는 사실이다.

웨스턴에서 하드보일드로 이어지는 미국의 시대적 정서는 1920~1930년대에 유행한 하드보일드 장르를 지배하는 비관적 분위기와 연결되어 있다. 1차 세계대전과 대공황, 급격한 산업화와 도시화를 경험한 미국인들의 냉소주의가 반영되어 있는 것이다. 하드보일드는 이제 완전히 끝장나버린 개척시대 이후의 서부 대도시, 그러나 세계대전 및 대공황과 함께 찾아온 도덕적 해이 속에서 발전한 장르이며, 서부 개척정신의 종말을 의미한다. 필립 말로는 고전적 미스터리의 탐정과는 대조적으로 냉소적인 주변인이며, 더 넓은 맥락에서는 타락한 사회와 자신을 분리하며, 도덕적 순결성을 지키기 위해 자발적 소외를 추구하는 미국적 (남성) 자아상을 대표한다.

이러한 맥락에서 사이버펑크가 1980년대에 미국적 냉소주의를 다시금 반복하는 장르라는 사실은 그다지 놀랍지 않다. 〈대부〉(1972)와 같은 영화가 상징하는 바처럼 이민자들에 의해서 낭만화된 아메리칸 드림은 이미 미국 사회 내부에서 붕괴되었으며, 기껏해야 선택할 수 있는 것은 마이클 콜레오네가 그러하듯 스스로 고집하고 있던 고고한 개인주의를 포기하고 다시금 도덕적으로 타락한 가족 범죄에 가담하는 것뿐이다. 특히 사이버펑크가 구성된 1980년대의 미국은 문화적으로는 전성기를 구가하고 있음에도 불구하고 경제적으로는 중산층이 몰락하고 서민들은 미래에 대한 불안에 잠식되던 시기였다. 사이버펑크 장르가 1980년대 미국인들의 경제에 대한 공포, 즉 언젠가 일본이 미국 경제를 지배할지도 모른다는 불안의 반영이라는 사실은 널리 알려져 있다.

반복되는 사회적 불안과 도덕적 해이 속에서 다시금 고고한 개인의 역할이 사이버펑크 장르 내에서 새롭게 요구되었던 것이다. 데커드의 자발적인 소외와 고립은 시대로부터는 거리를 두지만, 레이첼이나 로이 배티와 같은 동질적인 소외자들을 발견할 수 있는 개성적인 시선과 감수성으로 발전했다. 이는 필립 말로가 어디까지나 고고한 개인으로서 자신을 모든 사회적 구성원으로부터 분리한 것과는 차별화된다. 그렇게 사이버펑크는 근본적으로 레트로-퓨처리즘Retro-Futurism의 형태로 SF라는 포괄적인 장르적 관습 속에서 하드보일드를 재구성한다. 거기에는 여전히 미래 사회에 대한 냉소주의가 자리하고 있지만, 하드보일드의 냉철한 냉소주의와는 구별되는 감상주의 또한 존재한다. 레이첼이 하드보일드 특유의 팜파탈 캐릭터에서 벗어나 자기정체성을 탐색하는 과정에서 데커드를 구하는 적극적인 인물로 발전한다는 점에서도 그렇다. 그 유명한 영화의 결말에서 로이 배티의 독백에 가까운 유언은 데커드에게 사이버펑크 세계가 잃어버린, 너무나 인간적인 감수성과 단순히 인간의 긴 수명만으로는 획득할 수 없는 삶의 밀도에 대한 암시를 제공한다. SF와 미스터리의 의미심장한 결합을 보여주는 극적인 사례다.

미래 사회에서 다시 정체성을 탐색하기

〈블레이드 러너〉의 연장선상에서 〈블레이드 러너 2049〉는 SF의 세계관 내부에 더욱 본질적인 의미의 미스터리적 상황을 재구성한다는 점에서 흥미롭다. 이 영화는 SF가 어떻게 미래 사회를 다루는 사회적 장르로서의 미스터리가 될 수 있는지를 상당히 잘 보여준다. SF라는 허구적인 이야기 양식을 통해서 우리가 상상하는 미래 사회에 대한 전망에는 본질적으로 그러한 사회를 살아가는 구성원이자, 기술의 소유자이며 그것을 활용하여 세계를 조작하는 주체에 대한 질문을 던진다. 레플리칸트로서 블레이드 러너 직업을 유지하는 주인공 '조'의 자기정체성에 관한 질문은 〈블레이드 러너〉에서 하드보일드 탐정으로서의 데커드는 수행할 수 없었던 좀 더 심층적인 미스터리에 해당한다.

드니 빌뇌브 감독이 독립적인 사이버펑크 작품을 만들기보다 〈블레이드 러너〉의 후속작 〈블레이드 러너 2049〉를 연출함으로써 발생하는 적극적인 의미 역시 단순히 SF 차원의 연속성만이 아니라 미스터리의 차원에서 심화되는 것처럼 보인다. 그것은 하드보일드 장르에서 탐정이 스스로를 사회로부터 격리하는 데 집중하느라 충분히 고찰할 수 없었던 도시인들의 내부적인 정체성에 대한 탐문이다. 필립 말로에게 있어서 어차피 대도시의 구성원들은 사회구조적인 악에 대한 잠재적 협력자에 지나지 않는다. 하지만 희망이 없어 보이는 사이버펑크의 미래 사회 내부에서도 주인공 조는 단순한 냉소주의자나 레플리칸트로서의 제한된 삶에 갇힌 존재가 아니다. 조에게 욕망을 부여하고 그를 사이버펑크 세계의 개성적인 존재로 만들어주는 유일한 욕망은 정체성의 수수께끼에 대한 것이다. 그리고 당연히 그것은 조 개인의 수수께끼이면서, 타락한 미래 사회에서 구조적으로 벗어나고자 하는 모든 존재에 대한 수수께끼다.

지난 연재에서 언급했던 바를 떠올려보자. 고전적인 미스터리가 탐색해야만 했던 정체성의 수수께끼는 결국 근대적 세계의 사회적 구조 내부에서 스스로를 감출 수 있는 익명적인 존재의 가능성이다. 미스터리는 범죄의 가능성이 제공하는 사회적 위험을 문명화된 근대사회와 대립하는 비이성과 혼돈이라는 차원으로 배치했다. 범죄인은 반근대인으로서 제거되고, 그 신원을 밝혀내는 과정에서만 근대인의 탐색 과정의 우위를 전시할 수 있게 된다. 셜록 홈스와 같은 근대적 이성의 대변자들은 마치 시대를 앞질러서 탄생한 빅데이터 기반의 AI와 같은 존재다. 탐정은 근대적 이성이 가진 무한한 추리의 위력을 통해서 세계를 해석하고 유의미한 진실의 구성물로서 전시한다. 범죄란 언제나 드러나기 위해 존재하는 퍼즐이며, 범죄자는 밝혀지기 위해 존재하는 탐정의 대립물에 불과하다. 근대인의 정체성은 그렇게 명명백백한 세계 인식 속에서 혼란과 무의미를 축출하는 디스크 조각 모음의 결과물인 셈이다.

반대로 우리가 이처럼 고전적인 미스터리의 질문을 새롭게 갱신하는 SF에 주목해야 하는 이유는, 오늘날을 살아가는 모든 근대인들 또한 지금까지 자기정체성에 대한 의문을 접어두고 살아왔던 시대에서 벗어나 다시금 정체성의 수수께끼에 노출되어 있기 때문이다. 기술 중심의 미래 전망이 단순히 미래가 아니라 우리의 현재에 도래해 있는 시대, 가상현실은 물론이고 미래 사회에 대한 온갖 정치적 상상력이 결합된 복합적인 현실 내부에서 우리는 자기정체성에 대한 물음에서 자유로울 수 없다. 로봇과 안드로이드, AI가 새로운 사회적 동료로 이미 우리와 함께 살아가고 있는 현실에서, 인간 주체에 대한 물음, 그리고 현실의 정체성보다도 압도적인 가상현실과 온라인에서의 ID를 더욱 선명하게 실감하는 시대에, 미스터리는 근대적인 지평이나 이성 중심의 추리로부터도 벗어남은 물론 추리의 위력을 통해 자기정체성에 대한 답을 찾을 수 있다는 기대에서도 벗어날 필요가 있다.

〈블레이드 러너 2049〉에서 조가 수행하는 수색과 탐문 과정은 결코 레플리칸트 범죄자의 정체성을 밝혀내기 위한 추적 과정이 아니다. 여기서 정체성의 수수께끼는 근대성의 영역에서 더욱 선명하고 구체적인 도시인으로서의 정체성을 구성하기 위해, 사회 내부의 잠재적 위협을 제거해야 했던 과거의 미스터리와는 다소 다를 수밖에 없다. 실제로 이 영화에서 조는 이중의 추적을 수행하고 있다. 하나는 릭 데커드와 레이첼 사이에서 탄생한 유일한 레플리칸트 2세 생존자를 발견하는 것이다. 이는 레플리칸트 2세에 대한 의문을 해소하기 위한 탐색이면서, 동시에 레플리칸트를 생산하는 월레스 사의 새로운 도약을 위한 도구를 찾는 과정이기도 하다. 하지만 다른 한편으로 조는 자기 자신이 누구인지를 탐색하고 있다. 처음에는 자신이 레이첼의 아들이 아닐까 하는 희망 섞인 탐색이었지만, 결과적으로 조는 자신이 그러한 존재가 아니라는 사실을 알게 되었음에도 오히려 그에 대한 안내자로서의 역할을 발견한다. 그 과정을 통해 블레이드 러너나 레플리칸트로서 주어진 정체성 이상의 역할을 스스로 극복하는 것이다.

결국 〈블레이드 러너 2049〉가 미스터리 형식으로 수행하는 탐색의 과정은 노예로서의 자기 자신을 벗어나는 다른 존재의 위상을 발견하고자 했던 조의 자기 해방을 위한 노력의 결과물이다. 레플리칸트가 사실상 기존 인간들의 노예 계층으로 존재하며, 상품으로 생산되는 디스토피아적 미래에서 결과적으로 지배와 착취의 구조를 넘어서는 정체성의 가능성을 발견하는 것이다. 조의 모든 탐색 과정은 스스로에 대한 이해와 함께 릭 데커드를 발견하고 그를 딸에게 안내함으로써, 레플리칸트의 계급 혁명이 임박했음을 암시하는 것으로 영화는 끝난다. 이러한 결말은 조의 죽음 이상으로 그가 발견해낸 자기정체성의 응답이 절망이나 냉소로 끝나지 않는다는 적극적인 해석으로 이어질 수밖에 없다. 전통적인 미스터리가 사회적 혼란을 제거하기 위해 범죄자의 정체성을 탐색하는 수색 과정을 모델화했다면, 여기서 우리가 확인하게 되는 SF 내부의 미스터리는 오히려 사회적 혼란을 부추기고 닫힌 미래 사회를 급진적으로 무너뜨리고 인간성에 억압되고 소외되어왔던 존재들에게 새로운 정체성의 답을 제시하기 위한 혁명적인 모델화를 수행한다.

조는 경찰 동료들에게는 사실상 '껍데기'라고 불리며 차별받는 레플리칸트에 불과하지만, 일상 속에서도 연인이자 동거인인 AI '조이'와의 관계에 있어서 더욱 실존적인 대화를 수행한다. 〈블레이드 러너〉에서 레이첼이 데커드를 유혹하는 팜파탈의 전형적인 묘사를 벗어나 자기정체성을 찾아 나서듯, 〈블레이드 러너 2049〉의 조이 역시 조의 조력자에 그치지 않고 자기에게 주어진 역할 이상으로 정체성의 한계를 뛰어넘는 모습을 보여준다. 조이는 조에게 적극적으로 자신의 정체성을 찾아 나설 것을 요구할 뿐 아니라, AI로서의 자신의 존재를 걸고 조를 돕는다. 이는 단순히 조에 대한 종속적인 관계를 보여주는 것이 아니라, 조를 통해서 조이 스스로가 자기정체성을 확장하고 새롭게 구성하기 위한 시도를 수행하고 있음을 보여주는 과정이다. AI나 레플리칸트에 대한 기술적 독점과 그에 의해 발생하는 기술의 상품화에는 그것을 뛰어넘고자 하는 저항의 씨앗이 항상 수반된다.

미스터리에서 정체성의 수수께끼가 발휘하는 저항의 가능성은 범죄에 대한 탐정의 추리가 단순히 안정된 세계를 유지하는 것을 넘어 역동적인 방식으로 더 확장된 인간성에 대한 질문과 발견으로 이어진다. 마찬가지로 SF와 사이버펑크에서도 기술은 지배를 강화하고 착취를 정당화하는 상업적 상품에만 국한하지 않고, 그것을 활용하는 사용자들이 제한된 상품 소비의 구도를 벗어나 해킹하고 새로운 가능성을 발견할 수 있음을 끊임없이 환기한다. 사이버펑크에서 범죄의 위험은 본질적으로 기술에 대한 우리의 전망과 우려 사이에 존재하는 것이다. 물론 미래 사회의 기술은 거대 기업이 독점하고 있다. 〈블레이드 러너〉의 타이렐 사와 〈블레이드 러너 2049〉의 월레스 사처럼 말이다. 하지만 그들이 소유하는 기술의 산물이 결코 통제될 수 없는 미지의 정체성을 내포하고 있으며, 그것을 스스로 탐색할 수 있을 만큼 고도로 발달한 존재라는 사실을 인정할 수밖에 없게 된다.

이러한 과정을 통해서 사이버펑크에서 인간성에 대한 질문은 본질적인 미스터리로 되돌아간다는 인상을 준다. 정체성이란 기본적으로 사회구조에 의해 제한적으로 주어지고 발견되는 개념이지만, 역설적으로 그 안에는 주어진 것 이상의 수수께끼가 존재하며 그것을 자발적으로 찾아갈 수 있는 새로운 탐색과 추리의 과정 또한 잠재되어 있다는 사실이다. 그렇다면 사이버펑크에서 기술 안에 매개된 자기 발견의 가능성이란 근대적인 방식으로 탄생한 정체성의 수수께끼에 대한 정반대 이야기로서 미스터리 장르를 갱신하는 것처럼 보인다. '정체성의 수수께끼'가 근대문학으로서의 미스터리가 거듭나기 위해 반드시 경유해야만 하는 이성적 질문과 답변의 과정이었다면, 장르문학으로서의 갱신을 통해 미스터리는 그 이상의 자기 발견을 수행하는 장르적 방법론을 SF에서 수행하는 것이기도 하다.

확장하는 장르 결합

이번 연재에서 살펴본 것처럼, 〈블레이드 러너〉가 하드보일드 탐정 서사라면 〈블레이드 러너 2049〉는 자기정체성을 탐색하는 고전적인 미스터리로서의 내적인 이야기 문법을 SF의 관습적 도상과 결합해 흥미롭게 제시했다. 주로 사이버펑크를 중심으로 살펴보았지만 SF와 미스터리의 결합은 훨씬 더 많은 하위 장르 간의 결합을 통해서 실험되고 구체화될 수 있다. 예를 들어 SF 쪽에서는 스페이스 오페라 장르가 특히 다양한 가능성을 가지고 있다. 이 하위 장르는 우주를 배경으로 우주선과 모험을 수행하는 '활극活劇'이라는 나이브한 차원의 정의를 수행할 수밖에 없기 때문이다. 스페이스 오페라는 전형적으로 인간 혹은 외계의 여행자들로 채워진 우주를 가상으로 설정하며 갈등을 거쳐 주로 격렬한 해결책을 제시한다. 따라서 자극적 혹은 도피적 성향을 보이거나 순수한 흥미 위주라는 평이 지배적이어서 진지한 성찰은 결여된 장르로 취급됐던 것도 사실이다. 스페이스 오페라를 부르는 '우주 활극'이라는 명칭 또한 이러한 기본 공식과 문법 때문에 붙여진 나이브한 장르 이해 방식이다.

하지만 다르게 말하자면 스페이스 오페라의 비성찰적 요소로 인해 오히려 온갖 형태의 장르적 요소들과 자유로운 장르 결합이 가능하다. 신선함과 독창성이 특징인 SF의 범주에 스페이스 오페라가 남아 있으려면 지속적으로 자체 갱신해야만 하기 때문이다. 스페이스 오페라의 자기 갱신에 대한 강박은 고전적인 신화, 멜로드라마부터 시작해서 일종의 로드무비, 버디무비, 웨스턴무비와의 결합까지 자연스럽게 수용해왔다. 하지만 콜라주적인 시도를 보여준 것은 와타나베 신이치로 감독의 애니메이션 〈카우보이 비밥〉

(1998~1999)이다. 이 애니메이션은 표면적으로 SF와 웨스턴, 혹은 케이퍼무비라고 할 만한 현상금 사냥꾼들의 이야기를 다루고 있지만, 각각의 에피소드가 옴니버스 형식으로 배치되어 각 에피소드별로 상이한 장르적 결합을 수행하기 때문이다. 이 작품이 보여주는 SF의 장르적 확장 방식은 그 자체로 컬트적이면서도 효과적인 대중적 설득력을 보여주었다.

〈카우보이 비밥〉은 한편으로는 개그물로 비칠 정도로 허랑방탕한 스페이스 오페라 장르의 분위기를 보여주는 동시에 에피소드가 전개될수록 주인공 스파이크 슈피겔의 무거운 과거 회상과 함께 현재에도 계속되는 범죄 세력과의 연관성이 두드러지게 드러난다. 해결되지 않은 과거의 은원관계와 확장되는 범죄의 위험성을 경유하면서 전체 작품의 분위기가 하드보일드 범죄물로서의 진지함으로 수렴되어가는 것이다. 이를 통해 이 작품은 스페이스 오페라의 가볍고 발칙한 매력에 상대적으로 무거운 분위기를 결합하는 독특한 매력을 구성하는 데 성공했다.

이처럼 지속적으로 확장하며 갱신되는 SF의 유동적이고 역동적인 장르적 특징이 상대적으로 관습적인 것들에 대해 보수적 측면이 있는 미스터리 장르와 결합함으로써 발생하는 시너지를, 다양한 하위 장르 간의 결합에서도 발견할 수 있을 것이다. 이번 연재의 부제가 무색하게도 어쩌면 SF와 미스터리는 이미 좋은 동거인이거나 그 이상의 관계를 보여줄지도 모르겠다.

인물 창조의 산고 ③

—《프랑켄슈타인》의 창, 거울, 그리고 문

★공원국

《춘추전국이야기》(전 11권)를 비롯해,《유라시아 신화 기행》,《여행하는 인문학자》,《가문비 탁자》(소설) 등을 쓰고,《중국의 서진》,《말, 바퀴, 언어》,《조로아스터교의 역사》,《하버드-C. H. 베크 세계사 1350~1750》(공역),《리그베다》(전 3권, 근간) 등을 옮겼다. 역사인류학의 시각으로 대안적 세계사를 제시하겠다는 포부를 품고, 유라시아 초원 지대에서 현지 조사를 수행하며《세계사의 절반 유목인류사》(전 7권)를 집필하고 있다.

함께 가는 길을 찾아

나는 추리는 부르주아의 놀음이 아니라 모든 문학의 필수요소가 될 것이며, 동시에 추리소설이 소위 '본격문학'의 소명을 흡수해야 할 것이라고 주장했다.[1] 추리는 '재미'의 기반이고, 문학이 궁극적으로 추구하는 인간 탐구는 애초에 추리 없이 불가능하다. 재미와 탐구를 통한 문학의 발전을 위해서는 추리 장르가 강해져야 한다는 것은 당위적인 주장이지만, 현실의 추세를 보면 당위가 스스로 실현될 이유 역시 없어 보인다.

비유적으로 말하자면 배는 거슬러 갈 수 있지만 흐름을 타야 멀리 간다. 오늘날 모든 문학가 앞에 놓인 외적 흐름은 무엇일까? 그것은 당연히 작가와 잠재적인 독자가 공유하는 우리 사회의 주요 모순이다. 주요 모순은 주요하다는 이유 하나로 주위의 문제를 품은 작가들을 모으는 신홋불이 된다. 맥락이 있는 주제로 복수의 탐구자들이 모이면 흐름이 형성되고 추진력이 생길 것이다. 현상계의 주요 모순을 객관성의 창('다수가 함께 들여다보는 창'으로 다시 불러도 되겠다)으로 보지 못할 때, 그리고 그렇지 않아도 수가 적은 작품들이 서로 어떤 연관도 맺지 못하고 외로이 떨어져 한기에 노출되면, 장르의 성장을 부르는 추진력을 얻지 못할 것이다. 요컨대 일상에서 반복되어 제기되고 재현될 가능성이 없는 기이함은 호기심을 불러일으킬 수는 있지만 대중의 각성과 공분을 유발하지 못한다. 바로 우리에게 필요한 것은 대중의 각성과 공분이다.

추리소설의 미래는 어느 쪽에 있을까-순종 혹은 교잡종?

추리소설과 직업으로서 추리소설가의 미래는 어디에 있을까? 나는 공리적인 입장에서

---

1   본 잡지의 전호(76호)에서 그렇게 주장했다.

어떤 형태든 '순수'를 경계한다. 예컨대 추리소설을 순수한 두뇌게임이라 생각한다면 이 장르를 소화할 사람은 많다. 다만 경제적인 이유로 쓰지 않을 뿐이리라. 순수한 두뇌게임에서 작가는 일방투명경一方透明鏡을 통해 사건과 인물(주로 범죄자와 탐정)을 보지만 작중의 그들은 우리를 보지 못한다. 그렇다면 이론적으로 수학자가 가장 완벽한 추리소설을 쓸 수 있다. 경우의 수 중 하나를 선택해 그것을 문자로 풀어놓으면 되기 때문이다. 먼저 사건의 전개를 보고 그것을 빠짐없이 역으로 재생하면 경우의 수만큼의 작품이 탄생할 것이고, 게다가 물 덩어리에 불과한 사람을 죽이는 방식은 무한하므로 매번 이야기는 충분히 새롭고 기괴할 것이다. 그러나 이 방식에서 여전히 빛은 한쪽으로만 움직이고 다수의 이야기가 병렬로 전달된다는 사실은 바뀌지 않는다. 소위 그 이야기는 '1/n'이다.[2] 이 작법의 더 큰 문제는 '사건은 왜 발생하는가?'라는 문제를 현시대 주요 모순의 기반 위에 놓기가 무척 어렵다는 것이다.

순수의 시대는 원래 없었을지도 모르겠지만 최소한 지금의 흐름은 아닌 듯하다. 추리소설의 여러 요소가 따로 분해되어 각 분야에서 자기 길을 개척하고자 해도 이미 세부 분야에 자리 잡은 더 강한 장르들을 밀어낼 수 있을까? 예컨대 짧고 강한 자극을 추구한다고 해서 포르노를 능가할까?

순수를 벗어나 더 큰 무대를 바라보고 혼종을 시도하는 모색은 이미 시작되었다. 심지어 추리소설가가 범죄자 및 독자와 삼각동맹을 맺어 (물론 극중에서) 범죄 자체에 빠진다고 해서 안 될 일이 무엇인가? 이럴 때 범죄는 삼각동맹 사이에 편재하며 공포를 야기하고, 공포가 극에 달해 해결되면 독자들은 공분公憤할 것이다. 이런 공분은 분명 확산성을 가지고 있다. 범죄자가 잔인하지만, 그저 어리석다면 추리의 과정은 필요가 없다. 그는 최소한 작가만큼 지능적이어야 한

다. 이제 작가와 범인이 상대의 마성魔性을 서로 목격하는 창을 열고, 작가는 전능에 가까운 지적 능력과 가공할 만큼 몰염치한 괴물과 대화한다고 생각해보자. 종잡을 수 없는 연쇄살인마, 법망을 조롱하는 지적 범죄자, 혹은 범죄를 정당화하는 '철학적인' 범죄자 등에게 말이다. 창을 열면 먼저 사건의 외양이 보이고 사건이 뿌리는 냄새들이 들어올 것이다. 그리고 괴물 역시 창 너머로 작가를 들여다볼 것이다.

　이 방식은 나름대로 신선하고 근래에 자주 등장하지만, 캐릭터 창조의 관점에서는 하나의 결함을 품고 있다. 인간세계의 궁극의 범죄인 살인에 국한해서 말하자면, 범죄자는 태생적으로 철학적일 수 없다. 살인자와 피살자가 있는 사건은 시작부터 사회적이므로, 살인자는 어떤 식으로든 살인을 정당화하는 사회철학을 내세울 것이다. 그런데 이 사회철학이라는 것이 출발부터 사회의 생성과 존립의 당위를 밝히는 것으로서 그 대전제는 공존이다.[3] 사회철학이 출발부터 살인을 배제한다면 살인자는 그것을 갖추기 어려운데, 이 철학 없는 캐릭터의 철학이 지적인 독자에게 자신의 메시지를 전달하고 작가의 품으로 되돌아와 '더 무시무시한' 후속 작업을 공동으로 수행할 수 있을까?[4] 다시 말해 삼각동맹이 지속될 수 있을까? 그래서 안타깝게도 전적으로 나쁜 전략은 아니지만, 이 하부 장르에서 주인공들은 철학을 표방하면서 철학의 진술 방식과는 완전히 다른 독백을 구사한다.

3　예컨대 칸트는 자결권을 가진 살인자에게 '책임을 지우기 위해' 그를 죽이고, 공리주의자들은 그들을 사회로부터 격리하고 다른 범죄를 예방하기 위해 죽인다. 묵자든 플라톤이든 스피노자든 사회철학을 이야기하는 이는 모두 공존을 사회의 존재 원칙으로 내세운다. 살인자는 지능이 있고 주관이 있지만 철학이 있는 것은 아니다. 강력한 주관을 가진 이는 철학자가 아니라 사상가다. 물론 철학자도 원한에 의해 살인할 수 있지만, 그것을 철학에 의한 살인이라 부를 수는 없다.

4　도스토옙스키의 여러 범죄소설에서 소위 비공존 사회철학(?)을 내세우는 이들이 결국 소멸하거나 자신의 '철학'을 포기하는 이유가 바로 이것일 것이다.

《프랑켄슈타인》의 창, 거울, 그리고 문

결국 하나의 창으로는 부족한 듯하다.[5] 창에 더해 빛이 되돌아오는 거울과 열고 들어가 뒤섞이는 문이 필요해 보인다. 그런데 그게 가능하기나 한 일인가? 반례가 있으니 꼭 불가능한 일은 아니다. 무려 200년 전에 10대 소녀 메리 셸리가 그런 미스터리 소설을 실제로 써냈으니까. 《프랑켄슈타인》은 서로 넘겨보고(창), 서로 비춰 보고(거울), 결국 서로 섞여 혼종이 되는(문) 대립자들을 만들어냈다. 그리고 그녀가 천착하는 것은 그녀의 시대보다 오히려 오늘날에 더 부각된 모순이다. 이 점에서 작가는 사회과학자들보다 우월한 위치에 있다. 작가는 잠재적인 모순도 주요 모순 안에 마음대로 포함할 수 있다. 그녀가 탐구했던 모순은 200년 동안 자랐고 다가올 200년 동안은 더 커질 것이다. 그녀는 기술문명이 존속하는 한 영원히 소환될 것이다.

1818년, 당시 스물한 살이던 영국의 여성 작가 메리 셸리는 자신의 첫 작품으로 《프랑켄슈타인》을 출간했다.[6] 출간 몇 년 전에 쓰기 시작했으니 저자는 10대에 이 작품을 쓴 셈이다.

우리 본성의 알 수 없는 두려움을 자극해서 소름 끼치는 공포를 일으키는 그런 이야기, 독자로 하여금 두려워서 주위를 돌아보게 만들고, 간담을 서늘하게 하고, 맥박이 빨라지게 하는 그런 이야기를 만들고 싶었다. (1831년판 서문[7])

---

5 물론 창 하나 이상의 통로를 갖추면 소설의 분량이 늘어날 것이다. 그러나 소설가는 최소한 '생계를 위해' 언젠가 장편을 써야 한다.

6 형식상 본격적인 추리소설을 이야기할 때 에드거 앨런 포의 〈모르그가의 살인사건〉(1841)을 가장 먼저 언급하는 것은 당연하지만, 형식으로 따져도 추리소설의 역사는 계속 거슬러 올라가서 문자 발명의 시대에 닿을 것이며, 내용으로 따지자면 이야기의 탄생까지 거슬러 올라갈 것이다. 앞으로 나는 직업병의 도움을 받아 형식과 내용 두 측면 모두에서 추리소설의 연대를 계속 끌어올릴 것이다.

7 오숙은 옮김, 열린책들(2011) 판본 《프랑켄슈타인》에서 발췌. 하지만 나머지 인용은 구자언 옮김, 미르북컴퍼니 (2018) 판 《큰글씨 프랑켄슈타인》을 따랐다. 번역은 다 훌륭하지만, 단지 글씨가 크다는 이유로 후자를 선택했다.

이 당찬 저술 의도 자체가 미스터리 장르의 정의定義가 아니면 무엇인가? 그녀는 200년 전 이미 SF 미스터리의 전범을 만들었을 뿐만 아니라 소위 '사회파 추리'[8]의 얼개를 대략 짜놓았다. 역시 모습을 다 갖춰 나온 앨런 포의 '본격 추리물'에 비해 이 작품의 추리는 단순하다. 그러나 문자를 통한 인간 탐구라는 의미로서의 문학 전체의 맥락 안에 추리소설을 놓을 때, 이 작품의 파급력은 앨런 포의 단편들 이상일 수 있다. 《프랑켄슈타인》이 낳은 자손도 〈모르그가의 살인사건〉의 자손들 못지않게 수가 많다.[9] 《프랑켄슈타인》이 낳은 원조 괴물(다이몬)은 좁은 의미에서 사회파 추리소설을 지향하는 작가 지망생을 위한, 넓은 의미에서는 문학의 역할을 고민하는 모든 작가를 위한 오래된 미래일 수 있다. 작품의 깊이와 재미가 상호보완적으로 양립하기 때문이다. 알프스의 빙하지대를 내달리는 신장 2.5미터의 초인은 사실주의의 그물에 걸리지 않지만, 끊임없이 인간 주위를 배회하며 사실보다 더 사실적으로 인간의 내면으로 들어온다. 21세기, 그는 완전한 현실이다. 그의 후손들은 이미 인간계 깊숙이 들어와 스스로 복제하며 종에서 주인으로 진화하는 중이다.

《프랑켄슈타인》의 괴물이 두려운 이유는 그의 비상함 때문이 아니라 그와 인간의 유사성 때문이다. 괴물은 그와 우리 사이에 놓인 창을 통해 우리를 들여다보며, 회전거울을 통해 그 자신과 우리를 비추며, 드디어 문을 열어 우리의 삶으로 들어오려 한다. 이런 '창-거울-문'의 조합은 미스터리를 대하는 우리의 심리 기제인 '호기심-혼란-공포'의 조합을 부르고, 이 조합은 개인을 익숙한 무대장치에서 납치해 인간 존재에 대한 근본적인 질문과 싸워야 하는 공간으로 내던진다. 창을 통해 나는 너를 보지만 너 또한 나를 보고, 회전거울은 너를 비추나 또한 나를 비

8　추리소설 안에서도 본격파와 사회파의 논쟁이 오래 지속되었다는 것을 부끄럽게도 최근에야 알았다. 역시 본 잡지 76호에서 백휴가 선보인 '히가시노 게이고 추리소설에 관한 시론'이 큰 도움이 되었다.

9　가즈오 이시구로의 《나를 보내지 마》는 《프랑켄슈타인》의 거울이며, '괴물'의 자식들이 200년 동안 어떻게 성장해서 자기 목소리를 내는지를 보여주는 기념비적인 작품이다. 원래 이 두 작품을 동시에 서술하고자 했으나, 일단 분량이 걷잡을 수 없이 늘어났고, 이시구로가 만든 '괴물들'의 고운 숨결은 200년 전 할아버지의 거친 숨결과 너무나 달라서 이 둘이 떨어져 있는 것이 서로에게 행복일 것으로 생각했다. 이시구로의 작품은 다음 편으로 미루겠다.

추며, 문을 통해 나와 너 사이의 공간적·심리적 격리는 연이어 무너진다. 모두가 침투에 노출되어 있고, 모두가 잡종이 될 수 있다.

불사의 괴물의 탄생

18세기 후반 어느 시절의 이야기다. 제네바공화국 출신의 젊은 화학자 빅터 프랑켄슈타인은 지방 행정관리인 아버지와, 곧 결혼할 사촌 엘리자베스, 그리고 귀여운 두 동생이 있는 유복한 가정의 장남이다.

지식에 목마른 그는 고대의 몽상적인 연단술과 근대 화학의 세례를 모두 받은 야심 있는 과학도였다. '불로장생약을 발견해서 인체에서 질병을 몰아내고, 잔혹한 폭력으로 인한 죽음 말고는 그 무엇도 해칠 수 없다면 얼마나 큰 영예가 따를 것인가?' 영원한 생명을 얻는 것은 고대 연단사들의 일반적인 꿈이었지만, 그는 여기에서 더 나아갔다. 생명 자체를 창조할 야망까지 품은 것이다. '생명은 어디에서 시작되었을까?'

그는 지식이 완전하다면 생명을 불어넣는 것 또한 불가능하지 않으리라 생각했다. 연구에 몰두하던 그는 시체에서 얻은 '부품들을' 모으고 모종의 화학적·전기적 방식을 써서 이 조합품에 생명을 불어넣는 데 드디어 성공한다. 성공 직전 그는 환호한다.

삶과 죽음이란 내게는 그저 관념이 만들어낸 한계일 뿐이었다. 나는 그 한계를 넘어 어두운 인간 세계에 빛을 쏟아부어줄 참이었다. 새로운 종이 나를 창조자이며 자신의 근원으로 생각하며 내게 고마워하겠지. 빼어난 행운아들이 자신의 존재가 내게서 비롯되었다고 여기겠지. (69쪽)

이 짧은 환호 속에 그가 애초에 자신의 피조물이 보통의 인간보다 더 나을 것을 기대했으며(우생학) 일반적인 유성생식의 결합을 배제하고(양성불평등) 자신의 피조물 위에 군림(종간-계급 간 불평등)하기를 바랐다는 것이 드러난다. 그의 의식 안의 이 어두운 것들은 자신들을 비춰줄 거 울을 기다리고 있었다.

그러나 그는 막상 생명을 얻은 이 "괴물"의 모습에 진저리를 치고 도망치고 만다. 그의 외양은 시체의 조합이었기에 흉측했고, 또 막상 생명체를 만들었지만 그와 어떻게 공존해야 할 지 몰랐기 때문이다. 거대한 덩치와 힘을 가지고 있지만 발생학적으로 갓난애였던 괴물은 무서 운 속도로 백지를 채워 인간의 지능에 근접하고 이내 넘어선다. 그의 감성 또한 보통의 인간 이 상이었다. 그러나 인간세계는 결코 그의 외모를 받아들일 수 없었다. 그는 끊임없이 인간세계로 들어가고자 시도한다. **창문을 통해** 보고 배우면서.

운명의 불길에 휩싸여 이역에서 지독한 가난에 시달리지만, 가족끼리 서로 돕고 사는 프 랑스 망명자들의 오두막집에서 그는 인간성의 의미를 알게 된다. 그러나 그가 그들 앞에 모습을 드러냈을 때 돌아오는 것은 욕과 매질이었다. '왜 서로 그토록 아끼는 이들도 나를 이렇게 미워 하지?' 숲속으로 달아나 생명을 이어가던 중 그는 물에 빠진 소녀를 구한다. 그러나 그는 소녀 아버지의 총알을 몸으로 받아내야 했다. 그에게 인간세계와 드러내 놓고 통하는 문은 **닫혀** 있다. '내 자비로운 행동의 대가는 고작 그런 거였어! 목숨을 구해주었지만 상처만 입고 쥐어짜는 듯 한 고통을 감수해야 했어.'

그렇게 버려진 생명체는 자신을 만들어낸 근원, 즉 **거울을 찾아** 나선다. 그는 창조자의 창 조 일기를 읽으면서 자신에 대한 그의 공포와 혐오감을 보고 절규한다.

창조자여, 저주받아라! 당신조차 감당할 수 없어 고개를 돌려버릴 무시무시한 악마를 왜 만들었는가? 신은 연민으로 자신의 모습을 본떠 아름답고 매력적인 형상으로 빚었지. 하 지만 당신은 당신의 추악한 모습으로, 아니 너무나 쏙 빼닮은 것도 모자라 더욱 끔찍한 모습으로 나를 빚었어. 사탄도 자신에게 찬사를 던지고 격려해주는 벗과 동료가 있는데, 나는 혼자에다 몹시 미움을 받고 있지 않는가? (197쪽)

자신의 흉측한 모습처럼 창조 일기에 비친 창조자는 연민의 얼굴을 하지 않았다. 그리고 그는 빅터 프랑켄슈타인을 찾아가던 중 집 밖에서 놀던 빅터의 동생 윌리엄을 만난다. 그는 편견 없는 어린아이를 동지로 삼아 인간세계로 들어가려 했다.

"난 너를 해칠 생각이 없단다. 내 말을 들어보겠니?"(…)

"이 흉측한 악마야! 날 놔줘. 우리 아빠는 지방 행정장관이야. 프랑켄슈타인이라고. 아빠가 널 혼내줄 거야. 감히 날 붙들어두려 하다니."
"프랑켄슈타인이라고! 그렇다면 내 원수구나. 나는 그에게 영원한 복수를 맹세했으니까. 넌 내 첫 번째 희생양이 되겠구나."(216~217쪽)

심지어 아이도 아버지의 거울에 자신을 비춘다. 괴물은 이 무고한 아이를 끝내 목 졸라 죽이고서 환호한다. '나도 슬픔을 낳을 수 있다.' 이제 그 안에서 참된 괴물의 모습이 올라오고 있다. 놀랍게도 그는 죽은 소년의 목에서 떼어낸 펜던트로 더 간교한 살인을 기획한다. 죽은 윌리엄의 고모 딸인 저스틴은 동생을 찾다가 헛간에서 잠이 든 차였다. 그는 소녀의 한쪽 주머니에 죽은 소년의 펜던트를 슬그머니 밀어 넣는다. '피비린내 나는 인간들의 법을 배운 덕분에 나는 악을 행하는 법을 익혔다'라고 자신의 행위를 합리화하면서.
저스틴은 윌리엄을 죽인 범인으로 몰려 사형을 당한다. 주머니에 든 펜던트가 물적 증거였지만 저스틴의 자백이 더 결정적이었다. 어린이가 어린이를 목 졸라 죽이다! 저스틴은 왜 거짓 자백을 했을까? 맹신으로 인해 잔인하게 무지해진 어떤 인간 괴물 때문이었다.

"선고를 받은 이후로 고해 신부님께서 저를 계속 괴롭혔어요. (…) 제가 죽을 때 파면해서 지옥불로 보낸다고 위협했어요."(124쪽)

메리 셸리가 이 사건의 전모를 책 끄트머리에서 밝혔다면, 이 장면 하나로 현대적인 범죄 스릴러물의 귀감이 되었을 것이다.

동생 윌리엄을 죽인 게 자신이 창조한 괴물임을 확신한 빅터는 절규한다. 그는 괴물의 거울에 자신을 비춘다. '그 존재는 내 안의 뱀파이어다.' 그리고 알프스의 산기슭에서 둘은 드디어 재회한다. 괴물이 말한다.

"제발 내 이야기를 들어줘. (…) 내 삶에 고통만 쌓일 뿐일지라도 생명은 내게도 소중하니까, 나도 내 목숨을 지키려고 애쓸 거야. 내가 당신보다 강하게 만들어졌다는 것을 잊지 마. (…) 하지만 나는 당신과 적이 되고 싶지는 않아. 난 당신이 만든 생명체지. 그리고 나의 조물주이자, 왕인 당신에게 더욱 순종할 거야. 그대가 내게 빚진 의무를 다한다면 말이지. (…) 나는 자비롭고 착하지만 불행이 나를 악마로 만들었어. 나를 행복하게 만들어주면, 나도 미덕을 행하는 존재가 되겠다."(146쪽)

이제 피조물은 문을 열고 들어와 계약을 통해 모종의 사회를 만들려 한다. 괴물은 수천 년 전의 신-남자-여자 간의 '갈비뼈의 계약'을 다시 내놓는다.

"당신은 내게 여자 하나를 만들어줘야 해. 내 삶에 필요한 동정을 주고받으며 함께 살아갈 여자를 말이다. (…) 나는 당신이 절대 거부해서는 안 될 내 권리를 주장하는 것뿐이다."(220쪽)

짝이 있는 괴물이라고? 그렇다면 그는 이제 피조물이 아니라 창조물이 될 수 있다.

빅터는 한편으로는 자신이 만든 괴물의 처지를 동정하고, 가족을 살해하겠다는 괴물의 위협에 굴복해 제안을 받아들인다.

"상처 대신 친절을 주고받으며 나와 공존한다면, 나를 받아준 인간에게 눈물 어린 감사로 도와줄 것은 다 도와줄 텐데. 하지만 그런 일은 없을 테지. 인간의 감각은 우리의 결함을 넘어설 수 없는 벽일 뿐이야. 하지만 나는 인간들을 위해 비참하게 노예 노릇을 하지 않겠다." (221쪽)

문이 닫히자 괴물은 자신들만의 격리된 사회를 만들겠다는 약속으로 빅터를 설득했다. 그의 말은 분명 일리가 있었다.

빅터는 스코틀랜드의 외딴섬에서 괴물의 짝을 만드는 일에 착수한다. 그러나 그는 완성 직전에 새 피조물을 갈기갈기 찢어버린다. 창밖에서 지켜보는 괴물 앞에서.

"이번에 만들어질 이 괴물은 그놈보다 수천 배는 더 악독해서 극악무도함 자체를 즐길 수도 있다. 그놈은 인간들과 떨어져 적막한 곳에서 은신하겠다고 약속했지만 새로 만들어질 그녀는 약속하지 않았다. 유럽을 떠나 신대륙의 불모지에 산다고 해도, 그 괴물 둘이 함께 갈망하여 처음으로 낳을 결과물은 아이들이겠지. 그러면 이 악마의 종족은 지상으로 퍼지고 인류의 존재는 위협받고 공포가 만연하겠지. 과연 내게, 나 자신의 영위만을 위해, 인류의 먼 자손들에게까지 저주를 내릴 만한 권한이 있던가?" (258~259쪽)

그는 괴물이 자웅생식이라는 자연의 법칙에 따라 자식을 낳는 존재, 즉 정상적인 창조자의 반열에 드는 것을 거부한다. 그는 인간 종을 위해 괴물 종과 통하는 모든 문을 닫아야 한다고 생각한다. 조작과 자연의 이종교배는 별개로 떨어진 조작이나 자연보다 두렵다. 차원을 한 단계 낮춰 괴물을 인간이라고 생각해보자. 신은 인간의 번식을 두려워할까? 더 낮춰 괴물을 인간 외의 모든 동물이라고 생각해보자. 인간은 그들의 번식을 용인하는가? 그러나 문제는 간단하지 않다. 이미 문은 열리고 괴물은 안으로 들어와 관계를 전복했기 때문이다.

"꺼져버려! 내 기꺼이 약속을 깨겠다. 네놈처럼 추하고 악하게 생긴 존재를 절대 다시 만들지 않겠다."

"이 노예slave 녀석, (…) 힘을 가진 건 나야. (…) 나를 만든 것도 너지만 내 말에 복종할 사람도 너다. 순종하라! (You are my **creator**, but I am your **master**; obey!)"(262쪽)

창조자는 그렇게 노예로 죽는 것일까? 그 괴물은 빅터 프랑켄슈타인 안의 책임감을 보고 자신 안의 그것을 확인한다. 오늘날엔 주인 대신 프랑켄슈타인이라 불리는 그 괴물의 최후의 선택은 독자들이 확인하시라. 10대의 작가는 이렇게 말했다.

자신이 헌신하는 학문이 사람에 대한 애정을 식게 하고, 그 어떤 것도 섞이지 않은 순수하고 단순한 즐거움을 갈구하는 마음을 파괴해버린다면, 그 학문은 분명 부정하다고, 즉 인간의 본성에 맞지 않다고 할 수 있다. (72쪽)

세상에 풀려나와 혼종으로 자라는 캐릭터를 누가 통제하겠는가? 그 캐릭터는 분명 추리소설의 미래다. 작가 지망생들이 자신만의 괴물을 자신의 태 안에서 키우길 고대한다. 프랑켄슈타인 이상의 야망을 갖고 메리 셸리 이상의 상상을 하되, 여전히 사람에 대한 애정을 간직하고서.

추리소설은
은유를 의심하는
정신이다

추리소설가가 된 철학자

★백휴

추리소설가 겸 추리문학평론가. 서강대 철학과와 연세대 철학과 대학원을 졸업했다. 《낙원의 저쪽》으로 '한국추리문학상' 신예상, 《사이버 킹》으로 '한국추리문학상' 대상을 수상했다. 추리소설 평론서 《김성종 읽기》와 〈추리소설은 무엇이었나?〉, 〈핍진성 최인훈 브라운 신부〉, 〈레이먼드 챈들러, 검은 미니멀리스트〉 등 다수의 추리 에세이를 발표했다. 2020년 철학 에세이 《가마우지 도서관 옆 카페 의자》를 펴냈다.

1

—추리소설로 철학을 한다는 것은?

이 물음의 첫인상은 몹시 낯선 데다가 무엇보다 물음 자체가 불필요하게 느껴집니다. 철학책을 읽고 철학하면 되지 굳이 추리소설을 읽으며 혹은 추리소설을 써가며 철학을 할 필요가 있을까요?
철학이 제도적으로 학문의 한 분과이기에 생겨나는 오해를 피하기 위해 '철학'을 '사유'로 바꿔봅시다.

—추리소설로 사유를 한다는 것은?

한결 편안해진 느낌입니다. 회화의 사유, 음악의 사유, 문학(추리소설)의 사유, 춤의 사유… 페인팅, 선율, 문자, 육체는 각각 표현 매체의 제약으로 인한 한계와 다른 매체와의 차이로서의 가능성을 동시에 보여줍니다. 문학 양식 내에서도 시가 리듬과 은유(최근 시는 환유를 중시하는 경향이 두드러지지만)를 중시하는 반면, 추리소설은 산문 형식으로서 장르의 한계와 열린 가능성 속에서 통상적 규칙(살인사건, 동기, 헷갈리는 피의자들, 반전 등등)의 지배를 받는다는 차이를 드러냅니다.
이때 우리는 극도로 주의해야 합니다.
표현 매체나 양식이라는 개념은 그 대상을 이미 추상적으로 이해하기를 요구하기에, 인문학적 대상(개념)이 가진 역사성—자체의 역사—을 어떻게 추상성과 관계 지을지 깊이 생각해보아야 한다는 점입니다.
철학자마다 역사성에 대한 생각이 달라, 철두철미 철학의 역사(개념의 시원)에 기댄 탐구자(하이데거)가 있는가 하면, 철학의 역사에 대한 탐구는 커녕 철학책을 거의 읽지 않았음에도 최고의 철학자가 된 비트겐슈타인도 있습니다.
철학은 겉보기와 달리 추상적 지식이 아닙니다.
하이데거는, 철학에 실용적 지식을 요구하는 것은 철학을 과대평가한 것이고 추상적 지식이라고 단정하는 것은 철학을 과소평가한 것이라고 말한 바 있습니다.
추리소설에서 사유(철학)의 소재를 끌어내기 위해서는 추리소설이 서구에서 탄생한 역사적 배경을 이해할 필요가 있습니다. 이 역사적 이해 없이는 추리소설 자체가 왜곡되기 십상입니다.
추리소설은 19세기에서 20세기에 걸친, 서구 정신이 몰락해가는 와중에 생긴 산물입니다. 선정적인 '어그로'로 이 몰락을 예감하고 온몸으로 비명을 지르듯 표현했던 인물, 니체.

―신은 죽었다.

당대에는 미친놈의 헛소리쯤으로 여겨졌던 '신은 죽었다'라는 선언이 차츰 그 의미하는 바가 명료해지면서 비평가는 여러 가지 표현을 제시해왔습니다.

1) 초감성의 감성화(즉 성스러움의 세속화)
2) 시간의 공간화 혹은 장소place의 공간space화
3) 은유적 수사로부터 환유적 수사로(첫학적 은유의 형해화, 미메시스 기능의 약화)

이 모든 절제되어 요약된 표현들은 기존의 서구적 가치가 몰락하는 방향과 의미를 지시하고 있습니다. 추리소설은 이 몰락의 와중에 드러난 정신의 한 형태이자 태도입니다.
고전 추리소설은 무엇보다 이 핵심을 잘 드러내고 있죠. '밀실 살인사건'이 대표적인 예입니다. 밀실에서 벌어진 수수께끼 같은 살인사건과 그 해법을 통해 관찰할 수 있는 것은 동결된 시간이 해동되는 과정입니다. 밀실의 정의definition는 동결된(정지된) 시간으로서의 장소 혹은 시간이 상실된 장소, 즉 공간입니다.
밀폐된 방 안에 피살자가 있습니다. 자살이 아니라 타살이 분명한데 문제는 문이 안에서 잠겨 있고 외부 침입의 흔적은 없다는 점입니다. 밀실로 판정되는 순간 방 안과 문밖이 장소성을 상실하고 공간으로 바뀌게됩니다. 이제 두 공간은 분리되어 시간이 흐르지 않습니다. 문을 사이에 두고 방 안과 방 밖은 연속성이 차단됩니다.
명민한 탐정이 밀실 살인사건의 수수께끼를 푼다는 것은 동결된 시간을 해동시켜 안팎의 두 공간 사이에 시간이 흐르게 함으로써 공간으로 전락한 장소의 지위를 되찾는 것입니다.
이런 점을 고려할 때 고전 추리소설을 모더니즘 계열의 서구 현대문학과 대비시켜 읽는 것은 타당해 보입니다. 프루스트가 찾는 '잃어버린 시간'은 '공간화되어 상실된 장소'를 찾는 것에 다름 아니기 때문입니다. 홍차에 찍어 먹은 프티트 마들렌 과자의 맛과 향기가 과거의 기억을 떠올리게 했기에 가능한 일이었죠.
파티가 벌어진 하루의 짧은 시간 전후에 삶과 죽음 모두를 담으려 했던 버지니아 울프의 《댈러웨이 부인》이나 외출했다가 숙소로 귀가하는

30분 남짓의 시간 속에 구현된 이야기인 토마스 베른하르트의 《몰락하는 자》는, 시간이 공간화됨으로써 소설에서 시간(역사)의 영향력이 감퇴한 전형적인 예에 해당할 것입니다.

프랑스어 histoire에는 '역사'와 '이야기' 두 가지 의미가 있는데, 역사의 퇴조는 결국 이야기의 퇴조와 맞물리게 됩니다. 그렇다면 위 부류의 현대문학은 '이야기할 게 없는 이야기'라고 규정해도 아주 틀린 말은 아닐 것입니다. 반대로 고전 추리소설은 동결된 시간을 해동시킴으로써 아직 이야기가 가능한 시간의 토대가 있다고 말하는 것이겠죠.

이런 논의는 이제 추억의 한 장으로 넘어간 지 오래되었다는 것을 저도 잘 압니다. 그런데도 옛 기억을 떠올린 것은 인간이 장소가 아니라 공간과 대면해서 산다는 것이 어떤 것인지 묻고자 하기 때문입니다. 하이데거는 단코크 불가능하다고 말했습니다. 하지만 그가 죽은 지 47년의 세월이 흐른 만큼 세상은 과거의 가치관으로는 감당할 수 없을 만큼 변했습니다.

디지털 카메라의 화소 picture element 개념은 전송사진에서 화면을 구성하고 있는 최소 단위의 명암의 점을 의미합니다. 그리고 화면 전체의 화소 수가 많으면 해상도가 높다고 얘기합니다. 화소의 수가 많든 적든 제한된 공간 속에서 이해되는 개념입니다.

아날로그 사진이 디지털로 전환되면서 파멸을 맞은 것은 '나타남과 사라짐의 세련된 유희'라고 장 보드리야르는 말합니다. 셔터를 눌러 '찰칵' 하는 순간 피사체의 '현실'이 사라지는 것이나 암실에서 현상 중에 음화로부터 이미지가 서서히 나타나는 마술적 시간도 이제 더 이상 불가능해졌다는 것입니다. 시간 속에서 구현되는 나타남과 사라짐. 공간으로 이해되는 디지털 카메라에서는 불필요하고 또 불가능한 과정입니다.

2

사상가 빌렘 플루서는 '공간'의 적극적인 옹호자입니다. 그는 장소에 각인된 역사성(시간)의 영향력은 이미 사라졌으며, 남아 있다면 반드시 사라져야 할 시대착오적인 유물로 봅니다. 이런 생각을 고집스럽게 극단으로까지 밀고 나가더니 결국 글쓰기 자체를 부정하게 됩니다.

《글쓰기에 미래가 있는가》라는 '글쓰기'에서 자신의 글쓰기가 모순임(사라졌어야 할 글쓰기이기에 쓰지 말았어야 했다)을 솔직하게 고백하면서 이 책을 출판한 행위 자체를 사과합니다.

그러나 오독하지 말아야 합니다. 비록 그의 사유가 모순에 처한다고 하더라도 그가 형편없는 생각을 하고 있다는 뜻은 아닙니다.

그는 글쓰기가 순차성順次性을 강제한다고 생각합니다. 왼쪽으로부터 오른쪽으로 문법의 구조에 맞춰 쓴 글을 독자가 읽을 때 시선의 움직임이 수동적으로 선(자음과 모음으로 구성된 단어, 문장, 페이지)을 쫓아가기에 복종을 강요당하고 시간의 순차성이 작동하는 선적 사유의 틀에 얽매이게 된다는 것입니다.

플루서는 1991년에 죽은 사람입니다. 그가 이런 주장을 한 것은 미래학자로서였습니다.

인간의 정신이 아날로그식 십진법(세는 열 개의 손가락)을 탈피해 디지털식 이진법에 적응해가고 있다는 점은 부인할 수 없을 듯합니다.

하나에서 열까지 셀 때는 손가락 동작이나 발음을 통해 시간의 순차성이 표현되지만 0과 1로 표현되는 이진법은 형광등의 '꺼짐과 켜짐' 같은 단락 현상일 뿐입니다.

상상해봅시다. 22세기에도 인간은 글을 쓰고 있을까요? 글쓰기는 수공업hand work이란 말이 있지만, 인공지능이 수공업 앞에서는 인간에게 머리를 조아리고 주저하게 될까요?

―그날은 구름이 드리운 잔뜩 흐린 날이었다. 방 안은 언제나처럼 최적의 온도와 습도. 요코 씨는 그리 단정하지 않은 모습으로 소파에 앉아 시시한 게임으로 시간을 보내고 있다.

위의 문장은 AI가 쓴 것으로, 일본의 장편掌篇 소설가이자 SF 작가였던 호시 신이치星新一(1926~1997)를 기리는 문학상에 응모해 1차 심사를 통과한 작품의 일부입니다. 2016년의 일이었습니다.

플루서의 주장대로라면 문제는 더 꼬이게 생겼습니다. 글 쓰는 주체가 인간에서 AI로 바뀌었을 뿐 독자의 입장에서는 여전히 글을 읽는 동안 순차성의 사유에 얽매이게 될 테니까요. AI에게 글쓰기란 금지의 영역이어야 하는 것일까요?

정보 제공의 편리함이란 이름 아래 AI가 인간의 사고를 점령해 들어오고 있는 것은 분명해 보입니다.

최근에 제가 경험한 소소한 사건입니다. 저는 마세도니오 페르난데스의 《계속되는 무》를 사기 위해 전국 알라딘 서점을 뒤졌는데 중고 매장에도 신간 판매장에도 이 책이 없었습니다. 다시 네이버를 검색했더니 여러 플랫폼에서 이 책을 중계 판매하고 있었습니다. 처음엔 플랫폼의 이름을 확인하지 않고 여기저기 정보를 찾다가 알라딘이란 이름이 밑에 작게 쓰여 있어 그곳을 통해 구매했습니다. 정확한 판매 경로는 알 수 없으나 '알라딘-출판사'가 아니라 '네이버-알라딘-출판사'의 경로였습니다. 문제는 그다음이었습니다. 책을 구매한 지 5주[1]가 지났는데도 휴대폰을 통해 네이버에 들어가면 《계속되는 무》의 표지가 인터파크를 통해 제공되고 있었습니다. 인터파크 AI의 알고리즘은 제가 이미 책을 산 줄 모르고 계속 정보를 제공하고 있었던 것입니다.

그때 저는 가벼운 웃음을 터뜨리며 이런 생각을 했습니다. 이 책은 결국 구매하고야 말 책이었구나!

제가 네이버에서 책을 구매하지 않고 인터파크가 지속적으로 정보를 제공하지 않았다면 저는 까맣게 잊은 채 《계속되는 무》를 읽지 않을 자유—그 시간에 다른 책을 읽을 자유—를 누릴 수 있었을지 모릅니다.

가능적可能的으로, AI가 제 망설임의 순간과 선택의 우연성까지 빼앗아 간 기분이라 입맛이 씁쓸했습니다.

망설임이란 AI의 눈에는 어리석은 시간 낭비로 보이는 걸까요? 선택의 우연성은 제거될수록 좋은 인간의 결함 탓에 생겨나는 것일까요?

서점에 A라는 책을 사러 갔다가 B라는 책을 구매한 적이 여러 번 있습니다. 주머니 사정 탓이건 책 정보를 브라우징해보니 구매할 이유가 없어진 탓이건 그런 우연은 제 삶의 일부였습니다.

상황이 달라졌습니다. 네가 이 책에 관심을 보였으니 구매해, 구매해, 구매하라고! 말이 좋아 정보 제공이지 그것은 AI의 유혹이자 강요였습니다.

망설임이나 선택의 순간은 결과에 이르는 과정의 시간(역사성)인 것입니다. 그것은 분명 우리 인간의 시간이었습니다. 시간 자체가 인간적입니다.

순차성(역사성)이 사라진 AI의 이진법 공간의 사유에서는 인간(성)이 종속변수로 전락하고 맙니다. 더 이상 인간은 자기 경험의 역사로 드러나는 개체가 아닐뿐더러, 자기보존의 욕망을 앞세워 투쟁하는 자기실현의 주체가 아니라, 기껏해야 공간 속에서의 위치(좌표)로 규정되는—책을 자주 구매하기는 하지만 책이 다른 상품에 비해 가격이 저렴하므로 매출에 크게 도움이 되지는 않는 존재—기능적 존재로 인식됩니다.

그러나 사유의 탈인간화가 마냥 나쁜 것일까요? 나쁜 것임을 안다고 해도 인간이 그것을 저지할 수 있을까요? 이 물음의 답은 여러분의 몫으로 남겨두겠습니다.

---

1   글을 쓰는 시점.

된 철학자

어쨌든 공간의 적극적 옹호자 입장에서 보면 다음과 같은 주장은 불가피해 보입니다.

—문학은 죽었다.

이런 과격한 선언은 추리소설도 핵심적으로 개입한 '시간의 공간화'라는 문제의식의 틀 속에서 생겨난 것입니다.

장소는 시간(역사)의 대변자로서 공간에 대립합니다. 이 대립은 공허한 소모적인 논쟁의 파생물이 아니라 다가오는 인간의 운명을 결정지을 진정한 철학적 인식의 충돌입니다.

분명한 건 공간으로 이해된 사유 속에는 인간(휴머니즘)이 들어설 자리가 없다는 것입니다. 이것이 더더욱 우리에게 고민거리인 이유는 세종대왕이 만든 한글의 창제 원리에 삼재ㅡㅓ 사상이 확고하게 자리 잡고 있기 때문입니다. 하늘(ㆍ), 땅(ㅡ), 인간(ㅣ).

한글은 우리 고유의 문자인 동시에 사유체계이기도 합니다. 우리 민족 정서의 장점 중 하나인 따뜻한 인간애나 상부상조의 정신이 가능했던 것도 바로 한글이라는 사유체계에 하늘과 땅 사이에 존재하는 아래 획(ㅣ)으로서의 인간, 즉 휴머니즘적 요소가 들어가 있기 때문입니다.

공간적 사유의 요구에 따라 우리의 정신에서 인간(人)과 아래 획을 뺀다면 한글은 어떤 운명을 맞이하게 되는 걸까요?

3

이야기를 추리소설로 다시 좁혀보겠습니다. 밀실 살인으로 대표되는 고전 추리소설이 전통적인 서구 가치관이 몰락해가는 와중에 애처로운 몸짓으로 아직은 시간이 가능하다고, 아직은 역사가 가능하다고, 아직은 장소(대지)가 가능하다고 주장하는 서브-장르(그렇기에 고전 추리소설은 그 어떤 내용을 말하는 것이 아니라 아직 무엇이 가능하다는 형식에 관한 이야기입니다)인 반면, 시간성을 작가와 작품 사이의 선후로 파악해 이 관계를 끊어놓으려는 시도가 추리소설 내에서도 있었습니다.

폴 오스터는 이런 사상을 《뉴욕 삼부작》에서 노골적으로 드러냅니다. 물론 이것은 추리소설에 대한 반성적인 작업입니다.

미국 하드보일드 추리소설의 대표 작가인 레이먼드 챈들러의 추리소설에서도 '사라지는 시간'을 읽어낼 수 있습니다만, 이 경우는 어디까지나 실존 인물인 챈들러 개인의 세계관으로 이어질 뿐입니다. 작가와 작품

사이에 시간적 불연속 따위란 없습니다.

과거(기존의 질서)와 미래(팜파탈로 대표되는 여자)를 거부하는, 그럼으로써 결국 시간 자체를 사라지게 만들어 스스로(필립 말로)를 어둠(누아르) 속의 지평으로 빠져들게 함에도, 작가는 시간적으로 작품에 선행할 뿐만 아니라 여전히 작품의 기원입니다.

사실 탐정의 추리가 옳음을 궁극적으로 보증하는 존재는 작가입니다. 기이하게 들릴 수도 있겠지만, 공간적으로 이해해보면 탐정은 소설 내 존재이고 작가는 소설 밖의 존재입니다. 둘 사이에는 심연의 건너뜀이라고도 부를 수 있는 차원의 차이가 있죠. 작가는 탐정의 메타-층위에 존재합니다.

독자는 작가의 존재를 의식하지 않고도 탐정의 추리 방법에 동의할 수 있습니다만, 탐정이 행하는 추리의 궁극적 근거는 작가의 머릿속일 수밖에 없는 것이죠.

폴 오스터는 《뉴욕 삼부작》에서 탐정과 작가 사이의 층위 차이를 깨부수려고 합니다. 《뉴욕 삼부작》의 탐정 이름은 폴 오스터입니다. 소설 속 탐정이 작가와 똑같은 이름으로 등장하는 것이죠. 게다가 탐정 폴 오스터는 닉네임 맥스 워크 Max Work로 활동합니다.

이 층위를 문제 삼았기에 《뉴욕 삼부작》은 형이상학적 추리소설로 불립니다. 작가의 메타 층위를 부정하면 추리소설이 성립될 수 없다는 의미에서 반-추리소설로도 불립니다.

이런 발상은 롤랑 바르트가 말한 '작가의 죽음'이나 '작가의 부재'라는 생각에 닿아 있습니다. 결국 작가에게서 메타의 지위를 박탈한 뒤 내려지는 결론이죠. 그래서 극단적으로는 작가가 없다는─이렇게 되면 러시아 형식주의에서처럼 비평에 작가의 삶이 들어설 여지가 없어집니다─생각이 작가라는 단어와 그 함의 자체를 붕괴시킵니다. 작가author는 권위 authority와 그 어원이 같습니다.

작가라는 권위가 사라짐에 따라 작가라는 단어를 대체한 용어가 글쓴이 writer입니다. 유감스럽게도 우리가 습관적으로 쓰는 추리작가라는 표현은 번역어임에도 불구하고(아니 번역어이기 때문에) 이 흐름을 반영하지 못하고 있습니다. 엄밀히 말하면 '미스터리 작가 mystery author'가 아니라 '미스터리 글쓴이 mystery writer'인 것이죠. 이것은 불필요한 일을 문제 삼아 아는 척하는 게 아닙니다. 물론 더 엄밀하게는 고전 추리소설가는 '작가'와 '글쓴이' 사이에서 권위를 버릴까 말까 고민하는 사람이라고 볼 수도 있습니다.

사실 '작가'에서 '글쓴이'로의 이행은 좀 더 크고 넓은 사상적·문화적 맥락의 변화를 반영합니다. 프랑스인들이 말하는 글쓰기(에크리튀르

écriture)라는 용어는 입말이 억압한 글말의 해방과 연관되어 있습니다. 성경에서 말하듯, 태초에 신성한 말씀(입말)이 있음—빛이 있으라!—으로 해서 글말(문자)은 투명하게 입말의 내용을 담는 그릇의 역할을 해왔을 뿐입니다. 문자언어는 그저 투명한 매체일 뿐 생각이나 사상 그 자체에 영향을 줄 수 없다는 믿음이 오래도록 지속되었죠. 그런데 어느 순간 이 믿음에 금이 갔을 뿐만 아니라 발상의 전환이 이루어져 '언어가 생각을 지배하는 것'이라는 역발상마저 하게 되었습니다.

심지어 언어는 말을 담는 투명한 그릇이 아니라 이제 언어 자체가 말을 하고 있다는 생각에까지 이르렀습니다. 미셸 푸코에 따르면 레몽 루셀의 소설 《아프리카의 인상》은 글 쓰는 인간마저 배제된 채—혹은 언어 자체가 말하는 내용을 수동적으로 받아 적는—언어 자체가 말하는 이야기입니다.

—글쓰기(에크리튀르)란 무엇인가?

철학적인 이 물음은 글쓰기의 기술적인 측면을 제외하면 전적으로 서구적(프랑스적)인 것입니다. 우리에겐 이런 물음이 생겨날 수 없습니다. 왜냐하면 한자(글말)가 먼저 있고 난 뒤에 입말(한글)이 창제되었기 때문입니다. 입말이 글말을 억압한 역사는 없습니다.

그런데도 '글쓰기란 무엇인가?'라는 서구적 물음은 우리의 생각과 사상에도 영향을 미치고 있습니다. 대체 그 이유가 뭘까요?

제 생각에 그것은 사유에서 은유metaphor가 행사해왔던 막강한 힘 때문입니다.

단순화의 위험을 감수한다면, 은유에는 예술적(미학적) 은유와 철학적(존재론적) 은유가 있다고 볼 수 있습니다. 알다시피 은유는 'A는 B다'라는 형식을 취합니다. 예컨대 '이순신은 호랑이다' 같은 문장 구성이지요.

아리스토텔레스(《시학》)에 따르면, 훌륭한 예술적 은유는 두 가지 조건을 갖춘다고 합니다. 낯섦(참신함)과 유의미함이 그것이죠.

'이순신은 호랑이다'라는 은유는 이제는 진부해서 아무런 시적 감흥도 주지 않는 은유죠. 그럼에도 은유의 본질에 충실한 은유입니다.

은유란 내적 본질의 필연성이 외적 대상을 지시하는 기능의 표현입니다. 이순신 장군의 대담한 지략과 죽음을 불사하는 용감함은 먹잇감을 노려 포획하는 호랑이의 본능적 용맹함에 비유될 수 있습니다.

'이순신은 생쥐다'라는 은유는 어떤가요? 낯섦이라는 측면에서는 좋은 은유의 요건을 충족시킬 수도 있겠지만, 작고 연약한 생쥐가 용맹한 장군이라는 내적 필연성이 외화된 존재가 아니기에 유의미성을 가질 수 없습니다.

철학적 은유는 은유(메타포)의 어의語義가 갖는 부분적 의미meta에 주목합니다. 메타는 '~을 넘어서' 혹은 '~초월하여'라는 뜻을 갖고 있습니다. 기존 서구 철학의 욕망은 감성(감각)의 세계를 넘어 초감성(초감각)의 세계로 나아가고자 했습니다. 초감성의 세계란 촉각·미각·청각·시각 모두를 넘어서야 하지만, 무엇보다 청각과 시각을 넘어서야 할 이유가 역사적으로 요구되었습니다. 신의 말씀(로고스)으로 대표되는 유대 문화와 보는 것(에이도스)으로 대표되는 그리스 문화의 결합이 필요했기 때문이죠.

청각과 시각은 추상적으로―공감각의 일부―이해될 수도 있겠지만, 본질적으로 다른 감각기관의 작용인 '듣는 것'과 '보는 것' 둘 사이를 결합할 근본 원리가 있을 리 없습니다.

이때 양자를 결합하기 위해 철학적 은유가 중매쟁이로 등장합니다. 양자를 본질의 세계, 즉 형이상形而上의 세계로 이동시켜 양자 사이에 공동의 지평을 마련하는 것입니다. 시각을 넘어선 세계와 청각을 넘어선 세계라는 공동의 지평 위에서 양자를 결합할 근거를 확보하려는 계산이죠.

그런데 문제는 철학적 은유가 홀로 이 임무를 수행할 능력이 없다는 점입니다. 이 무능력은 'A=B'라는 은유의 본성상, 특히나 예술적 은유가 생산하는―그 왕성한 생산력에도 불구하고―지식은 원심력이 강한 탓에 애매모호한 경계 지역이 넓어진다는 점과 관계가 있습니다.

'이순신은 곰이다'라는 은유는, 곰의 우직함에 가치를 두어 괜찮은 은유라고 생각할 수도 있고 투실투실한 곰의 느린 움직임을 아둔함으로 해석해 좋지 않은 은유라고 생각할 수도 있습니다. 이처럼 특정한 은유의 '좋음/나쁨'의 결정은, 그리고 수용자가 받아들이는 측면은 공유된 지식이나 상식의 기반 위에서만 가능해 보입니다.

시인이자 시학 이론가인 이수명(1965~)은 '시인의 은유'가 상식에서 크게 벗어나지 않아야 한다는 태도에 결연히 반대해 '쉽게 이해되는 시는 좋은 시가 아니다'라고까지 말합니다. 은유의 원심력에 높은 가치를 부여하는 시론이죠. 이때 시는 예술의 전위로서 개념, 판단, 추론 등을 통해 건축학적 의지를 드러내는 철학(사유)과 대립합니다.

이수명은 자신의 시와 시론을 평행관계로 이해합니다. 자신의 시론이 자신의 시를, 그리고 타인의 시를 충분히 설명할 수 없다는 회의감을 드러내는데, 그 어떤 시론도 일정 부분 철학을 닮을 수밖에 없다는 인식에서 나오는 회의입니다. 시는 은유의 원심력(자유)을 관철하려 하지만, 시론은 이론의 제약성으로 인해 시와, 특히나 모든 형식을 깨뜨리려는 자유시와 대립한다고 보는 것입니다.

4

서구 사유에서 철학과 시의 대립은 잘 알려져 있습니다. 플라톤이 《국가》
에서 시인을 추방하려고 했던 까닭도 이 대립에 근거한다고 볼 수 있습니
다.
적어도 헤겔에 이르기까지의 서구 철학은 진부해진 은유에 자족한 것
은 아니지만, 은유의 원심력에 대한 불안이 줄곧 있었던 것도 사실입니
다. 막강한 원심력을 행사할 수 있는 은유의 시적 기능에 불안감을 느낀
철학은 은유를 동일성(A=A)과 연대시키고자 노력합니다.
서구 사유의 교묘한 솜씨는 동일성에 대한 다음과 같은 해석에서 극적
으로 드러납니다.

—'A=A'는 '각자 자신인 것'으로서의 동일성이면서 동시에 '각자는 자기
자신에게 자신인 것'으로서의 동일성을 의미한다.

후자의 동일성은 엄밀하게는 전자의 동일성인 'A=A'도 아니고 'A=B'도
아닌 'A=A''의 표현입니다. A'는 A라고 할 수도 없고 A가 아니라고 할 수
도 없는 여격汝格—자기 자신에게—의 지위를 가집니다. 거울에 비친 내
모습과 그것을 바라보는 나 사이의 관계로서의 동일성인 것입니다.
신의 저주로 인해 연못에 비친 자기 모습을 보고 사랑에 빠지는 '나르키
소스 신화'를 차용한 것으로도 해석되는 'A=A''의 동일성은 불모의 동어
반복(A=A)과 의미를 왕성하게 생산하지만 토대가 불안한 은유(A=B) 사
이에 구심력으로서의 가교를 놓습니다. 적어도 기존의—동일성의 사유
를 불신하고 해체하기 전의, 즉 니체 이전의—서구 사유는 이처럼 시각
으로 이해된 동일성의 사유입니다.
서구 사유의 기이한 점은 바로 이 토대 위에, 즉 본다는 것의 동일성
(A=A') 위에 '듣는 것'을 위치시킨다는 것입니다. 믿을 수 없게도 이제 '듣
는 것'은 '보는 것'입니다. 그것도 '가장 탁월한 봄'입니다.
이런 일련의 과정에서 시각은 스스로를 사유의 원리로 내세우면서 '듣는
것'에 보는 능력의 최고 윗자리를 내줍니다. 권위를 내주는 대신 청각을
빼앗아—은유를 통해 청각을 초월함으로써—시각에 의한 원리의 통일
이라는 대업을 성취하게 됩니다.
사유의 이 기이함을 어떻게 이해해야 할까요? 터무니없으니 재빨리 손

절하는 게 능사일까요? 그럼, 그다음은요?

대개 사유의 출발점은 기이합니다. 모순, 명명命名, 가정된 정의定意가 사유를 출발시키는 원동력일 수 있습니다.

퇴계 이황 선생이 60대의 나이에 10대의 선조에게 올린 글(《성학십도》) 첫머리에 도무형상道無形象이란 표현이 나옵니다. 도는 모름지기 형상이 없다는 뜻인데, '道'란 글자는 이미 형상을 갖췄기에 다른 글자와 구별되는 게 아니겠습니까? 불교가 주장하는 불립문자不立文字도 마찬가지입니다. 문자를 세우지 말자면서 '不立文字'라는 표현을 통해 문자를 세우고 있지 않습니까?

이런 모순을 해소하기 위한 방편으로 '명명'이나 '가정된 정의'가 사용될 수 있습니다. 그렇게 하라는 명령이나 그렇게 하자는 명령조의 이름 붙이기가 작동함으로써 사유가 출발할 수 있는 것이지요.

'빛이 있으라!'는 명령의 말씀. 세상 모든 존재의 근거로서의 신은 '스스로 있는 자 Causa Sui'라는 정의 등등.

5

앞서 저는 '추리소설은 서구 정신이 몰락해가는 와중에 생겨난 산물'이라고 반복해 강조했습니다. 이것을 문학적 수사figure에 빗대어 표현하면, 은유에서 환유로의 이동이라고 할 수 있습니다.

최근 10년 사이에 좀비 영화—〈부산행〉, 〈창궐〉, 〈반도〉, 〈살아 있다〉, 〈지금 우리 학교는〉—가 대단한 활기를 띠었던 이유는 여러 가지가 있겠지만 '좀비'가 환유의 대중적인 상징이 되었다는 점을 빼놓을 수가 없습니다.

좀비에게 물리면 정상적인 사람도 좀비가 되고 맙니다. 좀비에게 물린 이상 달리 좀비화에 저항할 묘책은 없습니다.

선왕의 사후 아들 왕세자가 즉위식에서 왕관을 머리에 쓰는 순간, 우리는 '왕자가 마침내 왕이 되었다'라고 말합니다. '왕관을 머리에 쓰다'는 '왕이 되다'의 환유metonymy입니다. 이때 왕관과 머리 사이의 인접성이 환유의 본질입니다. 좀비가 날카로운 이빨을 드러내 정상인의 목을 물려고 할 때 '이빨'과 '목'의 인접성이 환유의 본질이듯이 말입니다.

은유가 세계 해석의 주도권을 쥔 시대로부터 그 권력을 환유가 물려받은(혹은 찬탈한) 세계로의 이행은 은유가 지탱하던 익숙한 가치들—역사, 주체(자아), 이데올로기, 신, 문학 등등—의 약화(혹은 와해) 현상을 의미합니다. 우리가 이 변화의 힘—당혹스럽기까지 한—을 어떻게 느끼고 있는지, 어떻게 이해하는지, 어떤 대책을 세우고 있는지 거칠게 다음과 같이 설명할 수 있습니다.

첫째, 한국전쟁 이후, 저와 전前 세대의 기간 동안, 폐허가 된 국토와 국가의 재건을 슬로건으로 내걸고 '잘살아보자!'라는 집단의지의 열망과 군사정권의 폭력에 맞선 민주화 투쟁이 공존하며 불길처럼 들끓어 올랐습니다. 돌이켜보면, 대략 1960년부터 1990년까지는, 경제든 민주화든 확고한 목표가 우리 의식의 밑바닥까지 점령한 시대였습니다.

군사정권으로부터 가혹한 핍박과 고문을 당했던 함석헌 선생조차—박정희 정권이 장발, 청바지, 미니스커트, 통기타 문화를 아직 놀고 즐길 때가 아니라며 단속했듯이—개인의 슬픔과 고통을 문학이 표현해서는 안 된다고 주장(《뜻으로 본 한국역사》)했습니다. 경제적 목표 달성을 위해 사생활에 간섭하고 폭력을 정당화하는 주체(박정희)이든, 민주화에 대한 열망으로 인해 개인의 감정을 억압할 수밖에 없었던 실천적 주체(함석헌)이든, 둘 다 이데올로기 주체(헤겔)였습니다.

시인 오규원(1941~2007)의 개인적 시사詩史가 흥미로운 점은 이데올로기적 주체에서 벗어나 신경증적 주체(프로이트)를 드러내는—초기 시에서는 억눌렸던 개인사의 주제들, 이를테면 '친엄마 → 몇 개월간 아버지와 동거했던 여인 → 계모'로 이어지는 모성에 대한 기억과 누나 집과 친척 집을 전전했던 생활의 불안정함이 중기 시에서부터는 더 이상 억제되지 않고 표현을 갖추기 시작한다—동시에 시적 수사법이 은유에서 환유로 변해간다는 것입니다.

초기 시 〈현상 실험〉에서 언어 탐구에 몰두하며 '언어는 모자다, 말발굽 쇠다, 초인종이다'라는 은유를 사용했던 그는 중기 시 이후에는 '어둠이 내 코 앞, 내 귀 앞, 내 눈 앞에 있다'(《어둠은 자세히 봐도 역시 어둡다》)라고 표현함으로써 과감한 환유(공간적 인접성)의 수사기법을 드러냅니다.

훗날 오규원은 이런 자신의 변화를 이론으로 구체화했는데, '나는 나(주체) 중심의 관점을 버리고, 시적 수사도 은유적 언어체계를 주변부로 돌리고, 환유적 언어체계를 중심부에 두었다'(《날이미지와 시》)라고 말합니다.

이때 오규원은 두 가지 이야기를 병렬로 말한 것이 아니라 한 이야기의 두 관점을 말한 것입니다.

존재(자연)의 시적 해석에서 인간 중심의 관점을 버린다는 것은 그가 어렵게 획득[2]한 신경증적 주체로서의 자기고백(체험)의 표현을 더 이상 하지 않겠다는 선언으로서, 이 자체가 이미 수사기법상의 '은유에서 환유로의 헤게모니 이동'인 것입니다.

오규원의 후기 시는 〈그대와 산〉, 〈아이와 강〉, 〈여자와 굴삭기〉라는 제

목에서 드러나듯이 인간적 관점(주체)의 우선권을 포기한 채 동사적 연쇄를 통해 인간과 사물의 관계를 탐색합니다.

저만의 아쉬운 느낌과 머릿속에서 정리되지 못한 지식이 불러일으킨 혼란일까요? 아니, 전 그렇게 생각하지 않습니다.

우리 사회의 '추리소설의 수용 방식'과 오규원의 개인 시사를 통해 읽게 되는 것은, 그 어떤 사유의 빈곤함, 즉 결국 찾아오고야 마는 것의 뒤늦음 belatedness입니다.

우리의 지성에 서구 사유의 수입에 저항할 힘이 애초부터 없었다면, '주체의 몰락'을 대중의 형식으로 사유한 '추리소설의 정신'을 왜 선취하지 못했던 걸까요?

우리 사회는—몇몇 빼어난 사상가를 제외하면—역사의 매 단계에 필요한 사상을 외국에서 빌려 쓰다가 상황이 바뀌면 버리고, 대체할 새로운 사상을 또다시 모색하는, 끝내 자신의 사유에 이르지 못한 사유의 빈곤을 드러냅니다. 물을 것도 없이 저 또한 예외가 아닙니다. 그렇다고 말할 자격까지 없는 것은 아닐 테지요.

이 사유의 빈곤은 결국 찾아오고야 마는 것, 즉 '뒤늦음'의 감정을 불러일으킵니다. 올 것이 제때 왔다면 장르 자체는 훨씬 더 개화開花의 행복을 누렸을 테고, 곧 버릴 사유에 전력투구하는 어리석음이나 일견 자기 독창성의 훌륭한 성취에도 불구하고 사회적으로는 누군가에겐 이미 알려진 사유이기에—즉 유사한 생각의 후발주자인 느낌이기에—그 영향력이 제한되는 난감함을 제거할 수도 있었을 것입니다.

오규원의 시 세계가 내면적 성숙과 자기 고유의 사상을 펼친 탁월한 사례임을 부정할 순 없지만, 다른 한편으로 더 높은 수준에서는, 우리 사

---

2 나와 무관한 인문 지식이라는 추상적 차원에서 보면 헤겔과 프로이트의 동시적 수용이 가능하나 시인 오규원의 개인적 체험의 고백이라는 차원에서는 어떤 식으로든지—스스로의 내면적 극복이든 외부 압력의 약화이든 시간이 흘러 자연스럽게 그렇게 되었든—함석헌식의 이데올로기적 주체의 힘이 약화되는 한에서만 프로이트의 수용이 가능합니다. 이 점은 우리가 추리소설을 적극적으로 중심 문화의 일부로 받아들일 수 없었던 가장 큰 '사유의 틀'의 사정을 설명해줍니다. 주체란, 특히 헤겔적 주체란 상승의 힘인 것이지요. 그에 반해 추리소설의 정신은 하강의 흐름에서 특정한 순간에 하나의 형태로 굳어진 것이기 때문입니다. 우리 사회의 문학 엘리트들이 시기적으로 1960년대에서 1980대 후반에 걸쳐 추리소설을 장르라는 틀 속에 가둬 오락으로서의 읽을거리로 한정하고 주변 문학으로 밀어낸 것은 바로 이런 사정에 기인했다고 봅니다. 적어도 서구 추리소설은 헤겔적 주체도 프로이트적 주체—셜록 홈스 이야기의 애독자였던 프로이트의 이론이, 추리소설이 장르적 형식을 갖춘 것과 동시대에 출현한 것과 사소한 것에 눈길을 주는 방법상의 동일성이 있다 하더라도—도 아닌 '주체(인간)'의 위기에서 탄생했고 그 위기를 고민한 장르입니다.

유가 시대의 역사성을 좀처럼 탈피하지 못하는—그래서 다음 세대에 남길 유산으로서는 언제나 뭔가 부족한—뒤늦은 사유의 예시이기도 합니다.

인간은 왜 은유적 해석의 권력을 내려놓아야 하는 걸까요? AI에 밀려서? 인간 중심의 관점이 지구의 생태 환경을 무자비하게 파괴해왔기 때문에?

욕망(삶의 목표)을 가진 이데올로기적 주체와 상처로 굳어진 기억의 고백을 통해 삶의 고통을 치유하려는 신경증적 주체를 버린 탈-주체적 인간은 대체 어떤 인간일까요?

그런데 '사라졌던 주체가 돌아온다'는 말이 들립니다. 사라졌던 주체가 권위적인(때로는 폭력적이기까지 한) 주체였던 것은 분명한데, 돌아올(혹은 돌아왔다고 주장되는) 주체의 정체는 아직 불분명합니다.

권위의 주체가 해체되면서(혹은 불신되면서) 존재에 대한 무한 해석의 권리를 가진 상대적 주체가 등장할 수밖에 없었습니다만, 무한 해석을 허용하는 한 사회는 사회질서를 위협하는 어리석은 생각과 위험한 발상을 걸러내기 어렵습니다(물론 프랑스적인 사유는 이 걸러냄을 거부할 테지만요).

'사상·출판의 자유'와 '실천(행위)의 자유' 사이를 결정적으로 구획 지음으로써 사회의 안전을 도모할 수 있다고 생각할 수 있겠지만, 이 구획의 근거는 사실 역사적으로 용인된 관습과 기록된 판례 속에서 정당성을 확보할 뿐, 무한 해석의 권리를 주장하는 주체의 입장에서는 이 자체가 이미 권위적인—국가는 그 존재 자체가 폭력이다—주체가 구축해놓은 하나의 세계 해석일 뿐입니다.

움베르토 에코의 추리소설은 바로 이 문제의 딜레마를 탐구합니다. 권위적이고 폭력적인 주체도 방종의 위험에 빠질 수 있는 주체도 아닌 제3의 주체가 가능할까요? 《장미의 이름》의 화자인 아드소의 멜랑콜리는 '제3의 가능성'을 찾는 것이 녹록하지 않음을 증언하는 정서적 반응입니다.

기호학자로서 에코와 교류하며 추리소설을 썼던 사상가 줄리아 크리스테바의 생각은 매우 다릅니다. 불가리아 태생이지만 철저히 프랑스인으로 살았던 그녀는 권위의 해체가 충분히 수행되지 않았다고 판단하고, 아니 권위의 해체란 영원히 수행되어야 할 작업이기에 '위반의 문학'으로 상징되는 프랑스 정신의 전통 속에서 《비잔틴 살인사건》을 썼습니다. 그녀는 장황하게 말하고 나서 자기 말을 들을 것 없다며 주체적으로 생각하라고 충고합니다. 프랑스 문학의 정신은 결국 자기부정에 이를 수밖에 없습니다. 프랑스 문학의 종착지는 프랑스어를 버림으로써 프랑스 문학을 배반하는 일일 테니까요.

주체와 연관된 이런 사유의 흐름에서 볼 때, 이름 짓기의 세계관을 통해 '복수의 주체'(황세연, 황세환, 황새 등등)를 선보인 황세연의 추리소설은 그의 작품에 대한 독자의 호불호와 관계없이 주체에 대한 가장 현대적인 해석 중 하나로 볼 수 있습니다.

둘째, 결국 추리소설이 달라진 주체의 위상을 두고 사유를 요구하는 장르라면, 우리는 은유를 시각적 동일성과 결합했던 서구 사유와는 또 다른 결합으로 세종대왕 이후 우리의 의식을 줄곧 지배해왔던 유교적 사유, 즉 '한글/한자' 혼용체였기에 가능했던 '소리의 동일성과 은유의 결합'을 가늠(해체)하기 위한 노력을 해야 합니다.

―선비는 부드러운 사람이다. 아니, 아첨하는 사람이다. 유儒는 유柔다. 아니, 유儒는 유諛다.

이것은 정조 시대에 타락한 유학자들을 향한 연암 박지원의 꾸짖음입니다.

'유=유'라는 소리의 동일성, 즉 음音의 동일성 위에서 훈訓, 즉 풀이하여 놓은 뜻(새김)의 차이로 은유를 발생시키는 것입니다. 'A=A'의 동일성 위에서 "'A=B'다. 아니, 'A=C'다"라는 은유적 지식을 생산하는 구조입니다.

서구 사유가 시각적 동일성의 중개를 통해 동어반복과 은유를 결합한 것처럼, 유교 사유는 '음/훈'의 차이를 이용해 동어반복과 은유를 결합합니다. 흥미로운 것은 이 능력에 자격 제한이 있다는 점입니다. 왕과 유학자에게만 허용된 일이었죠. 그래서 은유 생산의 능력이 정치적 권력이 되고 말았습니다. 이런 애드리브(임기응변적 언어 사용)를 권도權道라고 합니다.

누구나 이 권도를 얻고자 열망하지만, 현실적 한계限界에 부딪혀 신분 상승을 하지 못하고 좌절할 수밖에 없었는데, 이 좌절의 감정적 반응이 한恨의 정서입니다. 우리 민족의 고유 정서가 한이라고 할 때 오랜 역사적 피폐함에 따른 고난, 비참, 절망, 고통의 감정이 한민족의 정서에 깊이 스며들어 있다고 말하는 것은 거의 오류[3]에 가까운 얘기입니다. 왜냐

---

[3] 성리학 이데올로기가 무너지는 19세기와 일제강점기와 참혹한 전쟁을 겪은 20세기 전반기를 제외하면, 우리 사회는 유럽에 비해 상대적으로 매우 안정적이었습니다. 국토가 왜구에 의해 초토화된 임진왜란조차 유럽의 혼란―100년 전쟁, 장미전쟁, 흑사병 등등―에 비할 바가 아니지요.

하면 한恨에는 동경憧憬의 감정이 포함돼 있기 때문입니다. 마조히스트가 아닌 한 고통과 재난을 그리워할 사람은 없을 테니까요.

한의 정서는 무엇보다 구조적인 문제입니다. 한恨은 권도를 얻지 못한 한계로서의 한限인 것입니다.

—한恨은 한限이다.

여기에서도 소리의 동일성과 은유가 결합해 있음을 볼 수 있습니다. 누구나 환유를 쉽게 말할 수 있지만, 소리의 동일성과 은유의 결합을 해체하거나 대체하는 사상을 제시하지 않는 한 공허한 주장에 불과하다는 점을 잊지 말아야 합니다.

게다가 이런 반대의 주장도 가능합니다. 소리의 동일성과 은유의 결합이 우리 민족의 정체성을 이뤄왔으므로 쉽게 해체(대체)되지도 않거니와 해체할 수도 없다는 점입니다.

소설가 최인훈의 사상이 그렇습니다. '간다'라는 소리의 동일성 위에 노동(耕: 밭을 간다), 정치(改: 부실한 정책을 갈아엎는다), 종교 및 예술(行: 구도의 길을 간다)의 세계관을 쌓아 올리는 형태를 취합니다. 노마 히데키는 〈한글의 탄생과 불교사상의 언어〉에서 이런 맥락의 사유, 즉 '한글/한자'의 혼용체를 기반으로 한 사유가 한국인의 윤회일 거라고 주장합니다. 그렇다면 '소리의 동일성과 결합한 은유'의 윤회에서 우리는 빠져나갈 수 있을까요?

6

서구든 우리든 동일성이 사유에 중요했던 까닭은 변치 않는 확고한 토대 위에 관념을 쌓아 올리기 위해서였습니다. 그런데 서구의 경우 이것이 시각에 우선권을 주고, 사유를 출발시키기 위해 교묘하고 기이한 왜곡을 일삼으며, 배제 행위를 통해 소외와 폭력을 발생시킨다는 점이 차츰 인식되었습니다. 이 인식은 언어가 구성적 성격을 띤다는 생각에 이르러 모든 사유가 상대적이라는 회의로까지 발전했습니다.

우리의 경우 사유가 정치권력과 연동되면서—조선의 유학자는 일반 백성이 권도에 도전하지 못하게 자격 제한과 신비함(神妙)을 내세웠습니다—사유가 정치에 매몰되는 현상으로 인해 정치 과잉을 낳게 됩니다. 수양론修養論이 정치 과잉의 폐해를 막을 수 있는 수단이었으나 이해관계 앞에서 얼마나 제구실을 했는지에 대해서는 의문부호가 따라붙습니다.
서구 사유는 새로운 사유로의 도정에 진입한 지 이미 오래되었습니다. 동일성에 기초한 재현(미메시스)의 사유를 거부한 들뢰즈(1925~1995)는 추리소설에 대해 흥미로운 언급을 한 적이 있습니다.

—철학은 부분적으로 추리소설적이어야 한다. 《차이와 반복》

들뢰즈가 이 언급 외에 추리소설에 대해 별다른 말을 하지 않았으므로 —더구나 그가 이해한 추리소설이 정확히 어떤 것인지도 불분명하므로 —위의 문장을 그가 의도한 대로 이해하기는 쉽지 않지만, 적어도 들뢰즈가 동일성에 기초한 재현의 사유가 원형과 모방행위 사이의 관계로 구축되므로 그 관계를 끊으려고 했던 것은 분명합니다.
추리소설의 경우, 살인사건에 대한 탐정의 해결책은 궁극적으로 작가의 관념을 모방하는 행위에 불과합니다. 장기판의 졸로 움직이던 탐정이 느닷없이 장기판을 뒤엎을 수 있을까요?
들뢰즈는 훗날 폴 오스터가 그랬던 것처럼 작가와 탐정의 관계를 끊어 내려고 합니다. 추리소설 애독자의 입장에서 보면 '즐거운 책 읽기'(쾌락적 독서)의 위반일 수 있는데, 이 관계가 끊어지면 탐정은 더 이상 작가가 보증하던 해법을 알 길이 없으므로 수수께끼 같은 살인사건을 해결할 수도 있고 해결하지 못할 수도 있습니다.
들뢰즈가 이해한 탐정의 처지와 상황이 그러한 것이라면, 탐정의 수사 행위는 운명의 속박에 상처받으며 또 그런 고약한 운명을 헤쳐 나가는 평범한 인간의 모습을 닮아갑니다.
그렇다면 철학은 확고한 토대(동일성)에 기초한 세계 해석을 통해 인간의 삶을 이해하는 것이 아니라, 토대 없는 삶과 마주치는 인간의 운동궤적을 그려내는 데 만족해야 할지 모르겠습니다.
추리소설은 역사적으로 철학적 은유를 지켜내기 위해 노력—살인 현장을 관찰한 뒤 범죄의 진상을 시간적으로 재구성하는 것은 재현representation의 행위, 즉 미메시스적 행위입니다—했던 것에 반해, 예술적 은유에 대해서는 오랜 전통[4]이 있는 '반전의 개념'을 자기화(추리소설의 뺄 수 없는 특징)함으로써 얼마간 타격을 가합니다.
앞서 저는 은유란 내포connotation의 필연성이 외화하는denotation 기능의 표현이라고 했습니다. 이순신 장군의 매 시기 삶의 행적은 용맹한 정신

4　반전의 개념은 아리스토텔레스의 《시학》에서 유래합니다.

의 소유자임을 증언하고, 따라서 우리는 '이순신은 호랑이다'라는 은유가 적절하다고 판단할 수 있었습니다.

그런데 반전 개념에 의해 매개된—즉 추리소설로 이해된—은유의 경우, 예상치 못한 결과를 이끌어냅니다.

아직 정체가 밝혀지지 않은 범인을 A라 하고, 용의자 B와 용의자 C가 있다고 합시다. 지능이 평범한 형사가 피살자를 살해한 방법과 주변 행적을 샅샅이 탐문한 결과, 수사 활동으로 모은 자료의 모든 내용이 용의자 B를 가리킬 때 우리는 'A는 B다'라고 말합니다. 천재 탐정의 실력이 드러나는 순간은 전혀 내용(내포)의 수정 없이 같은 자료가 B가 아니라 C를 가리킴을 보여줄 때입니다. 이제 'A는 C다'인 것이죠.

통상의 경우 용의자 C는 깰 수 없는 알리바이가 있거나 때로는 살해 수단조차 불분명[5]했기에 천재 탐정에 의한 'A=B'에서 'A=C'로의 전도는 충격을 줍니다. 이 충격에 대한 독자의 반응이 추리소설을 읽는 즐거움 중 하나일 것입니다.

'A는 B다'에서 'A는 C다'로 전도되는—더 엄밀하게는 'B가 A다'로부터 'C가 A다'로의 전도이겠지만, 이것이 은유의 논리에서 벗어난다고는 생각하지 않습니다—인식을 통해 "내포의 필연성에 의한 외화"에 의문을 품음으로써 예술적 은유의 권위에 타격을 가하는 것입니다. 아니, 하나의 은유를 죽이면서 다른 은유를 살려내는 작업입니다. 따라서 문학 수사修辭 기법상의 추리소설의 정신사적 위치는 다음과 같이 거칠게 도식화할 수 있습니다.

1) 기존의 예술적 은유 관념: 내포의 외화에는 필연성이 있다.
2) 추리소설의 예술적 은유 관념: 내포의 외화가 필연적인 것은 아니다.
3) 모더니즘 계열 문학의 예술적 은유 관념: 내포가 필연적으로 외화(내포 → 외화)를 가리키는 것이 아니라, 역으로 외화가 필연적으로 내포(외화 → 내포)를 가리킨다.

7

추리소설이 어느 평자에 의해 도피문학—모더니즘 문학으로부터의 도피—으로 비난을 받은 것은 바로 예술적 은유에 대해 애매모호한 태도

---

5   예컨대, 범인은 힘이 강한 사람으로 추정되는데 용의자 C는 힘이 약하다 등등.

를 보였기 때문입니다. 결국 모더니즘 문학처럼 형식주의에 이르지 못했다는 비판입니다.

그런데 욕망을 위한 욕망의 세계, 욕망의 내용이 없는 형식적인 욕망의 세계, 달리 말해 텅 빈 주체를 그린 서미애의 추리소설은 어떤가요? '동기 없는 살인'이라는 대중화된 표현만으로는 뭔가 설명이 크게 부족합니다. 표현의 어색함을 감수하고서라도 우리는 이렇게 말해야 할지 모르겠습니다. '내포의 필연성에 의한 외화'에 대한 의심은 '장소의 주체'에서 '공간의 주체'로 이동하기 위한 필요조건이라고.

공간의 주체란 텅 빈 주체의 다른 이름입니다. 장소와 대지의 성격이 사라진 주체입니다. 달리 말해 은유의 수사가 힘을 잃은 주체입니다. 은유의 몰락이란 결국 인간적 관점과 '시간적인 것'이 뒤로 물러나는 현상을 보여줍니다.

탈-주체의 측면에서 보면 이데올로기적 주체이든 신경증적 주체이든 매한가지입니다. 미래의 목표를 달성하기 위한 욕망의 주체와 과거의 상처(트라우마)를 곱씹는 신경증적 주체, 양자 모두 내용이 펼쳐진 시간과 사건에 사로잡힌 주체이기 때문입니다.

시인 이수명이 1990년대를 전후해 등장한 시인들의 '무명과 고독'이 그 자체로 세계관의 표현이라고 한 것은 예리한 지적입니다. 우리는 진이정(1959~1993) 같은 시인[6]을 잘 모릅니다. 아니, 잘 몰라야 합니다. 이것은 '진이정 시인도 성공하고 싶었으나 병으로 인해 요절함으로써 실패하고 말았다'로 해석되는 따위가 아닙니다.

상식이나 쉬운 이해로부터 멀리 벗어난 은유의 원심력이야말로 이 시인들이 추구하는 바이기에, 그들은 대중성으로부터 외면당함으로써만 시인으로서의 자족감을 느낄 수밖에 없는 존재입니다. 앞서 말했던 것처럼, 그렇기에 무명과 고독은 이 시인들의 존재 조건입니다.

잊힌 존재이기에, 아니 잊힘으로써만 시대정신을 대표할 수 있는 아이러니를 어떻게 이해해야 할까요? 시인들이 자신의 존재 조건으로 삼았던 은유의 극단적 원심력을 어떻게 이해해야 할까요?

이수명이 해석한 바와 같이, 1990년대 시인들은 왜 상식에 의존할 때 생겨나는 심리적 안정감과 그 주변으로부터 멀리 달아나는 것이 시인의 사명이나 기획이라고 생각한 걸까요? 누적된 것들의 관습적 용인—개인으로 치자면 경험의 총합으로 이해된 '자기 이해'—을 거부하고 익숙한 맥락을 벗어나 시인조차 어리둥절할 맥락에 독자를 초대하는 시

---

6   함기석, 강정, 허연 등등.

세계에 매진한 이유는 뭘까요?

그러나, 그런데도, 왜 우리는 은유의 원심력에 삶의 브레이크가 없이 실존 전체를 내맡기는 광인시인狂人詩人의 출현을 눈앞에서 목도하지 못하는 걸까요? 은유의 극단적 원심력에 매혹되는 길은 결국 미친 사람의 수용소(몇몇 위대한 시인들이 안식처로 삼은)에 갇힌 기록이 있고 나서야 자기 정당화—이 정당화가 꼭 필요한지는 모르겠지만—에 이를 수 있지 않을까요? 상식이나 평범한 이해로부터 떨어진 거리로서가 아니라 광기에 얼마나 가까이 다가갔는지에 대한 평가로서 말입니다.

에드거 앨런 포는 근대 추리소설의 시조로 불리지만 무엇보다 시인이었습니다.

심리학자 조셉 우드 크루치J. W. Krutch는 포가 미치지 않기 위해 추리소설이라는 장르를 만들어냈다고 했습니다. 그러나 이것은 과장된 말입니다. 왜냐하면 포는 이미 '시 쓰기'를 영감의 활동이 아니라 지적인 작업으로 변형시킨 사람이기 때문입니다. 시적 상상력과 당대의 천문학적 지식을 마구 버무려 《유레카》를 쓴 포의 우주관에 따르면, 우주는 발산했다가 수렴(수축)합니다. 이 수렴을 대변하는 문학 장르가 시인 동시에 추리소설입니다.

포의 시 작법(그는 독자들이 지루해지지 말라고 단어의 수까지 제한합니다)은 독자에게 단일한 심리적 효과를 불러일으키는 것이기에 은유의 원심력을 제한할 수밖에 없습니다. 마찬가지로, 당연한 얘기이겠지만, 이해할 수 없는 표현—은유의 원심력으로 인해—이 정보(사실)를 전달해 범인 추정의 근거로 삼는 추리소설은 있을 수 없습니다.

결국 이런 장황하기까지 한—그럼에도 반드시 필요한—논의는 허용 가능한 은유를 두고 '회집/분산'이나 '옥죔/느슨함'의 정도에 대한 개인적·사회적 결정의 문제로 귀결될 것입니다.

그런데 우리는 아직 이 문제를 철학적·존재론적 물음으로까지는 끌어내지 못하고 있습니다. 이수명의 물음도 '1990년대 한국 시문학사'라는 표현에서 드러나듯이 역사적인 것입니다. 시 세계에 있어 1990년대 전후의 변화를 감지하고 그 변화가 '은유의 원심력'으로 표현된다고 말할 뿐입니다.

후일 《표면의 시학》에서 고유의 이론을 제시하지만 '시/시론'의 엄격한 분리—그렇다면 사유(시론)와 시가 분리될 수밖에 없는 현상을 '존재의 불연속성'으로 보는 것인지, 아니 존재는 연속적인데 관점의 분리가 생겨날 수밖에 없다고 보는 것인지, 또 존재가 불연속적이라면 인식의 대상이 아닌 시에 대해 침묵하며 말하지 않는 것이 궁극적인 시론인지 등등의 의문이 생겨날 수 있다—와 평행성을 긍정할 뿐 철학적 물음에는 이르지 못합니다.

예전엔 이데올로기의 시대였고 지금은 아니다, 라고 말하는 것은 역사적 판결일 뿐입니다. 시대의 유행에 민감하게 반응하는 것에 더해서 우리에겐 좀 더 깊이 있는 물음이 요구되고 있습니다.

8

서구 가치관이 몰락하는 와중에 '은유'에 대해 나름의 견해를 가졌던 추리소설이 즐거운 독서 체험을 주는 장르에 머무르지 않고 우리를 지배하는 밑바탕의 생각과 관념에 자극과 비판을 가할 수 있다면, 그것은 오직 유교적 사유와의 대결 국면에서만 가능합니다.

추리소설이 반드시 그래야 할 이유는 없겠지요. 그렇지만 반대로 반드시 그러지 않아야 할 이유도 없습니다.

보르헤스는 포가 추리소설뿐만 아니라 추리소설의 독자도 창조했다고 말했습니다. 보험 약관에 서명한 후에는 이제 피보험자의 이익과 권리는 약관에 의해 제약되듯이, 추리소설이라는 장르를 인식하고 읽는 순간부터 독자는 작가와 어떤 계약 관계를 맺은 듯이 느끼게 됩니다. 독자가 이 보이지 않는 계약을 자연스럽게 받아들이도록 만든 것이 포의 위대함이지요.

그렇기에 추리소설로 철학을 하기 위해서는—작품마다의 철학적 의미를 탐구하는 데 만족할 것이 아니라—독자가 빠진 결계結界로부터 해방될 필요가 있습니다. 앞서 말했던 것처럼 폴 오스터의 《뉴욕 삼부작》이 형이상학적 추리소설로 불리는 것은 바로 결계로부터 과감히 벗어난 덕이지요.

은유는 표현의 원심력을 통해 왕성한 생산력을 보입니다. 그러나 은유를 극한에까지 밀어붙이면 인간(시인, 사상가)은 타인과 교류하는 삶과 상식의 맥락을 잃고 광인이 되기 마련입니다. 사유의 역사는 바로 이 은유의 원심력을 인정하면서도 사회의 불안정감을 해소하기 위해 동일성이라는 확고한 지지대를 은유와 결합하고자 했습니다.

서구에서는 그것이 동어반복을 변형시킨 '시각의 동일성'(A=A)이었고, 우리 유교 사유에서는 '소리의 동일성'에 기초해서 한자의 '음과 훈'의 차이에서 생겨나는 은유에 특권을 주는 형태를 취했습니다. 이 특권이 정치 과잉이라는 부작용과 성공에 대한 열망—현재에도 지속되는 교육열은 바로 이 사유의 구조와 무관하지 않지요—을 부채질했고, 권도를 행사할 수 없는 사람들이 '한의 정서'를 마음속에 품도록 했습니다. 주목할 것은 한의 정서가 개인적·사회적 정서이기 이전에 변치 않는 사유 구조가 반영된 결과로서의 문화의 그림자라는 점입니다.

한의 정서가 우리 민족 고유의 정서라는 말은 너무나 무책임한 말입니다. 이것은 하나의 민족에게 고유한 사유가 있다는 말로서 종교적 믿음에 가깝거나 은연중에 기득권자의 권익을 정당화하기 위한 논리에 지나지 않습니다. 오래도록 쌓인 정서가 정체성을 형성하기에 그 정체성을 깨뜨리기가 쉽지 않다는 점은 수긍할 수 있지만, 그 정체성을 깨뜨려서는 안 된다는 말은 받아들이기가 어렵습니다.

추리소설도 일정 부분 개입한 은유에 대한 불신은 서구에서 새로운 사유를 요구하고 있습니다. '사유에 대한 이미지' 자체를 혁신하려는 들뢰즈의 사유나, 정의definition를 내리지 않는 비디우의 사유는 앞으로의 그 수용의 지속성과 무관하게, 동일성과 은유의 결합에서 벗어나려는 사유인 것은 분명합니다.

우리도 우리 사유의 한계를 명확히 알게 되었습니다. 권도가 감춘, 백성의 삶이 농사에 의존하는 유교적 사유가 저지르는 자기부정은 이런 것입니다. 볍씨의 파종과 생명의 탄생(生, 生), 벼의 성장과 아이의 자람(長, 長), 익은 벼의 수확과 인간으로서 목표를 이루는 것(收, 遂), 볍씨를 창고에 저장해 다음 해 파종할 준비를 하는 것과 크게 성취한 것 혹은 이루어진 것(藏, 成)에서 계절로 보면 봄과 여름에는 소리의 동일성(생=생, 장=장)으로서 '볍씨/인간'의 비유를 정당화하고, 가을에는 '수'라는 음의 동일성에 훈의 차이(수확하다, 이루다)로서의 은유를 결합해 정당화하는 반면, 겨울에 해당하는 장藏과 성成은 음도 훈도 다 다릅니다. 이것은 소리의 동일성과 훈의 차이로서의 은유가 결합한 사유에 대한 자기 배반입니다.

그런 의미에서 성공成功의 성成은 유교의 논리에서 이해할 수 없는 광기의 언어입니다. 그럼에도 유교의 성인聖人인 공자는 대성大成으로 지칭됩니다.

《광기의 역사》를 쓴 미셸 푸코는 이성ratio과 광기가 공통의 지반을 갖고 있다고 말했습니다. 남용된 은유는 바로 이 점을 분명히 보여줍니다. 동일성의 구심력에 의해 제어되지 않은 극단적 원심력으로서의 은유 활용법은 광기에 이를 수밖에 없다는 게 제 생각입니다. 은유 자체가 본성상 이성이 광기와 다르지 않음을 보여주는 거울이기도 합니다.

문제는 은유의 극단적 활용법만이, 다시 말해 광인만이 진리를 드러낼 수 있는가 하는 점입니다. 우연하게도 위대한 20세기 철학자의 한 사람으로 손꼽히는 하이데거가 존경한 두 인물(횔덜린, 니체)은 모두 광인이었습니다.

우리에게 새로운 사유란 약해진 은유(은유에 대한 불신으로 생겨난)를 공격(혹은 탐구)해서 '소리의 동일성'과의 결합을 와해시키는 작업을 통해 생겨날 수 있습니다. 추리소설이 이해한 바에 따르면, 누적된 내포가 외화하는 필연성으로서의 은유는 의심스러운 것입니다.

인간을 볍씨에 빗대어 이해하는 유교의 농경적 사유는 현대인의 정서와 생활양식을 담아내지 못합니다. 우리가 여전히 유교적 사유를 관습적으로 용인하는 것은 오랜 체화體化로 인해 무의식적인 내면화가 진행되었고, 의식적 차원에서는 대체할 만한 철학을 사유하지 못하고 있기 때문일 것입니다.

추리소설가는 은유에 대한 불신을 표명하며 새로운 은유 사용법을 요구한다고 볼 수 있습니다. 시가 사유와의 대립을 통해 그랬던 것처럼 추리소설 또한 사유의 자극제일 수 있습니다.

'철학은 부분적으로 추리소설적이어야 한다'라는 들뢰즈의 말이 추리소설가에게 긍정적인 울림을 주는 것은 사실이지만, 우리에게 필요한 것은 위대한 자의 팔을 당겨 나의 어깨 위에 두르며 친숙함을 느끼는 것이 아니라 진부해진 단어의 무게를 다시 측정하고, 신조어를 만들고, 대체할 새로운 사유를 제시하는 것입니다.

이 세 가지는 동일한 작업의 일환으로, 예컨대 오규원의 개인적 시사에서 중심이 은유에서 환유로 이동했다는 것은 시인에게 이제 환유가 더 중요해졌다는 것을 의미하며 동시에 이것은 '은유'와 '환유'를 다시 정의하는 일이기도 합니다.

그뿐만 아니라 '은유'를 다시 정의해도 부족하다면 신조어를 만들어 양자의 관계를 새로이 조망해야 합니다. 철학자들에게 자기만의 고유한 신조어—비트겐슈타인의 가족유사성 family resemblance, 하이데거의 다자인 Dasein, 데리다의 디페랑스 différance 등등—가 있는 것은 기존의 언어로는 달라진 세상을 해석할 수 없어서이거나 자기만의 방식으로 세상을 해석하고자 하는 욕구 때문일 것입니다.

명심할 것은 은유에 대해 진부한 인식을 가진 사람은 추리소설 속에 드러난 정신의 형태를 이해할 수 없게 된다는 점입니다. 추리소설이란 그 정신에 있어 은유에 대한 의심 속에서 태어난 장르이기 때문이죠.

9

앞서, 한글은 '하늘-땅-인간'의 삼재 사상에 기초해 만든 문자라고 했습니다. 하늘, 땅, 인간은 각각 모음(ㅏ, ㅡ, ㅣ)의 표기로 추상화되었습니다.

그렇다면 이렇게 말할 수 있을 것입니다.

1) 한글은 (부분적으로) 하늘이다.
2) 한글은 (부분적으로) 땅이다.
3) 한글은 (부분적으로) 인간이다.

한글은 지구상에서 가장 위대한 문자표기임은 틀림없지만 삼재 사상에, 세 가지 은유에 묶여 있는 것 또한 사실입니다.

'한글은 허공虛空이다'라고 말하는 것이 금지되는 것은 한글의 사상적 기초가 그런 은유를 불허하기 때문이고, '허공'이라는 단어를 모음으로 추상화해 한글의 원리로 삼은 적이 없기에 불가능한 것이기도 합니다.

사유의 어려움은 바로 그런 불가능성을 전도시키지 못하는 무능력—한글로 사유를 한다는 것은 이미 위의 세 가지 은유에 자신도 모르게 잦아든다는 것일 수 있습니다—과 크게 다르지 않습니다.

유추하건대, 시인으로서의 이수명은 '한글은 허공이다'라고 말하는 것이 훨씬 더 시적(쉽게 이해될 수 없기에)이라고 말하는 것 같습니다. 시학 이론가로서의 이수명은 사유와 판단은 동일성에 '은유의 자유'를 묶어두기에 은유의 원심력이 제한될 수밖에 없다고 말합니다. 또 훌륭한 시인—특히나 1990년대의 시대정신을 표출한 시인—에게는 동일성의 강제력과 사슬을 끊는 것이 필요하다고(또 필요했다고) 말합니다.

추리소설은 낯선 은유를 탐구하는 시인의 탁월함과 달리 반전—원리상 반전은 한두 번이 아니라 계속될 수 있지만 소설 속 이야기를 끝내기 위해서는 한두 번의 반전이 적당합니다—을 통해 은유의 내적 필연성을 의문에 부칩니다. 이것은 진부한 은유이든 참신한 은유이든—탁월한 시인의 새로운 은유를 기다릴 것도 없이—내적 필연성이 없다는 증언일 수 있습니다. 이것은 또한 천재 탐정이 철학(사유)에 개입하는 순간입니다.

흔히 말하듯, 추리소설을 '질서의 회복'과 연결하는 것은 탐정과 경찰을 등치시키는 오독입니다. 질서의 회복이란 '동일성과 결합된 상식적 은유'를 인정하는 것이기 때문입니다. 이 인정은 경찰이 공적 업무를 통해 하는 일입니다.

우리 사회가 탐정과 경찰을 구분하지 못하고 있다는 것은 분명해 보입니다. 한 예로 경찰관 출신의 표창원이 '한국의 셜록 홈스 표창원'이라는 타이틀로 EBS 교양 프로그램에서 정관용 사회자와 인터뷰를 한 것만 봐도 알 수 있습니다. 은연중에 탐정의 추리를 경찰관의 수사와 등치시킴으로써 추리소설의 정신을 왜곡하는 것이지요.

그렇다면 추리소설은 '내포의 누적이 필연적으로 외적 대상'—쌓인 증거가 필연적으로 범인 K를 가리킨다는 것—을 지시한다는 것을 의심함으로써 대체 어떤 사유를 요구하는 것일까요?

추리소설을 즐기는 독자의 처지에서 보면, 이런 물음 자체가 쓸데없는 과잉에 노출된 생각에 불과할 것입니다. 제 생각엔, 그럼에도 정신의 형태로 이해된 추리소설은 우리에게 새로운 사유를 요구하고 있습니다.

지난한 작업이 될 테지만 피해갈 수도 없는 요구입니다. 인간이 언어를 사용하는 한, 관념 속에 살 수밖에 없는 존재인 한, 낡은 집을 버리거나 새 단장을 하듯이, 이 요구에 부응하기 위한 새로운 사유를 찾아 나설 수밖에 없습니다.

은유와 결합한 동일성의 사유를 해체하고 은유의 본성을 의심한 뒤에 인간은 세계에 대한 어떤 해석을 내리며 살아가게 될까요? 이따금 천재 탐정의 예리한 눈빛을 볼 때 허허벌판에 선 인간의 당혹감을 즐기는 것 같다는 느낌이 드는 것은 저만의 착각일까요?

⟨나이브스 아웃⟩과 ⟨나이브스 아웃: 글래스 어니언⟩으로 확인해보는 미스터리 취향

-1편은 정통의 Who done it? 2편은 현대식 How done it!

★ 쥬한량(https://in.naver.com/netflix)

네이버 영화 인플루언서. 장르를 가리지 않고 영화와 드라마를 리뷰하지만 범죄, 미스터리, 스릴러를 특히 좋아합니다. 2022년 버프툰 '선을 넘는 공모전'에 ⟨9번째 환생⟩이 당선되면서 웹소설 작가로도 활동을 시작하였습니다.

〈나이브스 아웃〉(2019)이 크게 흥행한 후 넷플릭스가 후속편의 판권 계약을 했다는 소식에 팬들의 마음이 두근거렸습니다. 그리고 마침내 팬데믹으로 인한 어려운 상황 속에서도 지난 연말 〈나이브스 아웃: 글래스 어니언〉(이하 〈글래스 어니언〉)이 공개되었죠.

평균 별점에서는 1편이 훨씬 높은 점수를 받았습니다만(네이버 기준 8.95), 저는 개인적으로 2편인 〈글래스 어니언〉(네이버 기준 7.17)을 훨씬 재미있게 보았습니다. 1편의 경우엔 애거사 크리스티나 코넌 도일의 영향을 받은 미스터리물이라는 소문에 정통 추리를 기대한 탓도 있었습니다. 흥미로운 설정과 뛰어난 구성, 연출도 좋았다는 것은 반박할 수 없는 사실입니다. 하지만 사건을 풀어내는 탐정 '브누아 블랑'의 추리 방식은 조금(사실은 많이) 아쉬웠습니다.

정통 미스터리를 표방한 1편, 〈나이브스 아웃〉

영화는 오프닝에서 누군가의 죽음을 보여주면서 곧바로 사건으로 들어갑니다. 6천만 달러의 재산을 가진 베스트셀러 미스터리 작가(부럽네요) 할런이, 명백히 자살로 보이는 상태로 발견된 거죠. 그리고 이 시대의 마지막 사립 탐정으로 알려진 블랑이 누군가로부터 의뢰를 받아 이 사건을 자살이 아닌 살인사건으로 조사하기 시작합니다(초반이라 아무 생각 없이 넘기기 십상이지만, 사실 그 Who에 관한 의문은 중요합니다. 도대체 '누가', 그리고 자연스럽게 연결되는 '왜'에 단서가 있었습니다).

날카로운 질문으로 유족에게서 중요한 정보를 빼내주는 블랑 덕에 우리도 죽은 할런과 그의 재산에 기생하며 살아가던 가족의 실체를 엿볼 수 있습니다. 그러면서 자연히 블랑에게 이후의 성과까지 기대하게 되죠. 증거를 찾아내 치밀한 논리로 분석해서 사건을 해결할 거라고. 정통 미스터리 탐정물의 기본적인 클리셰가 그것이니까요.

그러나 영화는 그렇게 진행되지 않습니다. 초반부터 범인으로 드러난 인물(사실은 재미를 위한 미스 디렉션이었다는 것이 후에 밝혀지지만)이 증거를 숨기거나 파괴하는 것을 블랑은 눈치채거나 막아내지 못합니다. 해당 캐릭터에게 특수설정(거짓말을 하면 토하는)을 부여한 게 흥미롭고, 블랑이 그 설정을 사건 해결에 어떻게 활용할지 기대하게 하지만, 영화는 안타깝게도 이야기를 엉성하게 진행하는 용도로 활용하고 맙니다. 질문에 답할 때 상황을 건너뛰어 진술하는 방식으로 직접적인 거짓말을 피해 토를 참아내거나, 결정적인 순간에 당사자가 능숙하게 거짓말을 하며 관객과 범인을 모두 속이기까지 하죠. '거짓말을 생각하기만 해도 토한다'라는 매우 예민하고 강한 특성을 '참아낼 수 있는 수준'으로 바꿔버립니다.

더불어 블랑이 사건을 추리하는 과정도 영화에 빠져서 보면 알아채기 힘들지만, 나중에 꼼꼼히 따져보면 논리적 추리가 아니라 직관이나 임의로 상상해서 채워 넣은 내용이 많다는 걸 깨닫게 됩니다("걔한테 말하지 않으면 내가 말하겠네! You tell her or I will!"라는 말만 전해 듣고 대화 상대방의 외도를 확신하는 게 가능한 일일까요?).

특히 진범의 범행과 용의자가 엮인 상황을 유추해내는 마지막 15분의 '범인은 바로 너!' 장면에서는 확보한 증거만으로 알 수 없을 법한 비어 있는 정황들을 신기神氣를 가진 사람처럼 때려 맞힙니다. 영화 중반까지 미스 디렉션을 효과적으로 활용했기 때문에, Who done it의 재미를 끌어올릴 명확한 증거와 그에 기반한 블랑의 논리적인 추리를 기대하던 관객은 큰 아쉬움을 느낄 수밖에 없었습니다. 범인으로 미스 디렉션되었던 인물의 운동화에 묻은 핏방울이 영화가 끝나는 시점까지도 선명한 붉은색으로 표현된 실수는 차치하고라도 말이죠.

미스터리는 거들 뿐, 블랙코미디를 더욱 강화한 2편, 〈글래스 어니언〉

반면 2편은 시작부터 '이것은 코미디다'에 가까운 행보를 보입니다. 물론 〈나이브스 아웃〉도 신랄하다고 표현해도 될 만큼 날카롭게 정치·사회적 메시지를 담아냈습니다만, 이 영화는 그걸 더욱 직설적으로 표현하면서 대놓고 웃음을 터트리게 만들겠다는 의지를 드러냅니다.

후속편이기 때문에 미스터리가 있을 건 당연하지만(어쨌든 탐정 블랑이 주인공인 시리즈), 오프닝에서 펼쳐내는 캐릭터 소개 장면들은 이 영화가 1편과는 결이 다를 거라는 분위기를 풍기죠. 퍼즐과 게임을 즐기는 인물들로 보이지만 사실상 퍼즐의 중요한 단서를 제공하고 푸는 건 살림하는 할머니이거나, 퍼즐을 절차에 맞춰 푸는 대신 망치로 부숴버리는 인물도 있습니다. 블랑의 첫 등장 또한 슈트 차림에 묵직한 분위기로 심문하던 1편과 달리, 욕조에서 우스꽝스러운 모자를 쓴 채 온라인 추리게임에서 대패大敗하는 모습이죠. 이후 '돈지라르Piece of shit'나 '덩Dung'이 등장(?)하면서 코미디로서의 정체성을 확고히 합니다.

2편에서도 블랑은 익명의 누군가에 의해 사건이 일어난 파티에 초대된 것처럼 보이지만, 사실 이것은 전편의 설정을 블랑이 역으로 재활용한 것으로 중반부에 밝혀지면서 작은 재미를 줍니다. 정통 미스터리 방식으로 사건이 발생하리라 예상되었던 상황(살인사건 게임이 진짜 살인사건으로 변모하곤 하는)이 시작되기도 전에 고전 추리극에서 탐정들이 사건을 푸는 방식과 유사하게 블랑이 해결해버리기도 합니다. 이번 영화에서는 그런 식의 추리극이 아니라 다른 방식의 트릭을 보여주겠다는 예고처럼 보이죠.

그 후 실제로 발생한 살인사건에서는 트릭 같지도 않은, 알고 나면 허망하기 그지없을 만한 눈속임을 이용해 사람을 죽이고 증거를 감춥니다. 블랑은 후에 그 트릭을 '멍청하고 어이없는 방식'이라고 비난하지만, 심리나 범죄, 커뮤니케이션을 연구하는 분야에서는 이를 가볍게 보지만은 않습니다. 바로 '인간은 무언가에 집중하면 주변의 다른 것은 잘 인지하지 못한다'라는 연구 결과가 있거든요(유튜브에서 '고릴라 실험'이라고 치면 확인할 수 있습니다).

범인은 수다와 과장된 행동으로 주위를 소란스럽게 만든(범인이 만든 것이면서 영화 연출자가 관객을 속이기 위해 만든) 상황에서 자연스럽게 트릭을 구사하고 사람들의 기억을 왜곡시키는 데 성공합니다(이 상황의 진실을 확인하려면 영화의 57분부터 보시면 됩니다. 술잔, 총, 휴대폰에 집중하면서요).

이번 편에서는 복선을 영리하게 사용한 점도 돋보였습니다. 퍼즐 박스를 풀지 않고 부순 인물이 지닌 차별성, 배에서 난간을 움켜쥐었던 손의 이중적 의미, 술잔에 주요 인물들의 이름을 인쇄한 이유, 어떤 인물의 성격이 달라졌다고 언급하는 친구의 말, 구글 키워드 알림을 설정한 휴대폰, 알레르기를 가진 등장인물 등 초반부터 차근차근 깔아두었던 요소들을 나중에 벌어진 사건에서 완전한 퍼즐로 완성해냅니다.

또한 블랑이 의뢰인과 만나서 용의자에 관해 이야기할 때, '범인일 가능성이 가장 커 보이는 사람은 의심을 살 게 분명하니 범죄를 저지르지 않았을 것이다'("그렇게 뻔하게 명청한 짓을 저지를 리 없다")라고 단언하는데, 결국 범인의 실체가 '명청한 인물'인 것으로 밝혀지면서 그러한 대사도 하나의 복선이자 반전으로 활용된 것을 확인할 수 있었습니다.

이번 편 역시 비어 있는 장면들을 블랑의 상상과 직관으로 설명해내는 부분이 없지 않지만, 전편에 비해 분량이 적고 관련 근거를 좀 더 탄탄하게 제공했다고 생각합니다.

물론 종반부의 과한 설정은 현실성을 우주로 보내버린 수준이라서 흠이 아닐 수 없겠지만, 초반에 이미 코미디로서의 정체성을 확보했기 때문에, 저는 나름의 설득력을 확보한 것으로 봐주고 싶네요.

마무리하며

개인적으로 스포일러를 끔찍이 싫어해서 최대한 정보를 숨기려 노력했습니다만, 그러다 보니 내용이 산만하고 이해가 어려워졌을 거란 우려가 듭니다. 호기심이 동했다면 직접 보고 판단했으면 좋겠어요. 콘텐츠에 대한 호불호는 어디까지나 개인의 영역이자, 타인은 함부로 판단할 수 없는 취향의 영역이니까요.

그러니 제 취향이 맘에 들지 않았더라도 어쩔 수 없습니다. 그저 각자의 방향을 좇을 뿐이죠. 혹시 아나요? 다음번 제 추천은 당신의 마음을 대변한 것처럼 딱 들어맞을지!

참, 〈나이브스 아웃〉 3편도 제작이 확정되었습니다. 블랑의 출연은 (당연히!) 예정되었으며 2024년 공개라고 하니, 그땐 또 어떤 내용과 장르로 우리를 찾아올지 함께 기다려보면 어떨까요?

《소녀를 아는 사람들》

정서영 지음 · 팩토리나인

한새마   그동안 볼 수 없었던, 그러나 진작에 나왔어야 했던 악녀 캐릭터가 나왔다. 슬지 혼
자 다 씹어먹었다.

《이상한 집》

우케쓰 지음 · 김은모 옮김 · 리드비

조동신   우리 주변 어딘가에도 이런 집이 있지 않을까.

《잔혹범죄전담팀 라플레시아걸》

한새마 지음 · 북오션

조동신   끝나지 않았다. 아니, 끝내면 안 된다. 이 주인공의 활약을 계속 보고 싶다.
박상민   무엇을 상상하든 그 이상의 반전이 기다리고 있다.
윤자영   한국판 히로시마 레이코, 여형사 시호의 활약을 다시 기다린다.
김재희   다이슨 진공청소기처럼 흡입력이 대단하다. 마지막 반전으로 깔끔하게 끝맺음하는
필력이 돋보이는 작품이다.

《셜록 홈즈의 머릿속》

시릴 리에롱, 브누아 다양 글 그림 · 최성웅 옮김 · 신북스

김소망   셜록의 머릿속은 정말 이랬을 것 같다. 기대 이상의 디테일에 감탄한 셜로키언 한
명 추가요.

《사라진 여자들》

메리 쿠비카 지음 · 신솔잎 옮김 · 해피북스투유

한새마   유괴된 아이가 돌아오면서 시작되는 이야기. 꼬리에 꼬리를 잇는 궁금증. 마지막엔
              전혀 예상치 못한 비극이 준비되어 있다.

《밀랍 인형》

피터 러브시 지음 · 이동윤 옮김 · 엘릭시르

조동신   아름다운 여인의 독살 사건은 미스터리계의 영원한 흥미. 거장의 손으로 썼다면 더
              욱 그렇다.

《그림자밟기 여관의 괴담》

오시마 기요아키 지음 · 김은모 옮김 · 현대문학

한새마   괴담과 밀실 트릭의 이중주. 굉장히 신선한 호러 미스터리의 탄생.

《아르키메데스는 손을 더럽히지 않는다》

고미네 하지메 지음 · 민경욱 옮김 · 하빌리스

박상민   고등학생이라고 얕봤다가는 큰코다친다.

《부디 천국에 닿지 않기를》
하세가와 유 지음 · 김해용 옮김 · 북홀릭

한새마   불행한 초현실적 능력을 갖춘 아픈 영혼들의 독백. 한 명씩 안아주고 싶어진다.

《마녀의 은신처》
존 딕슨 카 지음 · 이동윤 옮김 · 엘릭시르

조동신   대작가 존 딕슨 카, 그의 대표 캐릭터 기디언 펠 박사가 등장하는 첫 작품, 이것만으
로도 소장 가치는 충분하다.
박상민   마녀는 거들 뿐 결국은 인간이 문제다.

《라이언 블루》
오승호(고 가쓰히로) 지음 · 이연승 옮김 · 블루홀식스(블루홀6)

김소망   영화 〈이끼〉의 시골 마을을 배경으로 드라마 〈괴물〉의 신하균이 활약하지만….

《서점 탐정 유동인 2》
김재희 지음 · 몽실북스

윤자영   가스라이팅, 스토킹, 보험사기, 몰카, 우리 주변의 이야기가 몰입도를 끌어올린다.

《철교 살인 사건》

로널드 녹스 지음 · 김예진 옮김 · 엘릭시르

조동신   녹스의 십계는 이 작품에서 얼마나 지켜졌을까 확인하시길.

《악연》

요코제키 다이 지음 · 김은모 옮김 · 하빌리스

김소망   소설의 긴장감은 얕지만, 누군가의 트라우마를 건드릴 깜짝 소재에 놀랐다.

《내 눈물이 너를 베리라》

S. A. 코스비 지음 · 박영인 옮김 · 네버모어

한이   전작 《검은 황무지》의 속도감에 인종 차별, 성소수자 혐오와 같은 현실적인 주제로
깊이를 더했다.

《조심해, 독이야!》

조젯 헤이어 지음 · 이경아 옮김 · 엘릭시르

조동신   애거사 크리스티, 도로시 세이어스와는 색다른 재미의 영국식 미스터리.

《십자도 살인사건》

윤자영 지음 · 북오선

한새마   이제 한국 미스터리계에서 하나의 장르가 되었다. 믿고 보는 윤자영 작가의 클로즈
드 서클 미스터리.

《히어로의 공식》

사샤 블랙 지음 · 정지현 옮김 · 윌북

한이   "주인공은 다음 세 가지를 절대로 직접 말해선 안 된다. 책의 주제, 자신의 깨달음,
자신의 감정." 서문의 이 조언만으로도 이 책은 충분한 값어치를 한다.

코로나 종식 이후의 세상
2035년 근미래를 장르적 상상으로 탐구하다

SF×미스터리 대표 작가 9인의 장르 컬래버 프로젝트

2035 SF 미스터리

천선란·한이·김이환·황세연·도진기·전혜진·윤자영·한새마·듀나

훼손된
모나리자

황세연

고가의 미술품을 도난당했다는 신고가 추리경찰서에 접수되었다.

도난 미술품 수사 전문가인 황은조 경감이 수사에 착수했다.

신고를 한 사람은 한강갤러리의 대표 김재훈이었다.

40대 후반의 김재훈은 남자 이름 같았으나 여자였다. 김재훈은 5년쯤 전에 지병으로 사망한 아버지에게 한강갤러리를 물려받아 사업을 확장해가고 있었고, 아버지의 뒤를 이어 저명한 근대미술품 감정사로도 활동하고 있었다.

황은조 경감은 사건이 일어난 장소인 서울 강남의 한강갤러리를 찾아가 도난 신고한 김재훈과 대학교 1학년생인 그녀의 아들을 만났다.

김재훈은 황 경감이 즐겨 보는 텔레비전 프로그램인 〈진품가품〉에 근대미술품 감정 전문가로 출연하고 있어 오래 알고 지낸 사람처럼 친근감이 느껴졌다.

"어떻게 된 사건인지 자초지종을 말씀해주시죠?"

"저, 먼저 부탁드리고 싶은 게 있어요. 우리 갤러리에서 고가의 미술품을 도난당했고 또 그 미술품이 복원 불가능하게 훼손된 사실이 사람들에게 알려지면 우리 갤러리의 명성에 큰 흠이 돼요. 철저한 비밀 유지 부탁드립니다."

"하하. 그건 걱정하지 않으셔도 됩니다. 제 별명이 뭐냐면, 꿀 먹은 벙어리입니다. 그런데 도둑이 훔쳐서 훼손했다는 미술품이 뭐죠?"

"모나리자입니다."

"모, 모나리자요? 레오나르도 다빈치의 그 명작?"

"아, 아뇨! 다빈치의 모나리자가 아니라, 우리나라 근대 유명 화가인 이수광의 모나리자요."

김재훈이 하얀 천으로 감싼 손바닥 크기의 뭔가를 가져와 테이블에 올려놓았다. 천을 펼치자 불에 탄 그림 한 조각이 나타났다. 다른 부분은 모두 불에 타고 남아 있는 부분은 여자의 손을 그린 그림 일부였다. 레오나르도 다빈치가 그린 모나리자의 손처럼 보였지만 유화가 아닌 수묵 채색화였다.

"1922년에 이수광 화백이 다빈치의 모나리자를 재해석해 그린 수묵 채색화입니다."

김재훈의 이야기를 듣다 보니 황 경감은 기억나는 게 있었다.

"아! 이 그림에 관한 기사 기억나요. 10년쯤 전, 어느 골동품상이 시골 이발소에서 그림 한 점을 발견했는데 한국 유명 화가 그림이었다죠?"

"맞아요. 이 그림은 10년 전까지는 강릉 어디의 오래된 이발소 벽에 걸려 있었다고 해요. 젊은 시절 가난했던 이수광 화백은 외국의 명화를 수묵 채색화로 새롭게 그려서 동네 여러 식당에 맡기고 밥 한 끼, 막걸리 한 사발을 얻어먹곤 했었죠. 당시 이수광 화백이 살던 동네의 식당 주인들은 이 화백이 억지로 맡기는 싸구려 그림을 받지 않으려고 손사래를 치곤 했답니다. 그런데 이 화백이 1961년에 죽고 나자 그의 그림이 미국에서 재평가되어 유명해지기 시작했고 가격도 하늘 높은 줄 모르고 치솟았죠. 당시 이 화백이 그려서 밥집이나 술집에 맡겼던 그림들은 현재 상태가 아무리 안 좋아도 최소 10억 원이죠. 그런데 안타깝게도 당시 밥값이나 술값 대신 그림을 억지로 받았던 사람들은 그 싸구려 그림을 보관하려고 노력하지 않았어요. 그래서 현재 남아 있는 작품이 그리 많지 않아요. 당시 꽤 많은 그림을 그려 술집이나 밥집에 건넸다니 앞으로 어딘가에서 이 화백의 그림이 추가로 발견될 가능성은 있습니다만."

"저도 앞으로 시골 식당이나 이발소에 들를 일이 있으면 벽에 걸려 있는 그림을 유심히 살펴봐야겠군요."

"10년 전 어느 골동품상이 시골 이발소에서 머리를 깎다가 벽에 걸려 있는 이 모나리자를 발견하고 쌀 몇 가마니 값에 구매한 뒤 이수광 그림의 최고 전문가인 우리 아버지에게 가져와 감정을 의뢰했죠. 이 그림이 이수광의 수작이란 걸 확인한 아버지가 이 그림을 5억 원에 사들인 뒤, 1년 뒤에 삼송그룹 이상철 회장에게 10억 원에 판매했죠."

"그렇다면 9년 전에 팔린 이 그림이 왜 다시 한강갤러리에 있었던 거죠?"

"이 그림은 9년 동안 삼송그룹 이상철 회장의 집에 잘 걸려 있었죠. 그런데 이상철 회장의 손자가 장난을 치다가 그만 이 그림의 액자를 야구방망이로 때려 유리가 깨지며 그림 일부가 훼손되었어요. 그래서 훼손된 부분을 복원해달라며 우리 갤러리에 맡긴 거죠. 이수광 그림의 최고 감정 전문가이자 복원 전문가인 저희 아버지는 몇 년 전에 작고하셨지만, 저 또한 대를 이어 같은 일을 하고 있으니 제게 맡긴 거죠."

"어젯밤 갤러리에 도둑이 든 건 어떻게 알게 되었습니까?"

"이 건물은 지하가 수장고이고 1층과 2층이 갤러리, 3층이 우리 가정집이에요. 3층에서 저와 아들이 살고 있죠. 새벽 2시쯤 갤러리의 경보음이 요란하게 울렸어요. 잠에서 깬 아들과 저는 겁이 났지만 아래로 내려와 갤러리를 둘러봤어요. 아무 이상이 없었죠. 곧 보안회사 경비원들이 몰려와 보안점검을 했어요. 역시 도난품은 없었죠. 경비원들을 돌려보낸 뒤 다시 3층으로 올라갔는데, 서재 문이 열려 있어 가보니 복원할 방법을 연구하느라 서재에 놔뒀던 모나리자 그림이 사라지고 없었어요. 저는 전화로 급히 보안회사에 연락했고, 창문 밖을 살피던 아들이 도둑을 발견하고 도둑이 뒷산으로 도망가고 있다고 소리쳤어요. 그 소리를 들은 저는 곧장 보안회사에 그 사실을 전했죠. 아들은 제가 위험하다고 말리는데도 급히 골프채를 들고 밖으로 뛰어나가 도둑의 뒤를 쫓았고, 철수하다가 다시 돌아온 보안회사 경비원들 역시 도둑의 뒤를 쫓아갔지만, 도둑을 잡지는 못했어요."

"도둑이 수장고나 갤러리가 아닌, 보안이 느슨한 3층 가정집에 침입해 고가의 그림만을 훔친 점, 2층 갤러리의 비상벨이 울리게 해서 대표님과 아드님을 갤러리로 유인하고 그 틈에 그림을 훔쳐낸 점 등을 보면 도둑은 내부 사정을 잘 아는 면식범일 가능성이 높아 보이는군요."

"면식범요? 설마 직원 누군가가…? 도대체 누가 이런 짓을…?"

"이 불탄 그림은 어떻게 발견한 거죠?"

"도둑을 뒤쫓아 간 아들과 보안회사 경비원들이 발견했어요. 뒷산 너머에 공사장이 있는데, 범인이 공사장 쓰레기 더미 위에 이 그림을 놔두고 불을 지른 뒤 도망갔어요."

"어렵게 훔친 그림에 불을 질렀다고요?"

"예. 왜 어렵게 훔쳐낸 그림을 훼손한 걸까요? 저도 이상하다는 생각이 들어서 그 이유를 생각해봤어요. 도둑이 우리 아들과 보안회사 경비원들에게 쫓기자 시간을 벌기 위해 그랬던 것이 아닐까 싶어요. 그림에 불을 지르면 도둑을 뒤쫓는 것보다 불을 끄는 일이 더 급해지잖아요. 실제로 불타는 그림을 최초로 발견한 우리 아들, 이어서 곧바로 도착한 보안회사 경비원들 모두가 도둑을 뒤쫓는 대신 이 그림을 구하기 위해 불부터 껐어요. 그 바람에 도둑도 놓치고 그림도 못 구했지만요."

"보험은 들었나요?"

"아뇨. 저희 수장고나 갤러리에 있는 작품들은 모두 보험에 가입되어 있지만 복원을 위해 잠깐 맡아 가지고 있던 이 모나리자는 보험을 들지 않았어요. 이 그림의 주인인 삼송그룹 이 회장님도 보험을 들지 않았다고 하시더군요."

"그러면 그림 값은 어떻게…?"

"하아! 저희가 이 회장님에게 물어줄 수밖에 없죠. 그 사이 그림 값이 많이 올랐지만, 저희가 판매한 10억 원에 이자를 조금 더 붙여서, 11억 원에 흥정해볼까 해요. 이 회장님은 재산이 수조 원인 부자이고 그림이 이미 손자에 의해 조금 훼손된 상태였으니, 잘 사정해봐야죠."

"이번 사건으로 손해가 막심하군요."

"도둑을 잡아서 손해배상을 청구하면 손해를 좀 줄일 수 있지 않을까 싶어요."

"음…. 도둑을 잡아도 손해를 줄이기는 어려울 겁니다."

"예? 도둑이 누군데요? 도둑을 잡았나요? 도둑이 가난해요?"

"아뇨. 아직 도둑을 잡지는 못했습니다. 하지만 도둑이 왜 이런 이상한 짓을 벌였는지 그 범행 동기를 알 수 있다면 금방 잡을 수 있지 않을까 싶군요. 그림 대부분이 불에 탄 걸 보면 그림을 빼돌려 비싼 값에 팔아먹으려 했던 것도 아니고, 그림이 보험에 가입되어 있지 않으니 보험금을 타내려고 그런 것도 아니고, 원한 때문도 아니고, 이 그림 한 점 없앤다고 이수광의 다른 그림 가격이 크게 오르는 것도 아니니 그런 목적도 아닌 듯하고, 도대체 왜 그림을 훔쳐서 불을…?"

문제: 도둑은 누구이며 범행 동기가 뭘까 추리해보자.

QR코드를 스캔하거나 나비클럽 홈페이지(www.nabiclub.net)의
〈계간 미스터리〉 카테고리에서 확인할 수 있습니다.

★밀렵지망인

이번 호 특집 글에서 추리라는 사고체계를 수학적으로 설명하니 읽는 저도 똑똑해지는 것 같아요. 그런데 수학적으로 엄밀하게 증명하는(?) 추리소설이 훌륭한가, 재미있는가 하는 건 다른 문제가 아닐까 합니다. 요즘 유행하는 특수설정 미스터리 장르를 보면 논리적으로는 완벽하나 그래서 어쩌자는 건지 알 수 없는 설정 원툴 책들도 있는 것 같고요. 또 작년에 많은 사람의 주목을 받았던 어느 추리소설은 그 상상이나 논리가 대담하고 촘촘했지만, 제 기준에서 유치한 캐릭터나 수준 이하의 필력 때문에 꽤나 실망했던 기억이 있습니다.

추리소설을 쓸 때, 혹은 읽을 때 수학적 사고를 잘하면 유리하겠죠. 특집 글에서처럼 그게 이 장르의 본질이니까요. 하지만 저는 수학 문제집을 푸는 게 아니라 추리'소설'을 읽고 싶습니다. 제가 언젠 책을 쓴다고 해도 그게 수학 논문이 아니라 소설이면 좋겠고요.

★바다바다바다

《계간 미스터리》 북토크에서 미스터리라는 것은 단서를 적절하게 잘 뿌리고 그것을 잘 거둬들이는 것만으로도 완성도가 높아진다는 말을 들었다. 단서를 회수한다는 것이 어떤 느낌인지 알 것 같다. 신인상 수상작인 〈검은 눈물〉의 작가가 모든 단서를 깔끔하게 회수할 수 있었던 이유가 뒤쪽의 인터뷰에 나온다. 작가의 직업은 현직 검찰수사관이다. 직업 자체가 플랫폼처럼 이야기들이 모이는 곳이다. 그것도 구구절절한 사연, 극악무도한 잔인성 등을 갖고 말이다.

《계간 미스터리》의 다른 부분과 관련해서도 할 말이 많지만, 백휴 평론가의 〈히가시노 게이고 추리소설에 관한 시론〉 속 문구로 갈음하겠다. "닥치고, 그냥 읽으세요. 아주 재미있습니다."

★미식한독거가
책을 받자마자 〈검은 눈물〉을 단숨에 읽었습니다. 어떠한 소리나 소음에 신경 쓸 새 없이 한 호
흡으로 읽을 수 있는 흡인력 있는 작품으로 필력의 힘을 새삼 느끼게 해주었습니다. 간결하면
서 잘 짜인 구성과 남편의 편지, 그런 편지에 대한 아내의 반응. 피해자의 가족이면서 어떤 면
에서는 가해자가 되는… 학폭이라는 묵직한 사회적 주제를 잘 풀어냈다고 생각합니다. 다만 이
작품에 있어서 큰 흠결은 아니더라도 초반부에 범인이라면 범인일 수 있는 인물을 쉽게 예측할
수 있었는데, 그런 면을 고려하더라도 장르를 희석하지 않고 끌고 가는 유재이 작가의 솜씨가
감탄을 자아냅니다.

★만년필써요
이번 《계간 미스터리》를 읽으면서 애거사 크리스티나 에드거 앨런 포, 코넌 도일이 얼마나 대
단한 작가인지 새삼 느꼈습니다. 과연 어느 영역까지 미스터리라고 할 수 있는지 그 경계를 어
떻게 정의할 수 있는지도 고민하는 시간이 되었습니다. 〈검은 눈물〉을 읽으면서 대단한 필력에
기쁜 마음이 들었지만, 새롭지 않은 서사나 이 소설이 과연 미스터리 형식을 채용하고 있는가
하는 고민도 해보았습니다. 갈등과 대립, 풀어야 할 수수께끼와 그걸 해결하고 법을 수호하는
탐정이 등장하지 않는 소설이 과연 새로운 미스터리로 발전해나가는 시발점인지, 아니면 더 이
상 나올 수 없는 미스터리의 한계를 인정하는 것인지 궁금했습니다. 개인적으로 단편소설 〈시
골 재수 학원의 살인〉은 조금만 더 깊이를 더했다면 좋았을 것이라는 생각이 들었습니다.

★메롱이
《재수사》에 이어 2022년에 즐겼던 작품인 《흑뢰성》이 연속으로 소개되어 반가웠습니다. 《흑
뢰성》을 《귀멸의 칼날》과 대비시켜 설명한 부분이 인상 깊었습니다.
"《귀멸의 칼날》이 도호쿠 대지진 이후 위기에 처한 공동체주의의 회복이라는 보수적인 판타지
를 그려낸다면, 이와 정반대로 《흑뢰성》은 지배 권력을 포기하고 더 나아가 공동체주의의 감옥
에서 벗어나고자 하는 개인의 선택을 옹호하는 소설이다."
《귀멸의 칼날》을 만화와 애니메이션으로 접하면서도 막상 이 작품이 왜 그렇게 많은 공감대를
얻었는지 감이 안 왔는데, 이번에 비로소 미스터리 하나가 풀린 것 같았습니다.

인스타그램 @nabiclub을 팔로우하고,#계간미스터리 해시태그와 함께 《계간 미스터리》 리뷰를 남겨주세요.
선정된 리뷰어에게는 감사의 마음으로 신간 《계간 미스터리》를 보내드립니다.

계간 미스터리 신인상 공모

전통의 추리문학 전문지 《계간 미스터리》에서
새로운 시대를 함께 열어갈 신인상 작품을 공모합니다.

★ 모집 부문
단편 추리소설, 중편 추리소설, 추리소설 평론

★ 작품 분량(200자 원고지 기준)
단편 추리소설: 80매 안팎 / 중편 추리소설: 250~300매 안팎 / 추리소설 평론: 80매 안팎
※ 분량 기준을 준수하지 않은 응모작은 심사 대상에서 제외됩니다.
※ 평론은 우리나라 추리소설을 텍스트로 삼아야 합니다.

★ 응모 방법
– 이메일을 통해 수시로 접수합니다. mysteryhouse@hanmail.net
– 우편 접수는 받지 않습니다.
– 파일명은 '신인상 공모_제목_작가명'을 순서대로 기입해야 합니다.
– 이름(필명일 경우 본명도 함께 기입), 주소, 연락 가능한 전화번호, 이메일을 원고 맨 앞장에 별도 기입해
 야 합니다. 부실하게 기입하거나 틀린 정보를 기재했을 경우 당선 취소 등 불이익을 받을 수 있습니다.

★ 유의 사항
– 어떤 매체에도 발표되지 않은 작품이어야 합니다.
– 당선된 작품이라도 표절 등의 이유로 타인의 지식재산권을 침해한 사실이 밝혀지거나, 동일 작품이 다
 른 매체 등에 중복 투고되어 동시 당선된 경우 당선을 취소합니다. 이 경우 원고료를 환수 조치합니다.
– 미성년자의 출품은 가능하나 수상 시 법정대리인의 동의서, 가족관계증명서 등을 제출해야 합니다.

★ 작품 심사 및 발표
– 《계간 미스터리》 편집위원들이 매 호 심사합니다.
– 당선자는 개별 통보하고, 《계간 미스터리》 지면을 통해 발표합니다.

★ 고료 및 저작권
– 당선된 작품은 《계간 미스터리》에 게재합니다. 작가에게는 상패와 소정의 고료를 드립니다.
– 원고료에 대한 제세공과금을 공제합니다.
– 신인상에 당선된 작가는 기성 작가로서 대우하며, 한국추리작가협회 정회원으로서 작품 활동을 지원합
 니다.

▪ 문의
한국추리작가협회 02-3142-3221 / 이메일: mysteryhouse@hanmail.net

MYSTERY × 그믐 🌙

"독서 플랫폼 그믐에서 《계간 미스터리》 작가와 함께 책을 읽으며 이야기 나눠요"

한국 추리문학의 본진 《계간 미스터리》가
2023년 한 해 동안 그믐에서 독서 모임을 진행합니다.

독서 모임은 각 호에 작품을 수록한 작가 한 분이 운영합니다.
77호 독서 모임 운영자는 〈G선상의 아리아〉로 계간 미스터리 신인상을 수상하고
이번 호에 단편소설 〈마트료시카〉를 쓴 홍선주 작가입니다.

계간 미스터리 77호 × 그믐 독서 모임

모임 기간: 2023년 3월 22일(수)~2023년 4월 11일(화) (모임 기간 내 자유롭게 입장 가능)

활동 내용: 《계간 미스터리》를 함께 읽으며 홍선주 작가가 올리는 질문들에 대해
그믐 사이트에서 자유롭게 이야기 나눕니다.

신청 방법: www.gmeum.com에서 신청

그믐 바로가기

www.gmeum.com